我曾 赤诚天真
爱过你

独木舟 著

中国友谊出版公司

图书在版编目（CIP）数据

我曾赤诚天真爱过你 / 独木舟著. --北京：中国友谊出版公司, 2021.4
ISBN 978-7-5057-5175-0

Ⅰ.①我… Ⅱ.①独… Ⅲ.①中篇小说—小说集—中国—当代②短篇小说—小说集—中国—当代 Ⅳ.①I247.7

中国版本图书馆CIP数据核字（2021）第043687号

书名	我曾赤诚天真爱过你
作者	独木舟
出版	中国友谊出版公司
发行	中国友谊出版公司
经销	新华书店
印刷	天津旭丰源印刷有限公司
规格	880×1230毫米　32开 8印张　211千字
版次	2021年4月第1版
印次	2021年4月第1次印刷
书号	ISBN 978-7-5057-5175-0
定价	55.00元
地址	北京市朝阳区西坝河南里17号楼
邮编	100028
电话	（010）64678009

如发现图书质量问题，可联系调换。质量投诉电话：010-82069336

有时候，真的只是匆匆一眼，就盲了今生。

风来时，我欣喜；风走时，我不哭泣。
我没有对你说再见，因为我们恐怕再难相见。
我是飞鸿踏雪泥，你是云深不知处。

目 录 Contents

第一章　尘世幻想

梦到醒不来的梦　002

终于等来你爱我　056

如果艾弗森去了"森林狼"　071

谁说你和双子座没有好结果　083

没有人会像我这样爱你　098

第二章 隔岸烟火

哪里还有第二个你　114
全世界只想你来忘记我　129
等待的眼泪是倾斜的海　143
世界太小，我还是弄丢了你　158
天暗下来，你就是光　171

第三章 时光过尽

后来的我总想起从前的你　188

你来过一下子，我想念一辈子　202

你是我的独家记忆　216

时光琥珀　230

后·记　245

我像大雾一样从他的生命中倏忽散尽。
那段记忆被我遗弃在时光的深处，
连同我不愿让他知晓的眼泪和疼痛。

第一章 尘世幻想

生是低处仰望,爱是尘世幻想。
幻想是曼殊沙华。
幻想是摇曳在彼岸的花。
幻想是翻越漫山荆棘,
我终于可以触碰到你。

梦到醒不来的梦

那晚,我睡在客房,他睡在客房的沙发上。

半夜,我因口渴醒来,看到月光洒在他的脸上。众生静默,

我只想要这一刻。

这一刻就是一生。

楔子

我曾在去乡下的火车上,遇见一个女孩子。

她坐在我的对面摆弄着她的相机,在我侧过头去看着铁轨之外漫山遍野白茫茫的芦花的时候,她对着我摁下了快门。

我对她笑了笑,没有说话。

她却开始很热情地跟我攀谈起来,她问我:"美女,你是去旅行的吗?"

我想没有必要对一个旅途中认识的人说太多事情,便微笑着点了点头。得到我这个友善的微笑之后,她问我:"既然是旅行,你为什么一点儿行李都不带呢?连相机都不带?"

我张了张嘴,想:要怎么跟她说呢?我认识一个人,他无论去哪里都不带行李,不做计划,不带相机,有时可以为了一碗好吃的小吃就中途下车改变行程,走到哪里就看到哪里,或许那才是旅行真正的意义。

但我最终什么也没有说。

那个女孩子向我要了地址,不久之后,我收到了她寄来的相片:我侧着脸,眼睛里有无限的落寞。

她在那张相片的背后写了一句话:你很漂亮,可是你看起来好像很悲伤。

我凝视着那张相片中自己的眼神,那个眼神与嘉年临上警车时回头看我的那个眼神,渐渐重叠。

那是很久以前的事情了,但有时,我又觉得那一切就发生在昨天。

墨北扶住当时还很虚弱的我,我和嘉年隔着推推搡搡的人群看着对方的脸,他动了一下嘴唇,却没有发出声音。

但我知道他要说什么。他叫我照顾奶奶。

鸣着笛的警车和救护车都渐渐远去,我一步都没有追。人群渐渐散去了,地上有一摊来历不明的血。

墨北紧紧地将我揽在怀里,他说:"苏薇你哭啊,你哭出来啊。"但我就像一尾被丢弃在沙滩上的鱼,身体里没有一丝水分。

我很后悔,如果不是我在丧失理智的情况下对嘉年说"我要他死",如果我肯早一点振作起来,嘉年的人生也不会写上这么惨重的一笔,他的人生或许不会是那个样子。

但不是那样,又会是什么样?

我把那张相片贴在墙上,旁边是一张阑珊穿着红色毛衣的相片,那时候的她看上去是那么凛冽,就像一块冰一样。

黄昏的房间里,光线昏沉暗淡,空气凝滞。

我静静地看着墙壁,感觉到时光像一条河流,从我的手边慢慢淌过。我在这头,而我们的青春,在那头。

【一】

很久之后，陪在阑珊身边的已经是另外一个与我们的青春毫不相干的男孩子了，当在北京的她打电话告诉我，她的手指已经套上了一枚戒指的时候，我们才聊起多年前的那个晚上。顾萌怒气冲冲地甩了陈墨北一个耳光，转身开着她的宝马 MINI 绝尘而去。

我蹑手蹑脚地从树后面伸了头出来，想看得更仔细一点。

陈墨北站在原处捂着自己的脸，低头看着自己的双脚，一动不动。这就像小时候我们一群野孩子打球砸烂了别人家的玻璃，大家都跑了，只有陈墨北一个人去道歉，无论那家老爷爷怎么凶，他都只会低着头说"对不起"。

我本想走过去安慰他一番，但我马上又想到，这种时候，他又能听进去几句呢。所以我只好又默默地缩回了树荫里，带着一点儿好奇和一点儿不忍，安静地看着他。

树影与树影之间，他的头是低着的，他的背影如此悲伤，连他的身体也微微倾斜成一个弧度，投射在地上的影子被昏暗的路灯拉长。这个静止的画面弥漫着浓重的悲伤意味。

不知道过了多久，他忽然转过身来对着一棵树喊："出来！"我吓了一跳。

他径直冲了过来，指着我，色厉内荏地说："苏薇，你给我滚出来！"

我就被他像古代狱卒押着钦犯一样押着去了大排档，离开那条路的时候，我们谁都没有看到马路对面的林阑珊。

谁也不知道她在那里站了多久，看了多久。

多年后她在电话里说："苏薇，当时我站在马路对面看着自己的男朋友跟他的前女友在大马路上纠缠，而自己却束手无策。明明只是隔了一条马路，但那一刻我觉得，那好像就是一生了。

"苏薇，我以前看过一本小说，女主角说：风水轮流转，但我永远不在那个轮子里。那天晚上我想起这句话，我觉得她说得真对，说得真好。我想大概我也不在他的那个轮子里。"

我握着电话，沉默地听着阑珊在那端静静的呼吸声以及大雨拍在玻璃上的声音。

我想：在过去的那些岁月里，那场爱情将她伤害到了何种程度，才让她时隔多年都不能坦然地说出他的名字，而是用"他"这么一个模糊的称谓来替代。

最后她对我说："那天晚上你们走了之后，我蹲在马路边上哭了好久好久，我说不清楚我是为了他还是为了自己哭。走过路过的很多人都在看我。好多年了，我一直忘不了自己当时的样子，那么狼狈、那么卑微，那真是一段不够美的回忆。"

我轻声对她说："阑珊，都已经过去了，都过去了。"

挂掉电话之前我原本想很应景地说点什么，你一定要幸福啊之类的，但最终……我只是轻描淡写地说了一句"珍重"。

或许幸福的机缘我们每个人都曾经有幸遇见，但不是每个人都有获得幸福的资格。

当我告诉墨北这个消息的时候，他端着相机的手不自觉地抖了一下，那张拍模糊了的相片多多少少还是泄露了些许端倪。

他忽然用一种我从来没有见过的表情看着我，让我有些瞠目结舌，如果我的领悟力不算太差的话，我想那种表情的名字应该叫作哀愁。

他像是说给自己听，又像是说给我听，或许他不过是说给那些已经从他的人生里彻底抽离了的人听。他说："小时候我爸总是打我妈，我恨不得他死，可是他病逝之后，我却觉得其实我从来没有恨过他。后来我明明

005

跟阑珊在一起，心里却还是总挂念着顾萌，即使她背叛了我……苏薇，你知道我现在最想念的人是谁吗？"

我看着他的双眼，冷静地点点头。我知道，现在轮到阑珊了。

陈墨北就是这样的一个人，曾经我送他一本相册让他放自己拍的那些相片，我在那个相册的扉页上写了一句话：

"人人都说你活该凄凉，其实没人懂你的情长。"

从他憎恨的父亲到背叛他的顾萌，终于轮到了被他辜负过的阑珊，他永远只会怀念那些已经离开了他的人，他永远只会想念那些放弃了他的人。

我忽然想到：那嘉年呢？

他是不是偶尔也会想起晴田，那个曾经发了疯一样爱着他，那个貌似不可一世其实又不堪一击的女孩子？

周末的时候，我去看守所探望他，我们隔着玻璃对对方微笑。不晓得为什么，即使他穿着囚衣，我还是觉得他是我见过的最帅的男生。

我告诉他，阑珊订婚了。

他挑挑眉："那挺好的，你要是遇到愿意娶你的人就别放过了。"

我看着他脸上那副无所谓的表情，笑了一下。

"周嘉年，我说了等你，就等你。"他笑了一下，骂了我一句"傻瓜"。

【二】

我与儿时玩伴陈墨北在大学校园里重逢的时候，我几乎已经不记得这个人了。

他笑嘻嘻地叫着我的名字，我却努力地想在他的眼角眉梢寻获一些线索，但这似乎是徒劳的。我一路成长，见过了太多的男生，真的很难记住每一张脸。

是我弄错了，我以为他是追求或者暗恋过我的人，但当"我是陈墨北"这句话从他嘴里说出来的时候，我什么都想起来了。

这个王八蛋！

他小时候对别人都很客气礼貌，唯独喜欢欺负我。他最喜欢把一捧苍耳揉在我的头发上，然后看着我一边哭一边扯，笑得手舞足蹈。

我恶狠狠地瞪着他，他也有些不好意思："哎呀，我那时候年纪小嘛，别放在心上，你看学校这么多人我们都能碰到，这就是缘分啊。"

我翻了个白眼，想搭讪直接说啊，这么土的话也好意思说出口？但事实上，是我自作多情了。

彼时的陈墨北，心里有一片白月光，那片月光的名字，叫顾萌。

我第一次见到顾萌是在陈墨北胃肠炎发作的时候，我去看他，推开门就看到顾萌在喂他喝粥。

那时的顾萌真的配得起"白月光"这三个字，漆黑的刘海，白净的面容，温婉动人。

后来我才知道，那碗粥是顾萌自己熬的，她怕外面的粥又贵又不干净，所以自己买了个小砂锅，在食堂里找小炒的师傅借炉子熬的。

那个时候，顾萌是真的很单纯，他们也是真的很相爱。我跟顾萌是从那以后成为朋友的。

她其实是挺小女生的那种性格，有时候有学妹给陈墨北发信息打电话，她都会一脸不高兴，唯独对我没有一点儿敌意。

我想这也难怪，只要有眼睛的人就看得出我跟陈墨北是纯哥们儿，虽然我得承认，这么好的一个男生只能用来做哥们儿，真的挺暴殄天物的。

但有什么办法，我只能告诉那些想通过我认识陈墨北的女孩子，你们想都别想了，陈墨北连我都没看上呢，他眼里就一个顾萌。

顾萌有多美？不见得，说句大言不惭的话，比我还是差那么一点的。

但有些女孩子天生有种媚态,不需要刻意卖弄,一个眼神一个撩发的动作就能够体现出来。

当时有人说,苏薇是玫瑰有刺,而顾萌的美是一种纯真的性感。

所以,对她后来的际遇,我并没有觉得很意外,仿佛在第一次见面的时候我就有一种预感,虽然她跟陈墨北已经一起走过了很多年,但她绝对不属于陈墨北。

不识庐山真面目,只缘身在此山中。当时的陈墨北正是少年得志,对日后的变故,对命运那双翻云覆雨的大手,还没有丝毫的警惕。

我们经常混在一起,陈墨北总是很八卦地打听我的私事:"苏薇,听说有很多人追你啊?"我笑了笑,没有接他的话。我都懒得告诉他,我从初中开始就不断地收到男生的情书和礼物。

是有很多人追我,但那个时候,我觉得他们都比不上陆意涵。如果没有陆意涵,我不会认识周嘉年。

如果没有周嘉年,我不会离开陆意涵。

多年后,我在岚烟缥缈的排云亭里扣上一把情侣锁的时候,想起往日那些戏言和玩笑,才明白了什么叫作命中注定。

所谓宿命,大概就是那么一回事,在我们还懵懂无知的时候,命运已经是一条没有任何堤坝可以挡住的河流,大海是它唯一的方向。

和陆意涵在一起,就连我们自己都觉得赏心悦目,走在路上总是有的人看我,有的人看他,但我们总是对那些目光视而不见,将它们通通踩在脚底。

那时我们高傲得不知天高地厚,后来回想起来,那个时候我们除了年轻其实一无所有。然而青春年少,已经是一笔巨大的财富。

陆意涵是富家子弟,喜欢大排场,作为他的女朋友,我也很乐意享受。当他说要在顶级的酒店开生日派对的时候,我简直乐得要飞上天了。

他送了我一套黑色的小礼服，我穿着它照镜子的时候忍不住打电话给陈墨北，说："我觉得吧，论性感，我跟顾萌也不相伯仲！"

陈墨北嗤笑一声："滚！你哪里配跟她比。"

我并不生气，或许真的是自我膨胀到了一定的程度，旁人说什么我都可以不放在心上。那天晚上的菜品很丰盛，连甜品都玩尽了花样。我挽着陆意涵的手接受大家的赞叹，说实话，女生都有虚荣心，奉承的话谁不爱听呢？

或许就是我那时的高调，对顾萌造成了某种程度上的刺激，也许就是在她穿着白衬衣布裤子腼腆地看着我笑，眼里却有难以掩饰的艳羡的时候，她心里那个原本紧闭的、关于对物质的疯狂热爱与迷恋的盒子，砰的一声，打开了。

周嘉年来时，我已经喝了很多香槟，整张脸红红的，揪着陆意涵问："我是不是最漂亮的？"

他当然知道自己只能回答"是"。

然后我们同时看见了从门口走进来的周嘉年。他有多好看？

主观上来说，在他之前，在他之后，我都没有再见过比他更好看的男生。我停下了原本踉跄的脚步，怔怔地看着他。

陆意涵显然十分兴奋，好像这满场的人，加起来，都抵不上这个人。他把我拉过去，大力地拍着周嘉年的肩膀，两只眼睛里冒着精光，对我说："这是我最好的兄弟，周嘉年。"

陆意涵继而转身对周嘉年说："我女朋友，苏薇。"

我挑起嘴角看着对我敷衍地点了点头的周嘉年，满场的音乐与喧闹忽然在那一刻都化为寂静，甚至是陆意涵，他都像是被镜头模糊了的角色，不再清晰地呈现在我的视野之中。

餐厅里温暖的黄色灯光罩着周嘉年，他浑身锐气，与周围那些喜笑颜开的人一对照，显得那么与众不同。我听见他对陆意涵说："对不住啊，来太晚了。"

我感觉到自己的笑容僵在脸上。

后来我告诉他，在我看到他的第一眼，我就知道，这个人，我要定了。

中途我上洗手间，刚好看到周嘉年走了出去。鬼使神差一般，我悄悄地跟了过去，躲在酒店的柱子后面看见一个女孩子抱着他，剧烈起伏的背影说明她哭得很伤心。

隔得太远了，我听不见他们说了什么，但当那个女孩子抬起头来的时候我看见了她的脸，很孩子气的一张脸，还有一头很长的大波浪鬈发。

唔……是个美女。我暗自想。

周嘉年送走了她之后，走到柱子旁看到了一脸奸笑的我，他停了停，又继续向前走。我忽然对着他的背影大声喊："喂，她跟你说了什么？"

后来想想，我真是……太没有教养了。

【三】

"我真是从来没见过像你这么讨厌的女孩子，上一分钟才知道我的名字，下一分钟就跑来打听我的私事。"

这当然是过了很久之后，嘉年才对我说的话。当时，他没有回答我。

他回过头来看我的那一眼充满了厌恶，那个时候我在他的眼里不过就是个仗着自己有几分姿色便自以为是的白痴。

聚会散场的时候，陈墨北和顾萌的脸色都有点儿难看，虽然他们极力掩饰，但只要眼睛不瞎就一定看得出他们争吵过，这在后来我坐在陆意涵的副驾驶位上看到他们一人拦了一辆出租车的时候得到了证实。

周嘉年骑了一辆摩托车,隔着玻璃对我们挥挥手算是说了再见。"为什么从来没有见过你这个朋友?"

陆意涵的解释让我觉得匪夷所思:"我跟他一年也难得见上两三次。"

我不知道过去到底发生过什么事情,总之,陆意涵说起周嘉年的口气绝对不像跟他只是泛泛之交。我暗自想,那好吧,我就用这个理由去接近这个神秘的周嘉年好了。

一个女朋友,想要了解自己男朋友的过去,这个借口,还算说得过去吧?

打定主意之后我暗自觉得自己还真是聪明,陆意涵忽然问我:"薇薇,你笑什么?"我笑了吗?咦……

陈墨北和顾萌一前一后地到了学校的女生宿舍门口,顾萌气冲冲的,却被陈墨北一把拉住,他忍着脾气,放低声音问:"你今天晚上到底怎么了?"

顾萌甩开他的手,别过脸去不理他。

他们在一起很多年,陈墨北从来没有见过顾萌任性的一面。

顾萌的家里有一笔算不完的烂账,母亲爱赌,父亲吸毒,短短几句话,已经是十足的悲剧。

好像很难解释,为什么在这样的家庭里,顾萌居然还出落成了一个品学兼优的孩子。这个品学兼优的女孩子,在青春期里做过的唯一一件惊世骇俗的事情,是某次开家长会之前,她当着全班同学的面站起来,特别真诚、特别铿锵有力地说:"老师,我爸妈来不了,因为他们都死了。"

就是这件事引起了陈墨北的注意。在此之前,顾萌对于他,不过就是班上一个普通的女同学。

当时他因为个子太高被安排在教室的最后一排,上课会躲在课桌下面看漫画。奇怪的是,尽管这样,他仍然次次拿第一,紧随其后的就是顾萌。

在那之前，他是有那么一点儿看不起顾萌这样的女孩子的，除了会死读书，还会什么？但那天他才发现，原来这个女孩子不是只会念书考试做习题啊，原来她也有这么幽默的一面。

他当时当然不知道，这是一种黑色幽默。

老师明白顾萌的苦衷，没有多为难她，所以家长会那天顾萌的位子竟然真的是空的。作为学生干部的陈墨北却因此真的以为顾萌是父母双亡的孤儿。

直到某天下午放学后很久，陈墨北打完球回教室拿书包的时候，发现顾萌伏在课桌上一动不动，他走过去拍拍她的肩膀，她抬起头来看着他。

那是陈墨北记忆里不能淡忘的画面，她满脸都是眼泪，一双眼睛盈盈闪动，那么轻易就击中了他。

也许是那天黄昏顾萌的形象实在太过让人怜惜，让他误以为顾萌就是那么柔弱、那么无力，让他误以为她永远都会是那个样子，所以多年后陈墨北完全不能够理解顾萌为什么会在陆意涵的生日派对上沉下脸，用那么阴沉的目光看着所有身穿华服的女孩。

那是他完全不认识的一个顾萌，她那种阴冷的表情让他觉得陌生以及恐惧。

我想陆意涵怎么都没有想到，他心血来潮办一个生日派对，原本是想"聚"，到头来事与愿违，这个派对的意义不过是为了铺垫"散"。

我闯入周嘉年的生命之前，他已经有了一个一提起就让他觉得头痛的名字——晴田。

晴田，这个名字让我想到的是灿烂的阳光下，风吹过大片的麦田，麦田是金黄色的，就像那个爱看日落的小王子的头发的颜色。真是美不胜收的画面。

我一直很好奇那天晚上她到底对周嘉年说了什么话，周嘉年又到底做了什么事情让她那么伤心。

也怪我蠢,无非就是她爱了,而他没有而已。

后来才知道,她跟周嘉年相识,不过缘于一场狗血的"路见不平,拔刀相助"罢了。

当年的晴田与我一样,有着高调张扬的个性,我是仗着自己长得漂亮,而她是仗着万贯家财。

她家里做地产,上面有个哥哥,早早就被送出国留学,剩下这个女儿全家都看得很重,可谓百依百顺。

高中时期,她跟男同学在自习课的时候在天台上手拉手被老师撞见,因为实在太过分,两个人的家长都被请来学校,之后那个男生便被家里送出了国。

当我们还在看时尚杂志解馋的年纪,晴田已经收藏了一堆限量版。是的,她迷恋一切限量版的东西,包、香水、手机、鞋子以及……美少年。

多年后我收到晴田从遥远的山区写给我的信,黑色的字迹在白纸上一路洋洋洒洒。她说:"我从前不懂珍惜,因为一切都来得太过理所当然;我也不懂得尊重那些纯洁的感情,如果时光可以倒回去,我真想对那些爱过我的人说一句对不起。"

但时光怎么可能倒回去。

这个世界上有太多我们无能为力的事情:回不去的过去,无法预计的将来,以及那些再也不可能见到的人。

【四】

晴田与周嘉年的相识,是因为一个钱包。钱包是她前男友送的,Chanel 限量版。

那天晴田出去给朋友买生日礼物,商场的刷卡系统出现故障,只能付现金。无奈之下,她只好去对面的ATM机上取钱。

她哪里有什么防人之心,对那个跟了她好久的灰色身影完全懵懂不知,直到她把钱放进钱包里,还没回过神,钱包已经被人抢走了。

她穿着高跟鞋踉踉跄跄地追了几步之后,差点儿摔倒在地上,千金大小姐从来没想过有一天自己会穿着八厘米的高跟鞋在闹市里亲自追贼。

眼看着那个灰色影子就要消失在茫茫人海里了,晴田"哇"的一声就哭了。

她是很容易哭的女孩子,看到流浪猫、流浪狗满身伤痕时她会哭,会带它们去宠物医院做检查,替它们治病;看到在寒冬腊月衣衫褴褛沿街乞讨的乞丐,或者是挺着大肚子但不知道里面究竟是孩子还是枕头的孕妇跪在大马路上无声地控诉着负心的丈夫时,她也会默默地流泪,然后扔下一些钱。

晴田其实是个很善良的女孩子,我想她后来对我做那些事,不过是因为她太爱周嘉年了。爱一旦扭曲,就会让人变得面目狰狞。

在她当街大哭的时候,人群里突然蹿出一个白色的影子开始拔足狂奔,若干分钟之后,周嘉年气喘吁吁地把钱包扔在晴田的面前。

晴田就是那么呆呆地看着周嘉年。他终于不耐烦地提醒她:"你先看看钱少了没有,没事,我走了。"

晴田这才慌慌张张地打开钱包,但她自己也不记得原本里面有多少现金了,她对钱这个东西完全没有概念,她的钱包从来没有空过。

周嘉年的脸上浮起一个戏谑的笑容,他笑起来的时候嘴角有一点点往右边歪,原本是个缺点,但在女生看来却是略带一点儿邪气,更叫人难以招架。

他说:"该死的,早知道我就抽两张了。"

晴田睁着一双圆眼睛看着面前这个满嘴脏话的男生，他不同于她之前认识的任何一个男生，那些温文尔雅的男生，那些傲慢无礼的男生，那些被家庭和学校教育得千篇一律的男生……

晴田曾经哭着要我离开周嘉年，她对我说："苏薇，我在认识了嘉年之后看任何男生都不顺眼了。"

她哭起来……我见犹怜。

可是没办法，我只能说，我真的没办法。

陆意涵曾经告诉我，很多人都误会了嘉年，以为他是不学无术的小混混，其实要不是高中的那场变故，他应该会像很多人一样参加高考，升入大学，平铺直叙的一生可以很轻易地就看到结局。

但命运是一件很奇怪的事，有的人柳暗花明，有的人激流直转，在措手不及的时候，人生翻开了全新的篇章。

对于晴田来说，周嘉年是过不去的一关，多年后她在信中轻描淡写地概括说：在劫难逃，索性不逃。

那天她为了谢谢他替她抢回了钱包，特意请他去吃饭。周嘉年也不是扭扭捏捏的人，况且他也觉得自己受之无愧。

那是一家安静优雅的餐厅，人人都在意自己的用餐仪态，喝汤的时候没有人发出一点儿声音。但是，周嘉年是个例外，他惹来了周围所有人的侧目，当然，除了服务生，训练有素的服务生脸上是不会出现任何失礼的表情的。

晴田用一种新奇的目光看着面前这个放浪形骸的男生，然后，她笑了。

就是在我琢磨着要怎么才能从陆意涵那里不动声色地弄到周嘉年的联系方式的时候，就是在我已经下决心要做一枝出墙的红杏的时候，陈墨北忽然在一个深夜给我打电话了。

我迷迷糊糊地接到他的电话，他一直不吭声，正当我准备挂电话的时候他却开口了,在寂静无声的夜晚听到那么忧伤的声音,我在顷刻之间完全清醒了。

我苏薇绝对不是不讲义气的人。

我摸黑穿好衣服,想起宿舍门禁,只得跑到二楼走廊,深呼吸一口气,然后纵身跃下,幸好下面是草坪,要不我真想叫陈墨北赔我医药费。

我赶到学校湖边的时候,远远就看到了烟蒂的火光在黑暗中一明一灭,隐约地,我知道一定不是什么好事。

他抬起头来对我笑了笑,笑里泛着一点儿苦,我在他身边的石头上坐下来,夜凉如水。他忽然问我:"苏薇,是不是两个人在一起久了,就会厌倦?"

我有点儿心虚,我想我总不能告诉他,厌倦不过是借口,背叛感情有很大程度是因为生活中出现了新的诱惑吧。

好在他并不在意我的回答,我知道接下来一定是一番冗长的独白,我在这个夜晚只需要充当一个安静的倾听者。

陈墨北说:"我永远都不会忘记我爸爸去世的时候,我妈妈万念俱灰的样子,在那之前我一直以为她很恨他,因为她被他折磨了那么多年,我以为她会很高兴看到他死。

"但是她没有,她哭得很伤心,好像天塌下来了一样。

"我木然地站在太平间里看着此生与我最亲近的那个男人,我不明白一切为什么可以如此完美地静止,心脏不会跳了,眼睛不会眨了,怨恨也消失得无影无踪了。

"那天晚上顾萌找到我,我对她说,我没有爸爸了。

"她抱着我哭得很伤心,我也哭得很伤心,从那个时候开始她对我的意义不仅仅是一个我喜欢的人,更是我的一个亲人,我想我以后就是为两个女人而活了,一个是我妈,一个就是顾萌。

"我们一直在一起,连高考的时候填的志愿表都是一模一样的,这些年无论做什么事情都是一起,我从来没有想过有一天我们之间会产生嫌隙。

"以前我家里没钱,有一次我作为学生代表去参加全市高中生演讲竞赛,我妈妈很内疚地对我说实在很对不起我,因为我只能穿校服去。

"我跟我妈说,这有什么啊,小事情。

"那次我拿了第一名,我妈很高兴,顾萌也很高兴,我看着她们的笑容觉得很心酸,但我不怕,不是有句话吗?——莫欺少年一时穷。

"我一直相信天道酬勤,我对顾萌就是这么说的,我相信我们想要的人生可以靠我们的双手去挣得,我希望她对我、对我们的未来都充满信心。

"但是苏薇,我不知道从什么时候开始,她不再是以前那个顾萌了。她开始羡慕那些女孩子,惊叹她们一件外套的价格等于她一个月的生活费。她说我太过理想主义,好高骛远,不切实际。

"她跟我说:'墨北,我穷怕了,我真的不想再等下去,我怕等我有钱买那些名牌的时候,已经没有同等的青春去呼应了。'"

陈墨北对我说这些话的时候我有那么一点儿心惊肉跳,虽然我对顾萌所说的那些不能完全赞同,但我能够理解她,我想很多女孩子成长到一定的阶段都会开始变得有那么一点儿虚荣,有那么一点儿物质。

这都是正常的,因为青春太贫瘠,而物质太丰富,欲壑难填,这是生命的常态。

但我不晓得要如何宽慰我眼前这个失意的少年,我觉得那些话太残酷,任何完美的措辞都不能避免对他造成伤害和打击。

我只能沉默,一直沉默。

他说:"从大一开始我和顾萌都是一等奖学金的获得者,闲暇时我们都会去找兼职来做。我兼职的那家公司已经对我说,只要我毕业愿意过去,他们可以给我超过以往应届毕业生的待遇。

"生活已经往好的方向发展，我不明白在曙光来临的时候，为什么身边的这个人却日渐陌生起来？

"有一天她穿了一件新衣服跟我去食堂吃饭，正好碰见我们班一个女生，她一看见顾萌身上那件衣服就忍不住惊叹，说什么仿得太好了，还问她是在哪里买的。

"顾萌的脸色很难看，我以为她是不舒服，等那个女生走了之后，她恨恨地骂了一句：'贱人，狗眼看人低。'

"苏薇你知道吗，从前顾萌她从来不会这样说话，那一刻我看看她，我想是不是我产生了幻觉，是不是我听错了？

"但这样的事情发生得越来越多，她身上开始带着一种我从来没有闻过的香味，像是栀子花又像是玫瑰，但跟我从前闻过的那些又不一样。

"我对女生的东西不熟悉，直到有一天我跟你一起吃饭，我在你身上也闻到了一模一样的气味，你告诉我那是陆意涵送给你的圣诞礼物。

"我去查了价格，我看看那个数字，我承认我有点儿吃惊。那不是顾萌买得起的东西。"

我黯然低下头，那是某个大牌圣诞限量版的香水。因为我很喜欢，所以陆意涵特意送给我做圣诞礼物，价格确实不便宜，也确实如墨北所说，那不是顾萌依靠自己的能力买得起的东西。

顾萌曾经有多么节俭，我知道。

有一次周末我闲着无聊，就叫她陪我去看电影，我说我请客。

她原本很高兴地跟我一起出来，但看到我化了妆的时候她吓了一跳。她问我："去放映厅看个电影你还化妆干吗？"

我也很惊讶，我说："去什么放映厅啊，我们去电影院啊。"

结果她死活不肯。她很认真地对我说："我觉得学校的放映厅挺好的，才两块钱一张票，你要是不喜欢的话，我们可以去宿舍里用电脑下载下来看嘛。"

我彻底无语。

不用墨北赘言,我已经明白发生了什么事。

如果这件事真的得到确认,那么在他心里,等于再次面对了一次至亲的人的死亡。

那个单纯的、谦和的、温暖的、知足常乐的顾萌,就此死去,取代的是一个拜金的、下贱的、虚荣的、物质的,为了欲望可以出卖自己的肉体和灵魂的陌生人。

【五】

陈墨北与顾萌的事情引起了我的一些反思,正当我对周嘉年这个人开始有那么一点点淡忘的时候,他又出现了。

陆意涵陪我买衣服,从试衣间里走出来的时候,我第一眼看到的不是陆意涵,而是迎面走进来的周嘉年以及他身边的,晴田。

我脸上的笑容在那一刻僵住了,原本安静下来的心又开始变得浮躁起来。陆意涵顺着我的目光看过去,脸上忽然挑起了挤对的笑,我听见他说,真是难得啊,周嘉年居然也会陪女朋友逛街。

晴田在听到这句话之后露出了一副很受用的表情,周嘉年也只是笑笑,并没有解释。那一刻在场的四个人,只有我的脸上隐去了笑,我承认我有那么一点儿吃醋。

其实想来真是无理取闹,就算——我是说,就算——晴田真是他的女朋友,又关我什么事?

我二话不说又进了试衣间,换下那身原本觉得很漂亮的裙子,怒气冲冲地走出来对陆意涵说:"我不想要了。"

结果陆意涵说了一句让我当场崩溃的话:"相请不如偶遇,一起吃饭吧。"

真是一场鸿门宴,我不知道陆意涵和晴田是真的那么单纯还是大智若愚,他们两个人的脸上一直保持着很欢乐的笑容,那种笑容看上去发自肺腑。

周嘉年面无表情地咀嚼着食物,对陆意涵和晴田的话题没有表示出任何兴趣。我手里的刀叉割着面前的牛排,用力之猛好像这头牛生前是我的宿敌。

趁周嘉年起身去夹水果沙拉的时候,我不动声色地跟上去,走到餐厅那头的时候我还特意回头看了一眼我们那一桌,晴田跟陆意涵聊得挺开心,两个富家子傻乐傻乐的。那是一个注定与自己的初衷背道而驰的年纪。

我故意跟在周嘉年的身后装作漫不经心却又反反复复地问:"那是你女朋友吗?真的是你女朋友吗?"

他大概是真的很讨厌我,竟然连看都没看我一眼。

我终于忍不住恶语相向:"我觉得你不会喜欢她吧,呆头呆脑的样子!"

正好晴田在那边打了一个喷嚏,我和周嘉年一起看过去,我有点慌乱,可是周嘉年却笑了。那是我第一次看见他笑得那么舒展。在此之前我一直觉得他那张脸上是不可能呈现这样的表情的,带着一点儿孩子气的明朗,又带着一点儿成年人的淡薄,两种气质明明很冲突,但在他的脸上却得到了完美的统一。

我静静地看着他,想:天啊,我要怎么样才能得到这个人呢?

他把目光收回来落在我的脸上,轻声说:"呆头呆脑也挺好的,起码比背着别人妄加议论要好。"

我真失败,在最初的时候,我给周嘉年留下了一个多么恶劣的印象啊,这真让我沮丧。

于是在相当长的一段时间里我的心情都不太好，无论陆意涵送我什么礼物我都只能勉强给他个笑脸，有时候我连包装都懒得拆。

有一天我无意中拆开了一个包装，看见里面是我那天试过的那款连衣裙，室友们都说，真的是太漂亮了。

那一刻我看着镜子里的自己，觉得自己真的很无耻。

我想这样下去不行，既然心都不在陆意涵身上了，怎么还能这样无所顾忌地接受他送我的礼物呢？我想我一定要找个机会把话跟他说清楚。

无论他骂我也好，打我也好，怎么羞辱我都好，我不想再做一个身在曹营心在汉的人，既然心在汉，那我身也要在汉，否则我既对不起曹营，又对不起自己。

我给陆意涵打电话，说想去吃海鲜。他有点儿受宠若惊，连声说："你不生气了就好，我马上过来接你。"

挂掉电话的时候我恨不得给自己两耳光。人怎么都这么贱呢？我凭什么这么对陆意涵呢？

我连跟他说"我不是生你的气，我是气我自己"的勇气都没有。

我穿着那条明黄色的裙子站在宿舍门口等陆意涵的时候，正好遇到顾萌，她看到我的时候脸上露出了极为不自然的笑，然后将手里提着的东西往身后藏了藏。

她手里只有两个小小的黑色纸袋，纸袋上的双C标志透着低调的华贵。我不是土包子，也不是瞎子，更不是傻子。

我知道发生了什么事情。

没错，我能够理解她对物质的向往和憧憬，在这个万丈红尘的时代，在这座物欲横流的城市，追求名牌，贪图物质，这都是常见的。

她若是不懂这些也就算了，也许她就会安安心心地跟陈墨北在一起，毕业结婚，相夫教子，幸福美满的一生就是这么简单的几个字。

可是她偏偏懂了这些，她周围的女生，她眼前的世界，都跟过去不一样了。

人就是这么奇怪，什么都没有的时候也能过下去，可当有了一二三，就会想要四五六，等有了四五六，又觉得七八九也不能少，最后人人都想要十全十美。

我跟顾萌也是朋友，但在那一刻我首先想起的是那个夜晚，陈墨北映在湖面上的哀伤的脸。

我冷眼看着顾萌，她在我的注视下起先脸上还有些怯弱，渐渐地，那些怯弱消失了，取代的是一脸的坚毅。我头一次发现，原来顾萌的眼神可以那么犀利，她不是永远都那么腼腆，笑起来像只小白兔的。

她对我说："苏薇，你没有资格鄙视我。"

我应承着她字字铿锵的话语，淡淡地回了一句："我不鄙视你，你自己觉得问心无愧就好。"

多年后我依然记得在我说完这句话拔腿要走的时候，顾萌拉住我的手，诚恳地看着我，那一瞬间我觉得我熟识的那个顾萌又回来了。

她的声音跟表情是一样真切，可是她说出来的话却让我不寒而栗。她说："苏薇，如果陆意涵一无所有，你还会跟他在一起吗？"

我怔怔地看着她，她并不需要我的回答，这句话不过是为了铺垫她接下来的那些句子："最开始的时候我也不愿意的，最开始的时候我也觉得这种交易很肮脏，最开始的时候我也像你们所有人一样对那些用青春交换欲望的人充满深深的鄙夷。

"但是苏薇，每个人都有一个价码，一千块固然不肯，那么五千块呢？五千块还是不肯，那么一万块呢？一万块如果还不行，十万块呢？一路加上去，总有一个价码可以让你肯。

"苏薇，无论你怎么看我都好，我不在乎了，比起穷，丧失这一点点自尊，不算什么。"她说完这些话就放开了我的手，那么决绝、那么果断。我看到她的尾指上戴着一枚小小的戒指，但是上面镶嵌着一颗夺目的钻。

我比陈墨北还要先明白一件事：他永远失去那个纯真得像花蕾一样的顾萌了。

当晚我跟陆意涵去看话剧，四座安静，激情澎湃的男主角站在台上捂着胸口，用一种极其热烈而绝望的语气说着台词。

"你是不同的、唯一的、柔软的、干净的、天空一样的……你是我温暖的手套、冰冷的啤酒、带着阳光味道的衬衫、日复一日的梦想。"

我坐在黑暗中忽然流下泪来，我不知道我是为了我身旁的陆意涵还是为了尚不知他无论怎么努力都无法挽留住顾萌的陈墨北。我想曾几何时，他们也是我们日复一日的梦想，原来爱情是这么脆弱的东西，看不见，摸不着，无迹可循。

那一刻我想起了周嘉年，那个我对他的了解还只局限于知道他的名字、他的样子，偶尔从陆意涵嘴里提起过关于他的一些简短的往事的人，我对他的那种感情，能够称为爱情吗？

这个问题的答案，我要等到很久很久以后，才能对自己肯定地说是。

出来的时候陆意涵看着我被眼泪弄花了眼线的双眼，笑着说："你也太入戏了吧。"我没有笑，忽然用从来没有过的语气对他说："意涵，我们去喝一杯吧。"

陆意涵跟我在一起之前是著名的夜店公子，他创下了一个传奇的纪录，就是在某两年当中只有三天晚上没有出去泡吧，这件事被很多人津津乐道，直到他认识了我。

我是个占有欲很强的人，我不能忍受我的男朋友天天出入那种场合，何况以陆意涵的条件，就算他不去招蜂引蝶，也自然会有女生趋之若鹜。

他确实为我改变了很多,他大概是真心想跟我有个好结果。

如果没有周嘉年的话,也许我们就一直这样走下去了,牵着手完成所有的天长和地久。但生活不是小说,没有一个作者可以信誓旦旦地说这就是最好的结果。我呆呆地看着玻璃杯里的龙舌兰,整个人处于失语的状态。

是陆意涵先聊起了晴田。他说:"世界真小,我爸爸跟她爸爸的公司居然有业务往来,听说这个大小姐脾气不怎么好,但在嘉年面前倒是一点儿都没看出来。"

听到周嘉年的名字我终于从失语中惊醒过来,我舔掉虎口上那层盐,端起杯子一饮而尽。"意涵,跟我说说你和周嘉年以前的事吧。"

他们原本是发小。

到了初中的时候,陆意涵父亲的生意越做越大,从此陆意涵跻身贵公子之列。但周嘉年就没那么好运了,父亲仕途坎坷,出于经济原因落了马,吃了官司,进了监狱。

原本门庭若市的周家,从此门可罗雀。

在学校里人人都知道周嘉年有个贪污犯爸爸,有一次某个男同学无意中提起这件事,周嘉年当场翻脸,揪着对方的头就往墙上撞,撞得对方头破血流。

这件事,后来是陆意涵的爸爸帮他摆平的。从政教科出来,陆伯伯对他说:"你父亲是你父亲,你是你。"

周嘉年沉默不语,但这个人情他心里记下了。

从那以后,没人敢再当着周嘉年的面议论他家里的事,但他也丧失了跟任何人做朋友的兴趣。

人性的丑恶投射在原本应该单纯无害的少年身上,更显残酷。好在还有陆意涵,他跟他们不一样。

周嘉年骨子里有一些很江湖的东西，万事义为先，他一直想要找一个机会把欠陆家的那个人情还掉。

这个机会，很快就来了。

彼时的陆意涵和周嘉年都是血气方刚的少年，做事做人都是勇猛有余但欠缺考虑。会考之前，陆意涵跟班上一个男生打赌，保证自己能弄到会考的试卷，对方一脸的不屑，正是那不屑的神情激怒了陆意涵，他拍着桌子保证一定弄到。

赌注是一千块钱。

钱对陆意涵来说不算什么，但他丢不起这个脸。

那天晚自习结束，陆意涵是最后一个离开教室的。当他走出教室门，便看到了倚在楼梯口抽烟的周嘉年。

周嘉年用脚踩灭了烟蒂，走过去淡淡地笑道："是兄弟就不会让你一个人去。"

一切都很顺利，试卷在哪间办公室哪个办公桌的哪个抽屉里，陆意涵一早就打听好了，甚至连钥匙都配了一份。

但是离开的时候，忽然听见一阵急促的脚步声，紧接而来的是大声的喝令，手电筒的光在黑暗的夜里那么亮，往日失灵的走廊的声控灯忽然全部恢复了正常……

他们面面相觑，不知道是哪个环节出了问题。

紧要关头，是周嘉年将陆意涵推进了旁边的陈列室，而他却拔腿向相反的方向跑去。他的脚步声在寂静的夜晚那么突兀，陆意涵在陈列室里整张脸吓得苍白。

最后周嘉年被保卫处的人捉到的时候，他们大声地问他："你的同伙呢？"

陆意涵清清楚楚地听见，在走廊的末端，周嘉年的声音那么镇定，他说：" 只有我一个人。"

第二天周嘉年的名字随着学校的广播飘荡在校园里的每一个角落,虽然陆意涵向家中坦白他才是这件事的始作俑者,并且还因此遭受了一顿暴打,但这件事的严重后果让陆意涵的父亲都不知道要如何收场了。

周嘉年离开学校的时候笑着对陆意涵说:"兄弟,我欠你家的,算是还了。""其实他骨子里很重感情,那件事,是我愧对他。"这是陆意涵对周嘉年的评价。

他说,嘉年退学之后就开始闯荡社会,他妈妈自顾不暇,更没有多余的精力去管他。他有时候会一个人出去旅行,一走就是几个月,他跟别人不一样,出行之前不做任何计划,不订酒店,也不会带很多钱,有时候火车停站上客的时候,他会下去走走,如果吃到什么他觉得好吃的东西他就会反身上车把行李拿下来就此改变行程。

我呆呆地听着陆意涵的叙述,他说:"真是再也没见过他那么随意的人了。天啊,苏薇,你怎么不知不觉喝了这么多?"

我一看,面前的瓶子都空了。我笑了笑:"意涵,不知道是你说得动听还是周嘉年本身动人,你看我就着你的故事居然喝了这么多酒。"

这个夜晚我哭了很久,陆意涵一直以为我是没从那出话剧里抽离出来。我哭得好厉害,因为我知道,完蛋了,陆意涵,我们之间真的完蛋了。我就是爱上了,我就是认真了,有什么不对呢?

【六】

我发起疯来比晴田更可怕,她只是不断地对周嘉年说"我喜欢你,我们可以试试在一起",但我背着行李拿着车票在车站的入口处挡住周嘉年的时候，我说的是"你必须跟我在一起"。

在我的一生之中，再也没有那么炽热的时刻了，我也是第一次了解到，原来我也可以这样狂热地去爱一个人。

完全颠倒过来了，从前只会接受的苏薇开始明白什么叫作付出了。

费了多大的劲儿才一点一点地得到关于他的消息，每每装作无意怂恿陆意涵跟他联系；强装镇定地在每一次聚会时悉心收集关于他的只言片语、点滴信息；偷偷摸摸地从陆意涵的手机里找到他的名字，背熟那个号码，不敢将它存在自己的手机里，怕打草惊蛇。

从来没有一个人可以让我变得这样神经兮兮、小心翼翼。

我想我大概是疯了，而那个令我疯狂的原因或许就是所谓的爱情。

我编了一个谎话。我给周嘉年发短信，说："下个礼拜六是我的生日，希望朋友们赏脸，此短信群发，苏薇。"

天知道我为什么会这样，从前我是多么鄙视那些为了男生而耍小心眼的女孩子，原来我没有我以为的那么与众不同，真正想要接近一个人，我也会无所不用其极。

周嘉年隔了一天才回我短信，当时我正陪陈墨北一起看摄影展，手机振动起来，我漫不经心地看了一眼，那一眼过后我简直想要尖叫！

他回我说："我有事，去不了，提前向你说一声生日快乐。"

我急忙摇陈墨北："快教教我，怎么接话，我脑袋转不动了！"

陈墨北冷着一张脸看着我的时候我才意识到自己的愚蠢，我怎么会想要求助他呢？他此刻是多么憎恨像我这样对感情不忠的人。

但我还是强硬地辩驳，如果我明明爱上了别人却还坚持跟陆意涵在一起，那才叫不忠于爱情。

陈墨北冷笑一声，他觉得对我这样的人，根本不值得讲道理。

他举起在公司年庆联欢会上抽奖抽到的单反相机，对着人群里一个静静伫立的女生,摁下了快门。

如果说我们漫长的青春里,每个人都曾遭遇一场劫难,那么那张相片,就是林阑珊劫难的开端。

而我在一旁,绞尽脑汁,回了一条信息:"为什么不能来?陆意涵会很失望的。"

过了几分钟,他打电话过来,他说:"我好讨厌发短信,打电话说得比较清楚。我下个礼拜真的有事,意涵那边我自己跟他说。"

我怎么能够让陆意涵知道我编造了一个这样的谎言?于是我急忙说:"算了算了,没事没事没事。"

那端忽然沉默了一下,不知为什么,我感觉到他的脸上又出现了上次那种笑容,一时之间我不晓得自己要如何是好。

就在我黯然地想挂掉电话算了的时候,他忽然说:"我下个礼拜六要回乡下去看我奶奶。"直到我们在一起了之后,他才承认,在看到我发过去的那条所谓的群发的信息的时候,他忽然觉得,其实苏薇也没那么讨厌。

他忽然觉得,如果苏薇不是陆意涵的女朋友,如果苏薇只是苏薇,仅仅是一个叫作苏薇的女生,那一切又多么简单啊!

我提着机车包穿着运动服站在车站的入口处挡住周嘉年,我承认骗了他,这天不是我的生日,但对我来说是非常重要的日子。

他看着我,脸上露出高深莫测的表情,他说:"苏薇,你这种行为放在古代只怕要浸猪笼。"

我说:"我是新时代新女性,敢于追求真爱,无论付出多大的代价我都不怕。"他轻蔑地笑了,丢下一句"随便你"。

上车之后,我把手机关了机,因为我买的是站票,所以只能局促地站在狭窄的过道里,来来往往的推车让我不知要如何是好。

但我没有开口恳求周嘉年把他的位子让给我坐,我清楚地明白,我自己选择的这条路,将来会有比站四个小时更辛苦的事情要面对。

半个小时后,他终于起身把我拉过去坐在他的位子上。我抬起头来看了周嘉年一眼,他依然是面无表情。

四个小时之后,我跟周嘉年站在破旧不堪的小车站的月台前。我看着泛黄的墙壁和斑驳的标语,努力想要表现得很无所谓。

周嘉年从鼻子里哼了一声,像是鄙视,又像是见怪不怪。

我顿了顿之后说:"你用不着这么看着我,再艰苦的环境我也不怕。"

他侧过脸来戏谑地问我:"没有独立卫生间也不怕?要你自己倒痰盂也不怕?"

怎么会不怕?我光是听他这么说就已经想呕了,但我不能表现出来,要不从此之后他看我跟看晴田,跟看别的女生有什么不同?

我装得很淡然,我的演技比陈墨北和顾萌那真不是好了一点儿,如果说他们只是三流电视剧演员,那我就是奥斯卡影后。

我是到了周嘉年奶奶家才发现这个浑蛋骗了我,环境哪有那么差,只是比不上城市的繁华而已,日常生活根本不成问题。

院子里晒了一地的花生,我一走进去就踩烂了几颗,周嘉年回头瞪了我一眼,我立刻噤若寒蝉。

他高声叫了一声奶奶,然后我看见一个步履蹒跚的老太太从里屋走了出来。

其实我以前也跟几个男朋友回家吃过饭,见家长这种事情对我来说算是轻车熟路了,但不晓得为什么,我从来没紧张成这样过。我缓缓地挪到周嘉年的身后,紧紧地揪住他的衣袖。周奶奶先是笑着从上到下打量了一番周嘉年,最后才发现缩在他背后、笑得比哭还尴尬的我,她那双被岁月侵蚀得有些浑浊的眼睛在看到我的那一刻,亮了。

接下来她很热情地把我拉进屋,问我想吃什么、想喝什么。我还没来得及回答她,她就端出了很多我儿时很喜欢吃的零食,什么花生酥、冬瓜糖、开心果之类的。

端出来也就罢了,她还一捧一捧地往我手里塞,生怕我客气。我抬起头看着周嘉年,快要哭了。

他终于做了件人做的事,他走到他奶奶的身后拉住老人,笑着说:"奶奶,你误会啦,她不是你孙媳妇。"

我又不高兴了,这个乌鸦嘴,他怎么就知道我不是他奶奶的孙媳妇?

那天晚饭周奶奶做了很多菜,老人家看我太瘦,怕我吃不饱,连饭都用菜碗给我盛的。我捧着那碗堆得像山一样的白米饭,心里琢磨着,这怕是我平时一天所摄取的碳水化合物的量了。

但不吃的话一定会伤老人的心,我只能一边心里流泪,一边表面上笑着往嘴里扒饭。

周嘉年只管埋头苦吃,周奶奶叫他给我夹菜他也不理,含着饭怒视着我:"你自己没手啊?"

我陪着老人洗碗的时候,周嘉年坐在院子里跟那条小黑狗玩得很开心。他手里夹着烟,对着小黑狗吐烟圈。乡间的夜空星星那么亮,我想我一辈子也不会忘记那个画面。

周奶奶小声跟我说:"姑娘,嘉年从来没有带过女孩子回来,你要是不嫌弃这里,以后就多来看看奶奶。"

我鼻子一酸,眼泪差点儿就掉下来了,好在我及时收住,咧开嘴对老人笑:"好啊。"我总不能告诉老人家,不是周嘉年带我来的,是我自己死皮赖脸跟着来的。

老人休息得早,还没九点她就回屋去睡了,临睡之前还替我准备了新的铺盖。我偷偷问周嘉年:"我睡床,那你睡哪里?"

他还是那副死人样:"谁说你睡床?是老子睡床,你睡地板。"

实在吃得太多了，我央求他带我到四处走走消化一下，原本做好准备被他拒绝，没料到他竟然答应了。

我们一前一后地走在乡间的小路上，空气里有植物的芬芳，我看着前面这个清瘦的背影，顷刻之间，忽然觉得，要是我们可以不回去该有多好。

不回去了，就不用再面对繁华喧嚣的城市。不回去了，就不用再面对纠缠不清的关系。

不回去了，就不用再背负来自传统道德的谴责。不回去了，就不用再理会内心自责和愧疚的声音。

我一边这么想着，一边不受控制地走上前去把手插进他的衣服口袋里。他原本放在口袋里的手明显停顿了一下，在这个停顿中，我觉得我的心都提到嗓子眼儿了。

但他没有，没有像我以为的那样恶语相向，也没有把我的手赶出去。他轻轻地握住了它，以十指相扣的方式。

他盯着我的眼睛，清亮的瞳仁里是我的脸。他不需要说什么，他的眼神已经将他心里所有想说而不能说的话传达给了我。我把头靠过去，轻轻靠在他的肩膀上，那一刻我想，就让我一个人承受所有的苦难吧。

就让我代替这个亏欠了他的世界去弥补吧，就让我用所有的力量将他从乏爱、无爱的往昔中带出来吧，就让我把这颗活蹦乱跳的心双手奉上任他随意践踏吧。

所有的罪责，由我一个人承担。

那晚我睡在客房，他睡在客房的沙发上，我半夜口渴醒来，看到月光洒在他的脸上。众生静默，我只想要这一刻。

这一刻就是一生。我赤着脚走过去，蹲在他的面前，轻轻地吻了他。

与此同时，陈墨北将在摄影展上拍下来的相片发到了论坛的讨论板块里。他拍下来的那个女生，穿一身大红色毛衣，她的气质孤傲清冷，与她身上的红形成一种强烈的冲突。

很多人都在下面留言说，真的很漂亮啊，气质真好。

第二天陈墨北收到站内短信，那个头像是蜡笔小新的人说："我是那个穿红毛衣的女生，麻烦你把原相片传给我。"

在我失踪的那几天，陆意涵平均每天要打三四个电话问陈墨北有没有我的消息。陈墨北一方面在心里咬牙切齿地骂我，另一方面又要替我隐瞒去处，很辛苦。

自从顾萌开始躲着他之后，他也懒得再去找她了，但失眠的夜晚连个说话的人都没有，他也觉得很抓狂。

阑珊真的很不幸，她几乎是在陈墨北人生中最失意、最沮丧的时刻出现的。多年后陈墨北自己也不得不承认，他当初之所以接近阑珊，不是因为惊艳，不是因为爱慕，而是因为寂寞。这个世界上有多少寂寞的人在亘古不变的夜里辗转难眠，每座城市的大街上有多少对貌合神离的情侣不过是因为害怕孤单而牵起对方的手。孤独是世纪绝症，我们这一代人谁都不能幸免。

原本说好周末一起去爬山，可是因为我的不负责任，陈墨北只能自己一个人去。就在他要关QQ的时候，阑珊的头像亮了。

陈墨北事后发誓说他真的只是心血来潮才叫她一起，我挑起眉毛笑，我说管你是什么初衷，反正目的是达到了。

阑珊是跟顾萌完全不同类型的女孩子，跟我和晴田也完全不同，在她之前和之后，我们都再也没见过那样云淡风轻的一张面孔。

她少言、少笑，不是隐忍情绪，而是真正的波澜不惊。后来我们才知道，造就她这个性格的是她骨子里传自她母亲的那些基因。

那时的阑珊，几个词语就可以概括：不嗔、不怒、不争、独善其身。

后来问起她那天为什么会愿意跟陈墨北一起去爬山,她淡淡地回答我:"因为他长得帅啊。"我看着她那张素白的脸,想:这张脸如果哭起来,会是个什么样子啊?

但直到她离开我们,去了北京,我都没有看到她流过一滴泪。

【七】

我和周嘉年离开乡下的时候,周奶奶哭了很久,说她自己的年纪越来越大了,见一次少一次了。我坐在旁边陪着一起哭,被周嘉年狠狠地瞪了几眼。

我们走了很远之后还能看到老人站在院子门口小小的身影,我泪眼婆娑地对着那个身影用力挥手。

周嘉年说:"别费劲了,她看不清楚的。"

但我还是很用力地挥着,他再也没多废话,直接抓住我那只打了鸡血的手揣进了口袋,我们十指相扣,这两只手的姿势一直到我们下了火车,见到了陆意涵和晴田,都没有改变过。

这个世界上有多少不曾被命名的感情、动作和亲密啊,这个世界上有多少没有名分的拥抱和亲吻啊,但是我知道,我们不会是那样。

我和嘉年,不是那样。

我和周嘉年坐在广场的石凳上等着陆意涵和晴田,我问他:"干吗要选在这里?"

他说:"你傻啊,我挖了自己兄弟的墙脚,这场架必打无疑了,地方宽点也方便动手。"我一下就不出声了,我知道他说得对,陆意涵平时看上去挺温文尔雅的一个人,谁也没见过他发脾气,但这种人其实最可怕,因为谁也不知道他发起火来是什么样子。我想了一下,不对啊,那把晴田也叫来干什么？

周嘉年拍了一下我的头，粗声粗气地骂我："不是你说的吗，正式的女朋友就要正式地介绍一下啊，我不跟她说清楚，她有事没事来找我，你受得了啊？"

这下我不傻了，他说得对，是很有必要跟晴田说清楚！

但哪里说得清楚？还没开口，陆意涵就一拳挥向了周嘉年。我刚想冲上去拉开他们，周嘉年就指着我吼了一句："苏薇，你别动！"

我被他的这声吼彻底吓蒙了，等我反应过来的时候周嘉年已经一脸鼻血了。

原本坐在石凳上哭得很伤心的晴田一见血就晕了，我不得要领地抱住她，使劲拍她的脸，搞不清楚状况的人可能以为这个情敌是被我那几个耳光扇晕的……

眼看着围观的人越来越多，我真的恨不得挖个洞把我们四个人全埋了算了，最后是我担当起了收拾残局的重担。

我对着陆意涵喊了一句话，他就停下来了。我说："陆意涵你再不住手，我死给你看！"

我们四个人从诊所里出来，周嘉年的脸上涂了药水，贴了膏药，陆意涵的手上也包了绷带。

我们四个人的脸都是阴沉的，我想这是何必，我不想让任何人受伤，其实我和嘉年只是想要在一起，我们只是想要爱而已。

打破僵局的是陆意涵，他说："苏薇，我并没有你以为的那么蠢，你一次一次地向我打听他的事情的时候，我就意识到有什么不对了……但我想要是你不说穿，也就算了，谁没有个三心二意的时候。我真的没想到你……你们，会这样对我。"

我原本就低着的头在听完他这句话之后更低了，我不敢看他，我想这事换了谁都受不了,自己的女朋友跟自己最好的兄弟……这是双重背叛。

如果这个时候我能够哭一哭,或许气氛不会那么难堪。

但是我哭不出来,可能在我的潜意识里,我真的没觉得自己罪不可恕。

我看过一个故事,有一个女人,在她爱的那个人结婚的那天冲到教堂,拐走了新郎。剩下新娘一个人扶着未来的公公,哭着喊"爸爸、爸爸"。那天的蛋糕有很多层,顶上是一对新人,写着"百年好合"。

大家都说那个女人好勇敢,不晓得他们后来幸不幸福。但我想,背负了这么深的罪孽,他们幸福不到哪里去的。可有什么办法?有时候,爱就意味着背叛全世界。

陆意涵走的时候,周嘉年对着他的背影喊了一声他的名字,他停下来回过头来看着我们这个方向,但他是逆光的,我们都看不见他的表情。

周嘉年问他:"我们还算是兄弟吗?"

他问这个问题的时候我两只手用力地绞在一起都快要绞断了,我多希望陆意涵会说"不就一个女人吗,让给你"或者哪怕是"我不知道",这都会让我好过一点。

但他没有犹豫,他说"再也不是了"。我的眼泪"哗"的一下就决堤了。

晴田走的时候我蹲在地上哭成了泪人,抱着膝盖的我根本没有看到她看我的时候眼神是多么憎恨,我只听见她对周嘉年说了很长的一番话。

"曾经我以为,你只是不想失去自由;曾经我以为你不跟我在一起也不会跟别人在一起,我自欺欺人地想其实这样也好,虽然你不喜欢我,但起码你也没喜欢上别人,这对我来说也是个安慰。

"但原来不是这样,其实你也可以很温柔地对待一个人,你也可以为了一个人放弃自由甚至是最好的朋友。

"嘉年,我不得不承认,我真的很伤心很伤心,我从来没有这么伤心过,我甚至不知道有生之年,这个伤口会不会痊愈。

"有一天我表妹在做数学题,她还不知道圆周率,她问我 π 是什么。我告诉她,π 后面有很多很多数字,可以无限接近那个值,但可能永远都不能抵达。

"嘉年,对于我来说,你就是 π,或许我曾经与你无限接近,但我永远不能抵达。"

我是个很少流泪的人,倒不是因为我坚韧顽强什么的,而是在我之前的生活中几乎没有什么不如意的事情发生,流泪最多的原因也不过是看了很感人的电影,那是在别人的故事里流别人的泪,跟我的人生没关系。

但自我接到陆意涵的那通电话开始,我的眼泪便整日簌簌地流。

那是一个深夜,他在电话那头沉默了好久好久。我从看到他的名字在手机上亮起就开始哭,我知道自己不是无辜的人,我确实是亲手在他的心上捅了一刀。

我穿着单薄的睡裙站在走廊上,看着宿舍楼下的他,他像个孩子一样伫立在大树的阴影里,我们隔着五层楼的距离,但这不是最终距离。

最终我们之间会隔着千山万水,会隔着不同肤色的人群,会隔着不同的语言和不同的文化环境。

他的声音有一点儿哽咽:"苏薇,我想我不可能豁达到能够原谅你们,但你们曾经都是我最看重的人,我没有别的办法了,我只能离开这个地方,走得远一点,但愿时间和空间能够冲淡这些愤怒和恨。"

我捂着嘴,哭得很难看。

他说:"你跟我在一起这么久,我做了你不喜欢的事情你只会跟我吵,你从来不哭。没想到等到你为我哭的时候,我们的关系已经不一样了。"

我们隔着五层楼对视着,我呜咽得说不出话来。

他朝我挥挥手:"苏薇,虽然你肯定明白,但我还是想亲口对你说一句,我是真的真的非常认真地想要跟你好好在一起,我是真的真的尽我所能在爱你。我不想跟你说再见了，我真的不想再见到你了。"

他走了之后，我坐在阳台的水泥地上，哭到天亮。我心中翻滚着心酸、悲痛、羞愧、自责……

但没有后悔，我不后悔。

我想我可以回答顾萌那个问题了——

如果陆意涵一无所有，你还会跟他在一起吗？

陆意涵不会一无所有，但苏薇照样离开了他，苏薇是为了爱情。对于这个答案，顾萌，她会满意吗？

哭到几乎脱水的我接到陈墨北的电话，他先是哼哼唧唧抱怨了几声，听出我的声音不对头之后立刻恢复了正常："你怎么了？出来碰个面吧！"

我就是以一副惨不忍睹的模样出现在林阑珊面前的。这姑娘嘴毒得很，陈墨北刚刚介绍了一下，她就说："你没有我以为的那么漂亮。"

我气得直翻白眼，我想你哭几天出来看看，只怕连我这个样子都不及呢！但她接着很客观地评价了一下："身材确实很好。"

时间如白驹过隙，不知不觉居然到了陈墨北毕业的时候。回忆起我们重逢的时候，他和顾萌，我和陆意涵，那时我们的生活是多么简单，我们的快乐也来得那么简单。

我们很不识趣地同时提起了对方最不愿意听到的名字。

"你跟顾萌……"

"你跟陆意涵……"

然后我们听见自己和对方同时喝道："闭嘴！"

林阑珊看看我，又看看陈墨北，莞尔一笑。

那段日子只要不是跟周嘉年在一起的时间，我就一定是跟阑珊混在一起。

我第一次稍微打扮了一番去她学校找她。我站在香樟树下等她，她走近了之后挑了挑眉，点点头说："还真是我看走眼了，你确实是大美女啊。"

我大人不计小人过，宽容地原谅了她。

阑珊是学美术专业的。我说："那难怪了，你身上有种文艺气质，这种气质是装不出来的。"

她嗤笑一声，说："放屁，我们院里不知道多少以文艺青年自居每天浓妆艳抹的土鳖。"我被她直接呛得说不出话来。

我们去买蛋糕的时候正好撞上顾萌从里面出来。

我真的已经认不出她了，我想：这才过了多久，是哪个魔鬼收买了那个澄净的灵魂？我眼前这个拥有跟顾萌一模一样的脸的人是谁？

她看了我一眼，也许是我的表情让她觉得没有必要跟我打招呼，于是从我面前径直走了。等我回过头去的时候，那辆红色MINI已经快要消失在街口。

阑珊是多么会察言观色的人，她推了推我："很重要的朋友吗？"

我转过脸来对着她挤出一个无奈的笑，我不晓得怎么跟她说"也许对于你来说，她也是很重要的人"。

最终我只是摇摇头，走进了蛋糕店。

那天下午，我们坐在蛋糕店的二楼，隔着玻璃感受不到外面灼热的空气，我有些失神。阑珊忽然叫了一声我的名字，我收回思绪木然地看着她。

她忽然笑得很开心。她说："苏薇，我有一个包袱，在背上背了二十多年，很重、很闷，我很累。"

我不解地看着她，不明白她要说什么。

阑珊从来没有笑得那么温柔过，满身凛冽的气质霎时烟消云散。她用手里的叉子叉了一小块蛋糕，我忽然觉得她原来也是个小女孩。

她继续说："我遇到一个人，我把这个包袱交给他，他说他会负责，所以我很快乐。"

我问:"那个包袱里是什么?"

她说:"我的感情。"我明白了。

我看着眼前笑得像花儿一样舒展的阑珊,忽然很想为她落泪。我用力地点点头,很恶俗地对她说:"阑珊,要幸福啊。"

她忽然又变得有些伤感:"有一天我告诉墨北,我妈妈曾经说,做人是要讲运气的,她的一生之中并没有遇见一个善待她又能够保护她的男人,但是没关系,因为很多女人都没有。墨北问我:'你父亲呢?'我说我也不知道,我从来没见过,也从来没问起过。

"墨北看了我很久,他告诉我他父亲在他年纪还不大的时候就去世了,他跟我说,他之所以很努力地生活,是希望自己将来能够让他的亲人、孩子过得幸福。"

我哑然,我想陈墨北一定没有告诉阑珊,他所说的亲人曾经也包括刚刚与我们打过照面的顾萌。

【八】

过了很长一段平静的日子,我差点儿疑心以后一辈子都会这么平静下去了。周嘉年找了份工作,卖数码产品,钱不多但是够他花了。

他不止一次地跟我说:"以前你跟陆意涵在一起时的那种生活我目前是给不了你,你想清楚了还要跟我在一起吗?"

碰到他这样问的时候我一般不回答,我一个耳光就扇过去了。我觉得跟这种人浪费时间煽情或者讲道理都不如暴力来得直接、有效。

另一边,陈墨北也顺利地进入了他在校时就效力的那家公司,他们没有食言,给他的待遇远远超过了应届毕业生。

我和阑珊会在周末的时候手挽手地去逛街,当我一边喝着奶茶一边晒着太阳的时候，我会有一种由衷的满足感。

偶尔我们四个人聚在一起，看电影、唱歌、爬山、打牌，输的人贴一脸白纸条。美满人生，莫过于此。

但生活里埋的那些定时炸弹不理会我们，它只知道引线燃完的时候，"砰"的一声爆炸就对了，它不会理会在这声爆炸之后，我们的人生会产生怎样翻天覆地的变化。

首先是奶奶突然病倒。

我和嘉年买了站票连夜赶往乡下，夜间火车的顶灯照得我们一脸惨白，我们站在吸烟处紧紧抱住对方。我头一次懂得男生的脆弱，他们不像女孩子，可以哭，可以闹，可以迁怒，可以发泄。

他们只能隐忍，只能克制。

我感觉到他的身体有微微的颤抖，我听见自己一遍又一遍轻声地叫他的名字，却说不出一句安慰的话语。

我只能用我全部的力量拥抱他，这或许比苍白的语言更具安慰。

老人病得不算厉害，但无论我们怎么劝她她都不肯离开乡下。她有她的道理：叶落归根。我伏在她的床边哭得稀里哗啦，她反过来安慰我说："丫头，要是奶奶去了，你要好好照顾嘉年。他不懂事的地方，你要多包容。"

然后她又对嘉年说："这些年你和你妈妈虽然没有告诉我到底发生了什么事，但我心里还是有个大概，我是老了，但是还不傻。"

我和嘉年哭得喘不过气来。那天晚上我们睡在一起，他从背后抱着我，头埋在我的发丛里，我感觉到我的脖子湿了一大片。

等到奶奶的身体完全康复了之后，我和嘉年两个人都瘦了一圈。

就在我们回去的前一晚，墨北打来电话，他开门见山地对我说："苏薇，顾萌来找我了。"我一脸憔悴地在墨北公司附近的露天咖啡座等他，他也是一脸憔悴地过来跟我见面。我们同时长叹了一口气之后，他言简意贱地跟我解释了一下。

周末的时候，阑珊找不到我就央求墨北陪她去买蛋糕。真奇怪，爱同一个人的人也会爱同一家蛋糕店出炉的蛋糕。

顾萌和墨北一照面，阑珊就发现了端倪，那绝对不像是普通朋友的相遇，无论是顾萌极度震惊的眼神还是墨北极度错愕的表情都被阑珊看在眼里。

顾萌不记得她，她却是记得顾萌的。阑珊有一项本领，对看过的文字和人都能够过目不忘，所以她很清楚地记得，这不是她第一次见到顾萌。

吃晚饭的时候阑珊一直不说话，墨北做贼心虚，自然明白她为什么反常。

于是这个笨蛋就做了一件最愚蠢的事情，他将自己跟顾萌的过去对阑珊和盘托出！那天晚上阑珊点的鳗鱼饭直到埋单都没有动过，陈墨北怕她回去会饿，就想再陪她去买点儿蛋糕，但是阑珊笑着说："我这辈子都不会再去那家店了。"

我听到这里忍不住拍案而起，指着陈墨北的额头大骂一通。我说："你是白痴啊，你以前跟顾萌爱得那么深，你的过去哪一点儿没有她的影子啊！你怎么就蠢得全告诉阑珊了？我跟你说这事换了我，我早抽你了，亏阑珊还能不动气。你到底懂不懂两个人在一起需要一些适时的隐瞒啊？"

陈墨北睁着无辜的双眼承受着我的指责，末了他很认真地对我说："苏薇，我跟你不一样，你谈过很多场恋爱，你被很多人追过，你知道什么时候应该说什么话，但我不是。我的过去只有顾萌，我长到这么大也只爱过一个顾萌，她就是我过去这二十几年全部的感情，那些欺骗、隐瞒、手段，我全不会。我只知道作为男朋友，我应该给予对方起码的尊重，对她想了解的我的过去，我应该坦白。"

我怔怔地看着这个呆子，我承认有那么一瞬间我觉得他说得很有道理。

没错，是这样，我们很多人早早地谈恋爱，在我们还不知道爱是个什么东西的时候就已经对它厌倦了。我们玩感情游戏，一面少年老成地感叹这个世界真爱难求，一面又不曾真正检讨自己对爱情到底是什么态度。

陈墨北跟我不一样，他认认真真地爱过一个人，然后被伤害。他完完整整的感情全部给了顾萌，我想他大概没有同等的爱可以拿来给阑珊了。

我想起阑珊在那个夏日的午后仰起面孔来对着我笑，她说因为有个人肯帮她背那个包袱，所以她很快乐的样子，我心里就绞痛。

"那顾萌是怎么回事？"我问陈墨北。

他顿了顿，说："也没怎么回事，她就是打电话问我，如果她现在后悔还来不来得及。"

我一口拿铁差点儿没喷出来，我难以置信地看着墨北："这还叫没怎么回事？你应该叫她去死！"

陈墨北严肃地看着我，说了一句让我想一耳光扇死他的话："我不能叫她去死，我爱的人，我爱一辈子。"

为了打破僵局，我和周嘉年把阑珊和陈墨北都叫出来吃火锅。

可是火锅怎么能是这样吃呢？这么安静，这么沉默，气氛这么尴尬。

我讲了很多冷笑话，大家都很给面子地冷笑了几声，却让我显得更愚蠢了。

陈墨北的手机不合时宜地响了，他看了看阑珊，她一脸的淡然就跟没听到任何声音一样。陈墨北犹豫了片刻，终究还是起身出去接电话。我把筷子一摔，偷偷地跟了过去。

我是挺龌龊的，但我觉得比起电话那头的顾萌，我还是要好点儿。

我就是这样偷听到陈墨北跟顾萌见面的时间和地点的，虽然周嘉年劝过我，朋友也要有个分寸，这事轮不到我去插手。

但阑珊她是根本不懂得为自己争取的女孩子，或许她不是不懂，她是太在意自己的姿态，不愿意让自己陷入一个狼狈的拉锯战当中。

她不是顾萌，不是我，也不是晴田。

晴田找过我，当然是背着周嘉年，她说了很多话，中心思想是让我离开周嘉年。我看着她那张孩子气的脸，心想：如果阑珊也这样去请求顾萌或者说是威胁顾萌，那会是个什么样子？

我见过阑珊的母亲，见过了她我才明白为什么阑珊会有超过她本身年龄的睿智和淡漠，那跟她有一个那么高雅和端庄的母亲是有很大关系的。

阑珊从小受到的教育就是"宁可手心向下，绝对不可手心朝上"。她母亲告诉她，永远不要等人施舍。

所以在那天我们吃完火锅之后，她坚持要自己打车回去，我握着她的手想说什么，但她只是微笑示意我不必多言。

我想也许她心里也怪过我，为什么不早些告诉她陈墨北跟顾萌的事。但我要怎么做才能让她明白，我不过是希望她幸福。

我躲在树后面的时候并没有想到，阑珊她没有回家。她也同样一路跟着陈墨北，就在马路的对面看着顾萌从车上下来抱住陈墨北，他们吵，她哭，他对她吼，但他们又抱在一起，最后她甩了他一个耳光，绝尘而去。

阑珊不需要知道他们的对白，就算这是一场黑白默片她也看懂了全部的意思。从来不肯当着别人面落泪的林阑珊，在我和陈墨北走了之后，摸了摸自己的脸。一片潮湿。

如果不是多年后她在电话里提起那个夜晚，我恐怕都不记得后来那些事了。

后来我跟陈墨北去大排档喝酒，他告诉我，顾萌不准他跟别人在一起，不管是谁都不能，因为陈墨北只能爱顾萌。

陈墨北觉得很可笑，他反问顾萌："那你为了那些香水、手袋、名牌风衣，还有你这辆该死的MINI背叛我的时候，有没有想过我的感受？"

顾萌哭起来还是像当年一样，她开始把从前的事情翻出来说，太多了，陈墨北的人生永远不可能摆脱掉顾萌的影子，那些共同牵手走过的光阴，那些温柔的岁月，那些干净得像水一样的情感。

但都回不去了，回不去了。

最后激怒顾萌的是陈墨北一句"你知不知道你跟妓女没什么区别？不过你是批发，她们是零售"，就是这句话替他招来了一个耳光。

那晚我们喝得酩酊大醉，我依稀记得墨北哭了，但或许是我记错了吧。他到底是怎么想的，对阑珊来说，已经不重要了。

阑珊去北京之前再也没有见过墨北，无论墨北怎样找她、打电话给她，她总是能想到办法躲开。

但她见过我一次，跟我说起了关于她母亲的故事。

也是在这么久之后她才了解自己这个生命的来处。当初她的父母很相爱，但出于父亲家里的原因，他们被活生生地拆散了。

阑珊的父亲步入那场带着目的性的婚姻时，他并不知道阑珊的存在。那时阑珊还只是母亲腹中一团小小的精血，随着倔强的母亲来到这座城市。

多少年，他们一直只是书信往来。阑珊的母亲是何等骄傲的女人，断然不会容许自己成为破坏别人婚姻的第三者。

她只会在信中简短地提起阑珊的成长，她长牙齿了，她学会走路了，她会说话了，她识字了、上小学了、升中学了、考上大学了……

她不容许他来探望女儿，而他居然也真的做到了这些年来仅仅通过这些只言片语来了解阑珊的生命痕迹。

直到前几个月，信上说，阑珊谈恋爱了。

阑珊笑起来，很自嘲的样子，没想到这么快就失恋了。

我本想告诉她不是你以为的那样，但我还没有说出口，阑珊就告诉我:"苏薇,我要回北京了。"

多年后大太太去世了,姨太太带着私生女从异乡回到家乡,电视剧里都是这么演的,对不对?

我呆呆地看着她,她笑着摇头:"苏薇,我很好,我撑得住。我父母是活生生的例子,他们让我明白了一件事,有些爱情真的是时间、空间、穿插在生命中的无数的人都抹不去的,你明白我的意思吗?"

我明白,当我将这一切转达给陈墨北听的时候,他也明白了。

飞机起飞时那巨大的轰鸣,也许真的在陈墨北的心脏上划出了一道口子。

我想:当初陆意涵离开这里的时候跟阑珊是同样一种心情吗?

明日隔山岳,世事两茫茫。

阑珊离开的那天晚上我跟周嘉年说我想陪陈墨北,周嘉年点点头,叮嘱我到家之后打电话给他。

我和陈墨北坐在凳子上看着墙壁,墙壁上贴着很多相片,被镜头定格的女孩子有一张清冷孤傲的脸,我们都没有看到那张脸上露出过哀伤的表情。

陈墨北轻声说:"从此我的生命里,既无顾萌,也无阑珊了。"

我转过头去看着他,他哈哈地笑:"不过还好,我还有苏薇。"但差一点儿,他连苏薇也没有了。

我走在往日熟悉的漆黑的巷子口的时候,忽然被一只大手捂住了嘴巴,紧接着另外一只手开始撕扯我的衣服。

我明白要发生什么了,极度的恐惧激发了我身体里那一部分我自己都不曾察觉到的力量,我拼了命地撕咬,像一只野兽。

但我依然还是被那个黑影推倒在地,我看着苍茫的夜空,生平第一次,体会到了什么叫作绝望。

那股令人作呕的、野兽般的浊气喷在我的脸上,我已经放弃抵抗了。

我的手脚都没有力气,只有喉咙里还有,当我最后凝聚了自己全部的力气想要尖叫的时候,冰凉的刀贴在了我脖子的大动脉上。

那一刻我的眼前像电影一样回闪了很多画面,一帧一帧那么快,我的亲人、我的朋友、我爱的人,还有那些爱过我的人……

我清楚地听见我身上那些布料被撕毁的声音,它们在这个静得有些过分的夜晚显得那么剧烈而突兀,我闭上眼睛,放弃了挣扎。

生命才是最重要的吧,跟生命比起来,有些东西是可以丧失的吧?

晴田冲出来的时候我已经万念俱灰了,我原以为一切已成定局,我苏薇的人生从此要永远背负这个噩梦了,我苏薇的人生将永远停滞在这个夜晚了。

晴田哭着来拉那个黑影,她口齿不清地喊着:"不是说吓吓她吗?只是吓吓她啊……"只这两句话我就明白了,我想我这一生的仇恨恐怕都凝聚在我看向晴田的那一眼了,如果晴田在那一瞬间跟我对视,她一定一辈子都不会忘记。但她没有看到我的眼神。

小小的晴田被那个黑影揪住长发,重重地撞向了斑驳的墙壁。

晴田栽倒在地上的时候脑海里浮现的最后一句话是:为什么会这样?

她不知道自己找了个多么凶狠的角色,她从小衣食无忧,自然不会懂得在这个世界上有那么一些人为了活下去可以视法律与规范如无物,他们为了衣食,为了钱财,可以挣脱约束并产生破坏。

晴田以为只要给了钱就可以了,她只是想吓吓苏薇而已。就像她年幼时看他们班某个女生不顺眼,叫一群人在下午放学之后围着那个女生往她身上扔毛毛虫那样。

她以为这次不过也是扔毛毛虫,但她对人性中那些贪婪和暴戾实在太缺乏了解了。

她不知道自己脖子上那条月光一样的白钻项链和苏薇的美貌一样会激发这个黑影骨子里的兽性,那是对钱财和美色的双重贪婪。

我看着她像一株植物一样缓缓地倒下去,那个黑影重新覆盖在我惊恐的眼睛里……霎时,我窒息了……

那一刻我只希望时间快一点儿过去,天快一点儿亮起来,快一点儿,再快一点儿吧……苍天,请求你,如果有一颗子弹,就让它穿过我的心脏,让我从这个肮脏的尘世彻底解脱吧。

周嘉年从巷子口走进来的时候,我已经被晴田用她的衣服包裹住了,她看上去很伤心,手忙脚乱地替我整理我一头乱糟糟的头发。

但我什么都感受不到了,我的灵魂离开了身体,飞到了空中。

周嘉年从地上抱起我,我的目光在他的脸上对焦,终于确定这个人是我可以信赖的,才昏昏沉沉地瘫在他的怀抱里。

晴田哆嗦着想对嘉年说什么,又或许她只是想对自己说什么,她喃喃地用几乎不可耳闻的音量重复着:"这不是我的本意,我只是想吓吓她而已……"

但他视而不见。

晴田绕到他面前拦住他的时候,他终于低沉地说了一句:"滚开。"

我丧失意识之前,只记得晴田小小的身躯被那个巷子的黑暗淹没了,她那么小、那么孤单。

我在陈墨北的公寓里昏睡了很久,我知道周嘉年和陈墨北轮番在照顾我,但我就是不肯睁开眼睛看他们一眼。

我自欺欺人地想,只要我缄默,只要我不醒来,那个夜晚便会尘封、褪色、消逝,最终变成跟我的生命毫不挂钩的粉末。

是我低估了周嘉年对我的爱,后来我总是想:如果我早一点点振作,那么周嘉年的人生会不会改写？

但宿命这回事，没有如果。

【九】

夜凉如水，周嘉年忽然被一种莫名其妙的惶恐惊醒，他睁开眼睛看过来，发现我不在床上。

他在阳台的角落里看到蜷曲着将窗帘卷在身上的我，他慢慢地走过来，蹲下来，想要抱我。

但我哭着哀求他："不要碰我，求求你，不要碰我。"一阵沉默，周嘉年像被定格了一般深深地凝视着我。

他说："苏薇，从前我不懂得什么叫痛，但现在我懂了。"

他的眼睛在黑夜里依然是那么清亮，我把脸埋在双膝之中，语无伦次地小声哭喊："我真的想死……但是我怕死……我告诉自己，就当是被疯狗咬了，忘掉这件事情……忘掉那个晚上……但是我做不到，我做不到……我真的做不到……"

周嘉年任由我失魂落魄地自言自语，过了很久，他扳住我的头，他的表情带着一股亡命之徒的狠劲，他问我："苏薇你要怎么样才能忘记这件事？"

我被他的声音惊醒过来，我定定地看着他，一字一句地告诉他："我、要、他、死！"他看了我好久，没有问我真的假的，只是说："那好。"

周嘉年没有去问晴田那个黑影是谁，他抱着我离开那条巷子的时候什么都没有对晴田说，但他的背影让她明白了一件事——他永远都不会原谅她。

人性之中必定有阴暗的一面存在，即使是以"爱"的名义，也不会例外。

他自离开校园开始就混迹于社会,各条道上的朋友都有一些,何况这不是什么大城市,稍微打听打听就能找出那个黑影。

那晚,晴田提了一个限量版的手袋,但她醒过来的时候,手袋连同她脖子上的项链都没有了。

那些东西男人拿着唯一的用处就是出手,换成实实在在的钱。

社会人际是一张大网,没有人能成为漏网之鱼,周嘉年很轻易地就查到二手店里那个限量版手袋的来源。

我无法猜测周嘉年在动手的那一刻的心情,他到底想没想过那一棍一棍抡下去之后的结果?他有没有想过对方的脊椎并不是钢铸铁造的?他有没有想过故意伤害导致他人终生瘫痪要付出怎样的代价……

这不是茹毛饮血的原始社会,这是有法律规范和约束的文明社会。每个人都必须为自己所做的事情承担责任。

但我想如果换了我,有人伤害了周嘉年,我也一定会拼了命地去报仇。

我们都是这样的人,我们不会用温暾的方式告诉对方"时间会慢慢治愈你",我们不会。我们要血债血偿。

于是,我只来得及在他上警车之前赶到现场,人声鼎沸,满世界的人都看着我们,但我只记得他最后回望我的那个眼神。

陈墨北陪我一起去探视他,我们一照面我就想冲过去撕碎他,我声泪俱下地捶打着玻璃问他:"值得吗?值得吗?周嘉年,你回答我,值得吗?"

那一刻我简直分不清楚我对他到底是爱还是恨了,如果是爱的话,我为什么想要跟他同归于尽?如果是恨的话,为什么我又觉得我是那么那么爱他?

最后我没有再骂他,再怎么骂他也是于事无补,况且他的脸上明明白白地写着"我觉得值得",我只是咬牙切齿地对他说:"周嘉年,我等你,你坐一辈子牢我都等你！"

　　他的脸上还是一副无所谓的样子，但我晓得我这句话他听进去了。探视完周嘉年出来，陈墨北问我："苏薇，要不要抱你一下？"

　　我摇摇头："我没事，我扛得住。"

　　但是我一说完这句话就扑到陈墨北怀里放声痛哭起来。

　　"该得到的尚未得到，要丧失的早已丧失，你说的曙光到底是什么意思？"

　　那时候我只觉得这诗很漂亮。但我阅历尚浅，我不明白它到底是什么意思，可是当我在陈墨北的面前哭得连话都说不出来的时候，我忽然明白了。

　　但我还是想不通，为什么我们的人生要面对这么多的灾难和离别，我们还要对这千疮百孔的生命感恩，为什么我们对过去和未来都如此无力，为什么我们的手里只有不知如何是好的现在。

　　为什么……

　　陈墨北轻轻地拍着我的背，他说："人可生如蚁，而美如神。"他还说，"苏薇，既然决定等下去，你就要坚强面对。"

　　我想起我第一次跟着周嘉年回乡下，我站在拥挤的过道里，我跟自己说，将来还会有很多更辛苦的事情要面对，但那时我死也想不到，所谓的辛苦的事情，竟然会辛苦到这种程度。

　　但这是我自己的选择，我面对，我承担。

　　后来的这些年里我一直觉得我们这群人是不是受到了这座城市的诅咒，否则为什么留下来的就形单影只，而另外一些索性头也不回地离开。

　　我最后一次见到晴田，她脸上的孩子气一扫而光，取而代之的是满脸的沧桑。我还来不及反应，她就在我的面前直直地跪了下去。

　　自那以后，我再也没有见过她。

很久以后，我收到一封信，没有地址，但邮戳告诉我那是一个我这一生可能都不会去到的地方。我试图在地图上把它找出来，但最后我放弃了。

其实没有必要了，搞清楚她到底在哪里有什么意义？她在信中告诉我，她根本不是千金小姐。

她说："苏薇，在你还没有出现的时候，我曾经问嘉年，为什么不肯跟我在一起。他每次都能想出不同的借口，我记得有一次他对我说，因为你家太有钱啦，我高攀不起。

"那时我很天真地以为那些理由都是真的，我还气急败坏地跟他理论：我出生在富贵人家难道是我的错吗？

"其实我真是蠢，我哪里晓得我根本不是……不是所谓的豪门千金，我不过是他们收养的弃婴而已。

"你知道我有个哥哥吗？其实他很早就知道这件事情了，妈妈生了他之后身休一直不好，根本不可能再生一个女儿——虽然她是那么渴望有个女儿。

"我哥哥十七岁出国留学，临走之前父母觉得他已经是大人了，便将这件事告诉了他，后来他又告诉了他的女朋友，也就是他现在的妻子。

"只有我一个人被蒙在鼓里，什么都不知道，仗着自己优渥的家庭条件胡作非为。

"如果不是他们回国了，如果不是我嫂子担心我跟我哥哥争家产，如果不是她未雨绸缪想将一切对她丈夫来说是潜在危险的因素一一清除，也许我一辈子都不会知道这件事情。

"我得知自己身世的那天晚上，一个人在大马路上走啊走啊，后半夜下起了雨，我浑身冷得直发抖。

"那一刻我真的想过去死。

"我如果真的死了,也算是对你和嘉年做出了最具诚意的忏悔,因为我真的不知道我还可以做些什么来弥补我犯下的错。

"苏薇,曾经我也是善良的人,曾经我也很单纯,曾经我也想对你们奉上祝福,或者像陆意涵那样,就算不祝福你们,但我也不再打扰你们。

"我真是鬼迷心窍,我自己都想不到我为什么那么恶毒。

"我哭,就要全世界陪我一起哭;我痛,就要全世界陪我一起痛;我不幸福,我就要你们都不幸福。

"那天晚上我其实就躲在拐角处,我听见你的呜咽和嘶喊,很奇怪,我没有得到意想中那种报复的快感,反而我很心慌、很怕,甚至很后悔。

"我不知道事情怎么会变成这样,我已经把钱全给他了,为什么他不遵守交易?是我太愚蠢,我的愚蠢害了太多人。

"苏薇,我真的很抱歉,纵然我死一千次都不能够洗清我的罪孽,这么多年来,那个夜晚不只是你一个人的噩梦,也是我的。

"苏薇,我不奢望你们会原谅我,永远不奢望。

"但我只是想让你知道,我在这个山区里,每天跟这些孩子在一起,教他们读书识字,我觉得我的灵魂找回来了。

"苏薇,此刻我只想很诚恳地对你说一声,对不起。"

我本想将这封信带去给周嘉年看,但他一听到我提起晴田的名字便面露不悦,我只得默默地将它塞进口袋。

后来晴田陆陆续续给我写了很多信,但从来不留地址,所以即使我很想告诉她,其实我已经不恨她了,其实我已经慢慢地忘记那个噩梦了,但这一切我都没有办法让她知道。

或许她给我写信,也并不是为了获得什么,而仅仅是想通过这个方式让她自己不至于显得太孤独——因为她写出去的信,还是有处投递的。

生活再次回归到了平静的状态，只是没有了阑珊，没有了嘉年，没有了顾萌，也没有了晴田。

我和陈墨北总是混在一起，很多人都以为我们是情侣。但其实，我有我在等待的人，他也是。

我们都再也没有见过顾萌，关于她的名字我们也渐渐不再提起，只是有一年圣诞节，我和陈墨北从酒吧里出来，一个卖花的女孩子拦住我们说："哥哥，给姐姐买枝花吧，姐姐多漂亮啊。"

那一刻他微微有些失神。

他想起多年前的圣诞节，他们都还是穷学生的时候，他曾经用一个礼拜的伙食费买了一束红玫瑰给顾萌，她收到的时候非但没有笑，反而哭了。

她责怪他乱花钱，买这些华而不实的东西。

但后来，她觉得那些华而不实的东西很好、很美，甚至值得她放弃相濡以沫那么多年的感情。

仅有这一次，我听陈墨北提起她，之后这个名字在我们的生命中彻底消失了，仿佛从来就没存在过一样。

后来的这些年里，闲来无事我会一个人想一些问题，我想得最多的是，爱情可以以多少种方式存在着。

陈墨北说，上帝允许爱情以任何一种形式存在。他已经不是青葱少年了，他的脸上已经有了成年男子的淡然。

我承认他说得对，爱情是可以以任何一种形式存在的。

我爱你，你也爱我，但远远不及我爱你那么多，当我痛下决心逼自己认清这个残酷的事实之后，我决定把曾经用来爱你的那些爱，拿来爱自己。

这是阑珊和陈墨北。

我爱过你，但我对你的爱不足以抵抗我对物质的爱，我离开你并不是因为我不爱你了，只是我更爱那些物质而已。

这是顾萌和陈墨北。

还有一种，我很爱你，爱得不受理智控制，爱得想要毁灭你爱的人。这是当年的晴田。

不过幸好，幸好，还有一种：我们相爱，任何力量也不能将我们分开。这是苏薇和周嘉年。

每隔半个月我就会坐一列绿皮火车去一趟乡下，那是一个小站，小到没几个人知道它的存在。但我喜欢那里，它不像麦兜描述的马尔代夫那样"椰林树影，水清沙幼"，但它有一望无际的麦田、清新的空气，还有一位对我很好很好的老人家。

她是我爱的人的奶奶，她是周嘉年的奶奶。

老人的面容布满皱纹，但你一点儿都不会觉得那些皱纹难看，那是岁月的积累、智慧的沉淀，老人自有一套完全属于自己的生存法则。

她从来不问我为什么每次都是你一个人来呢，为什么嘉年不一起来呢。她从来不这样问，好像冥冥之中她已洞悉了一切。

只是每次我走的时候，她都会送我很远很远，再一个人慢慢地沿着乡间的小路走回去，我常常看着她日渐佝偻的背影就红了眼睛。

在乡下的晚上，我会睡得特别好。

所有那些离开了的人都会出现在我的梦里，他们还是那么年轻、那么漂亮。有时候我醒来之后都会产生错觉，分不清楚梦和现实。

到底他们是我梦里的人，还是真实出现过的人呢？如果是梦里的人，为什么我会觉得他们如此真实？

如果是我生命里实实在在出现过的人，为什么他们一个个都不见了呢？渐渐地，我便不再去想了。

或许我们的青春原本就是一场梦，这场梦里有过欢笑和温暖，也有过残酷和背叛,只是后来他们都醒了,都被宿命安排去了不同的地方,继续去做别的梦了。

而我还沉浸在这个梦里,固执地做那个一直不肯醒来的人。

但也就是因为我一直在这个醒不来的梦里,我才有足够的勇气告诉自己:苏薇,你很勇敢,你等得起。

周嘉年,就算死亡,也无法让我们分离。

经历了这么多之后,我才能坦然地回答当初坐在黑暗之中看着话剧,质疑自己的那个苏薇,是的,这就是爱情。

终于等来你爱我

苏锦年爱孙歌睿。孙歌睿爱苏锦年。这是红线牵定的缘分,
我们要逃开彼此,注定是枉然。
亲爱的,多么庆幸,这么长的时光,这么多的人,
我们始终没有丢失彼此,终于有这一天,
亲耳听到你说爱我。
我抬起泪流满面的脸,微笑着说:"我愿意。"

我的记性近来变得很差,无端混淆了许多的记忆,费力地揣测脑海里互相缠绕的时段,真相却只是更添惘然。我会忽然想不起他的样子,竭力拼凑,总是不对,面目全非,无论怎样勾勒,都与我想象中的相差甚远。

可是,你相信吗,就算我变成一块化石,我也一定不会忘记在最后一页写上那句话——苏锦年爱孙歌睿。

我不会让任何人看到它,只是会在独自一人的时候用手指反复摩挲,安静地微笑,心里突然涌动的忧伤如潮水般澎湃,然后闭上眼睛,泪流满面。

【一】

遇到孙歌睿时我年满十九,整颗心都透明而纯白,没有泪水和伤害侵

蚀的痕迹。我与阑珊拖着行李站在校门口茫然地四处张望，不知所措。新生入校时节校园处处人满为患，四下人流拥挤更显逼仄。我本来以为能依靠阑珊巧舌如簧的本事轻易地找到新生接待处，可是回头看到的却是比我更仓皇的一张脸。

她用力摇我的手臂："怎么办？锦年，我们会热死在这里的。"

确实如她所言，空气里充斥着灼人的炙热，似乎连呼吸都变成一种刑罚。我随手拉住一个从身边飘过的白色身影："请问接待新生的地方在哪里？"

白色身影转过来望着汗流浃背的我们微笑，我和阑珊不约而同地发出感叹："啊！"

真是让人眼睛一亮的女子，喧嚣鼎沸间唯有她清凉无汗、安逸美好，宛若一尘不染的天使。即便我是女生，也都不能不为之心动。要怎样描述她那张容颜呢？我冥思苦想了许久，只得出两个字。

天赐。只这两个字，不需要多言。

她漆黑的长发下是素白的脸，不施粉黛，却轻易就把身旁一堆环肥燕瘦比了下去。她牵住我的手，声音甜美亲切："我带你们去。"

路上她询问我们的名字，我便老实回答了。"苏锦年，宁阑珊。"她赞，"真是好名字。我叫顾凉寂。"阑珊说："学姐的名字也很好啊。"她有些黯然地摇头："这名字太过薄凉，恐怕无福。"我一时语塞，不知如何作答。

好在目的地已到，她往里面一指："自己进去吧。"我连忙道谢："美女学姐，谢谢你哦。"

她怔了怔，朝我眯起眼睛："锦年，你真是讨人喜欢的孩子，以后有什么事都可以来找我，西班牙语系。顾凉寂。"

推开门，里面没有我以为的那么热闹，我看了看，向一个悠闲的男生走过去，毫不客气地叩打他的桌子："喂！"他抬起头来，我立即呆住。

这到底是怎么了？为何我今日总是遇见这不似凡人的面孔？

他的头发剪得很短，干净而锐利，眉如墨泼，眼睛里荡漾着温柔流转的波光，神情懒散，一言不发地看着我。

我任由他的目光从我的发丝一路扫向眼角眉梢，站在原地，完全忘记来此的初衷，张着嘴，发不出一个音。

良久，阑珊打破沉默："学长，我们是来登记的。"

他看着我的窘相忍不住笑了："我不是负责接待的。"他顺手指着对面一个男生，"你们去找他吧。"

转身时我无意间看到他胸前的校卡，那三个字从此植入骨血，再难割舍。孙歌睿。

【二】

再遇到他是半个月后。

那日中午在食堂，阑珊忽然把筷子一丢，崩溃般哀号："锦年，这里的东西真的不是人吃的！"我叹气，也把筷子扔了："晚上我们去吃火锅。"

师姐们说学校附近有家火锅店，味道甚好。晚上我们空着肚子就去了。

刚刚落座便听见有人叫我。隔着氤氲的水汽，凉寂朝我们挥手："过来坐。"她穿了一身玫红衣裳，说不出地妩媚。再望过去，坐在她旁边帮她夹菜的，是白衣胜雪的孙歌睿。

我的心脏忽然有些梗塞，呼吸有刹那停顿，指甲不由自主地掐进掌心，一阵眩晕。凉寂热情地招呼我坐在她的右边，笑着问我："怎么从来不见你来找我？"

我小声辩解："人家还没弄清楚路呢。"

她嘻嘻地笑，对孙说："锦年就是我跟你提起过的那个小学妹，开学那天站在门口像个小呆瓜拉着我不放。"

他略略看我一眼，颔首微笑。我突然就失去了胃口。

我潦草地吃了点蔬菜就撂了碗筷，凉寂好奇地问："不好吃还是想减肥？"我未开口阑珊便抢着回答："她一直这样，小时候听她外婆说，人这一世的食物是限量的，谁先吃完了谁就先死。她想做千年蛇精呢。"

我扑过去拧她的脸，桌上的人都笑起来。凉寂拉开我们，亲热地揽住我："乖锦年，告诉我，为什么想活那么久？"

我低下头，轻轻地说："因为我想比我爱的人晚死……"周围又是一阵哄笑，唯有凉寂温柔地示意我继续说。我怯怯地抬头，正对着孙，"我想，如果我先辞世，我的爱人必然无法承受失去我的痛苦，所以我一定要比他活得久，我要以妻子的身份为他举行葬礼，不让他留恋人世，在另一个世界微笑着迎接我。"

满桌都安静了，凉寂深吸一口气，拍拍我的脸："锦年，你真是好孩子。"

孙的唇边泛起一点渺茫的笑意，溅进我的眼睛，似火光般灼目。自始至终，他没有开口说一句话。

告别了众人，我和阑珊径直走进了一家网吧。

我在博客上写日志：在这个陌生校园里第一眼瞥见的孙，是我生命里第一道因为失望而刻下的伤痕。原来爱情确实不需要许多的时日来酝酿然后一朝喷薄而出。有时候，真的只是匆匆一眼，就盲了今生。

对他们的恋情已有耳闻，真正的一对璧人。我也笃信，他的身边只能是她，换了谁都不配。

今晚无意间看到他的左手腕上系着一根红绳，另外一抹耀眼的红，是绑在她的右手上的。我紧紧地捂住心口，怕它会突然涌出鲜血。

原来，不只今生。来世，她都早早地预定了。生生世世，不离不弃，多么美好。

可是孙,我与你,真的就这样无缘?

我看着黑色的模板,然后,眼泪毫无声息地掉了下来。

【三】

夜深人静,我躺在床上翻来覆去辗转难眠,就坐了起来。阑珊把脸凑过来,迷迷糊糊地问:"你诈尸呢?"

我听见自己的声音透着疲惫:"阑珊,你来陪陪我吧。"

她的皮肤光滑细腻,紧紧地搂着我:"宝贝,是不是为了孙?"

我暗暗自嘲,以为掩饰得天衣无缝,原来还是露出蛛丝马迹,旁人一眼就看出端倪,道破天机。她的手围过来:"没事,我没告诉别人哦。"

她说:"锦年,你明天就去找他,去告诉他,你喜欢他。"我摇头:"何苦自取其辱。"

一时之间谁也不好再继续这个话题,良久,阑珊忽然问我:"你注意到亦晨没有?"我反问:"哪个亦晨啊?"

她的眼睛在黑暗里发出钻石一般的光芒:"就是帮我登记的那个学长,他今晚也在,好像是孙的朋友。"

我笑:"看上了就追啊。"

她娇嗔着:"哪那么不矜持啊!我要等他来找我。"

亦晨终于来了,可惜不是找她。他开口问"请问锦年在不在"的时候,阑珊的脸色变得很难看,勉强挤出一个笑容:"她在,你稍等。"

公寓的花园里,我将亦晨自上而下仔细地打量,他容颜俊朗,气质干净。想起阑珊说起他时面庞发光的样子,我的嘴角扯出一丝苦涩的笑。

亦晨笑起来非常可爱,眼神如孩童般纯真清澈,他说:"锦年,是凉寂鼓励我来的。"我一直礼貌地微笑,执意不开口。

他顿了顿,继续说:"锦年,如果可以,我想和你在一起。"

话已至此,我无法沉默。我抬起头来,细细碎碎的阳光洒了一身。我说:"你真好,可是,我已经有喜欢的人了。"说完转身就跑,几米之外停住,回头对他大声说,"其实阑珊是个很好的女孩子,你一定会喜欢她的。"

他背着阳光,像一尊没有表情的雕塑。

下课出来看见凉寂和孙,隐约猜到他们的来意,我止步不前。他们走过来,我下意识地摊开手掌,手心里全是汗,然而脸上却一直保持着镇定自若的淡然。

凉寂的口气里满是疑惑:"你为什么不接受亦晨?他是多么可爱的一个人。"

孙在她的身后蹙着眉,目光沉静犀利,表情云淡风轻。我故意视而不见,轻声回答凉寂:"我已经告诉他我有喜欢的人了。"

凉寂的眼睛睁得很大:"是谁?我去帮你做媒。"

我终于抬眼与他对峙,字字句句,清清楚楚。

"多么遗憾,我爱的人,早有意中人。"

然后,胸腔里忽然钝痛,血液在静脉里停滞、逆流。

【四】

我在校园旁边的小店里买了两条黑色的金鱼,每日按时换水、喂食、清洗鱼缸,细心观赏。

阑珊好奇:"你从前最烦这些东西,怎么近来这么变态啊?"

我笑笑,没有解释。我当然不是因为寂寞,自然也不是无聊。而是,在我第一眼看见它们在水里摇曳时忽然领悟,爱情多么像金鱼,如此滑溜,随时都会从手中逃脱。

很多东西,一直都不在我们的掌控中。

彼时,亦晨依旧对我孜孜不倦,而阑珊,已经另觅新欢。

天气渐渐凉了,我把衣服领子竖起来,只露出两只明亮的眼睛。穿过重重叠叠的花园,在公寓的拐角处,我看见烟头的火光。

他看见我,有一瞬间的局促不安。我亦手足无措,四目相对,忘记言语。他把烟头摁灭在墙上,对我微笑,第一次开口唤我的名字——"锦年,我等了你许久。"

眼泪瞬间盈满眼眶,自眼角缓缓溢出。多少辗转反侧,只为听他亲口叫出我的名字,如同蒙受主的恩宠,满心莫名的委屈和欢喜。我倔强地盯着他,一动不动。风吹乱我的头发,他迟疑了一会儿,终于走过来为我捋头发,然后,轻轻地抱住我。

我在他温暖的怀抱里泣不成声。

我向他要来一支烟,食指和中指夹稳,点火,吸进去,缓缓吐出。他揉我的头发:"小孩子,不会就不要抽,伤身体。"

我认真地看着他的眼睛,语气笃定:"凡是你会的,我就都要会。"

他愣了愣,握紧自己的拳头,把脸别过去,似乎怕我看见他的表情:"锦年,为什么你这么晚才出现?"

我眉头皱起,心口一阵绞痛,用冰冷的双手扳过他的脸:"孙,我不会成为你的烦恼,我爱你,这是我一个人的事情。"

空气里有噼里啪啦火光四溅的声音,我们安静地对视。我如何能否认我的爱?仅仅是看到他温柔的眼睛,就可以欢喜地落下泪来。我轻轻地开口:"孙,你可知道,当日初相见,你的浅笑生生撞入我的视线,犹如暴晒的烈日下忽然被人蒙住双眼,世界瞬间黑暗。"

我努力想要对他笑，可是眼泪那么不争气地掉下来。

他俯下脸，狠狠地吻上我的唇，带着植物潮湿的清香一点点摧毁我的理智。泪水缱绻间我看到墙角有个人影一闪而过，大脑突然一片空白。

是他，亦晨。

【五】

在肯德基店里亦晨苦笑："原来是孙，我终于明白了。可是锦年，凉寂待你亲如姐妹，你怎么能伤害她？"

我几度欲言又止，反反复复，终于放弃了沟通。我自知没有人会了解我的想法，旁人若嗅到我与孙之间丝毫的暧昧气息便会一口咬定我要横刀夺爱。没有人会懂得，我爱他，已远甚于爱惜自己一贯素白纯良的名声。我爱他，便将这爱无限地扩展延伸至他身旁每一个人，首先就是凉寂。

我宁愿自己满身疮痍，也绝对不让他损耗半分。我的爱其实就是这样绵软，没有威胁。亦晨的手伸过来："无论如何，你都是我爱惜的女孩，有任何事不妨来找我。"

他与凉寂都是我发自肺腑想要珍惜的人，我无意伤害他们。只可惜，爱情从来都让人无能为力。我的身体蜷曲起来，灵魂在这单薄的躯壳里因为内疚而瑟瑟发抖。

秋末，我接到凉寂的电话。

"我的生日，你和阑珊务必来。"

那夜处处流光溢彩歌舞升平，衬得我和阑珊像两个闯入宫殿的灰姑娘。凉寂穿着宝蓝色的长裙在人群中间跳舞，裙裾摇摆，舞步蹁跹，绯红的脸如怒放的玫瑰。

我的目光似雷达般往来穿梭，寻找那个魂牵梦绕的身影。

他站在人群背后，望向我的眼神温和且怜惜。我的心微微颤抖，原来我们有一样的寂寞和思念。狠下心去，不敢再多看他一眼。

我送给凉寂的礼物是KENZO的香水，瓶身是风中落叶。我说："凉寂，希望你喜欢。"她孩子气地朝我眨眼睛："我当然喜欢呀。但是锦年你要记住，男人的诺言就像香水，只能闻，不能喝。"

我实在无法抗拒她的可爱。

孙的礼物震撼全场：一大捧娇艳的蓝色妖姬之外，更有他母亲从国外带回来的LV樱桃包包。

凉寂的眼睛里闪过一丝诧异，接着，她跳起来亲吻他的脸颊。周围的欢呼似雷鸣炸开。我抓紧阑珊的手，牙齿发出战栗的声音。"带我走，快！"

翌日凉寂来找我。"锦年，为何昨日走得那样匆忙？"我笑着说："身体不舒服，人太多，来不及跟你说。"

她挑眉："那我请你去吃蛋糕，不许拒绝。"

我低头不语。

凉寂忽然急切起来："锦年，孙他变了，他不那么爱我了。他曾经说要在我二十岁生日的宴会上送我钻戒并且向我求婚的。可是昨晚，他食言了。"她的头埋下来，声音凛冽，"他或许爱上了别人。"

我手指一抖。"凉寂，告诉我，他若真的移情了，你会怎样？"

她猛然抬起头来，眼睛里燃烧起我从未见过的愤怒火焰，整张面孔都跟着扭曲。"如果那样，我不会让他们好过。"

我背上的冷汗，涔涔而下。

【六】

半夜爬起来写博客。

自从遇到孙，我完成了破茧重生的蜕变。

我现在会有深深的恐惧和不安。虽然表面上不动声色，可是局面潜移默化了多少，我心知肚明。

但是我没错，不是吗？

我爱他，这不是我的错，虽然没有人会原谅我。

现在的我与孙，离暧昧那么近，离爱情那么远。那夜，他在我耳边说："锦年，你是这么纯洁的女孩子，我真不忍心委屈你。"我笑着替他擦去差点儿就要夺眶而出的眼泪。那一刻我心里的疼痛翻山越岭。我惭愧极了，都是我不好，让我爱的人因我为难。

我真的不曾奢望什么。我只要能站在他身边看着他，哪怕他怀里抱着的是别人，我还是会觉得很满足。

也许我们的爱情注定没有结局，它因迟到而被诅咒。

写完看到有一条新留言，点来看，我当即呆住。是他！他说：锦年，让我们相爱，否则死。

周末，一群人相约去爬山。

凉寂一直牵着孙，我逼迫自己的眼睛不准往他们那边看。到了山腰我崴了脚，眼泪来得迅猛而直接。亦晨过来背我，他知道我是为什么哭。他们吃东西的时候我悄悄溜到了后山，脱下袜子，看到红肿的脚踝，自己从包里拿药出来擦。末了掏出瑞士军刀在一块大石头上刻字：苏锦年爱孙歌睿。

我不记得什么时候睡着了，醒来的时候天已经深黑，他背对着我也在石头上捣鼓，我走过去看：苏锦年爱孙歌睿。孙歌睿爱苏锦年。

仿佛一个残破的圆终于契合。我的眼泪滴滴答答地落下来。

他抱着我说："下山后发现少了你，我打发他们先回学校，我来找你。下午不见你，我还以为你下山去等我们了。"

我说:"那我们快下去坐车吧。"

他扬起眉毛,有些揶揄:"笨蛋,亦晨他们坐的已经是末班车。我们要在这里过一夜了。"

旅舍很干净,我们挤在唯一的客房里有些尴尬。

蓦地,他起身:"我还是出去吧。"

我拉住他:"不必,我与你任何忌讳都是多余的。"

我轻轻吻他的额头、眼睛、鼻子、嘴唇、耳垂,伸出纤纤玉手拉开他外套的拉链,在他的耳边呵气如兰:"孙,请你要我,请求你。"

他的身体一僵,紧紧抱住我,热烈地回吻我,他每一根手指都似燃烧的火苗,所过之处,火势旺盛。

我闭上眼睛,等待我爱的人来解除我的禁忌。

良久,睁开眼,他站在床边。我用手臂圈住他,轻声探问:"怎么了?"他转过头来,眼眶通红:"锦年,我既然不能给你什么,就不应该自私地占有你。你要留着清白,给值得的人。"

我静静地解开衣扣:"孙,如果这个人不是你,我想不到别人。"

洁白的身体袒露在他的面前,我把他的手按在我胸口:"请你要我。"

尖锐的疼痛过后是疯狂的欢愉。他看到床单上刺眼的殷红,奋力地扯下手腕上的红绳。他把头埋在我的颈窝里,哽咽着说:"锦年,明天我们去见凉寂,我们一起去!"

【七】

他牵着我走到她面前:"凉寂,这根红绳还给你。"

凉寂的身体往后一缩,面如死灰:"孙歌睿,你给我说清楚,这是什么意思?"

我曾赤诚天真爱过你,
后来再遇到的人,
又一个像你。

天时地利人和的不仅是欢喜,
还有错过和遗憾!

他的手始终不曾放开我。"我与锦年彼此相爱。就是这样。"

凉寂全身发抖,美丽的面孔因为愤怒而显得狰狞,目光里射出千万支冷箭,咬牙切齿地指着我骂:"苏锦年,你这个不要脸的小贱人,我早应该看出你非善类,你处心积虑地利用我来接近他,然后不知廉耻地勾引他。你们昨晚上床了吧!身体就是你的撒手锏吧。苏锦年,是我看错了你,是我瞎了眼!"

我强顶住屈辱,貌似镇定地看着她,时间仿佛停滞。"凉寂,我是真的喜欢你,不是为了他……"

话音未落,我听见清脆的巴掌声,在我和孙都没有反应过来的时候,凉寂冲上来扇了我一巴掌。然后,我闻到血液腥甜黏稠的气味,面孔仿佛炸裂,脑袋里嗡嗡作响。

她还要冲过来,被孙一把扯住。阑珊拉起我就走,一路上我都不敢抬头。她说:"别逞强,疼的话你就哭。"

我忍住眼泪:"我不疼,真的。"

我难过的是看到美丽的凉寂口不择言,我难过的是得到孙却要失去她。那种感觉像是亲手打碎一个水晶杯,面对它的支离破碎却无能为力。

晚上接到凉寂的电话,她的声音淡漠而疲倦。"我在楼下,你一个人来。"

我拒绝阑珊的陪同。有些事情总要开诚布公地说清楚,逃避没有用。这是我与凉寂的劫难,别人帮不上忙。

楼下没有人,我四处张望,正欲返回,冷不防从背后冲出一个人影,手执一杯液体朝我的脸上泼来,我出于本能地用手臂一挡,仍然有些许溅到脸上,一阵灼心的疼痛后我发出凄厉的尖叫声。

凉寂疯狂地笑着:"哈哈哈,我看你现在还怎么勾引他!"

我倒在地上失去意识之前对闻声而来的阑珊说的最后一句话是:"不要报警,不要告诉孙。"医院里充斥着苏打水的气味,我脸上包裹着层层纱布。蒙眬间听到阑珊对母亲说:"好在衣服穿得厚,手臂没事,只是脸上会有疤。"

我呻吟地叫着阑珊的名字,她温暖的身体贴上来,紧紧地抱住我:"锦年,不要怕,我在这里。"

我几乎将嘴唇咬破,怕自己发出软弱的哭声。她像哄婴儿般抚慰我:"锦年,相信我,你永远都是最漂亮的,你还跟以前一样是个绝色美人。"

亦晨也来看我,他带了我最喜欢的马蹄莲,拉着我的手诚恳地说:"你是像马蹄莲一样清纯的女孩。"

甚至是凉寂,她也来了。尽管在门口就被阑珊扇了几巴掌,她还是坚持要见我。我平静地叫她坐,她突然捂住脸,痛哭起来。

她一边哭一边说:"锦年,对不起,我不知道要对你说什么。我终于报复了你,我本该欢欣雀跃,可是当我看到你躺在这里却只觉得心如刀割。锦年,为什么会这样……"

我闭上眼睛。"凉寂,你是我在这座城市认识的第一个朋友。我惊艳于你的美丽与善良,你是我的偶像,我从来没有想过要拆散你和他,我那么爱慕你,我怎么舍得伤害你?

"可是我与他相爱,凉寂,对不起。爱,它永远有理由背叛全世界。

"所以我不怪你,所有为爱而做的事都值得被原谅。但是你要答应我,这件事不能让孙知道。"

【八】

我央求着父母帮我办了休学,然后离开这座城市。整天窝在家里写字发给相熟的编辑,赚些零花钱。母亲不忍我劳累,叫我不要辛苦自己,反正家中不缺这几个钱。

我抱着她笑:"我可不想当寄生虫。"

每逢节日,阑珊和亦晨会一起来看我。他们终于走到一起。生命是个兜兜转转的过程,总有一些让人意外的惊喜。

可是我的人生,有个男子却永远缺席。所有人都被迫答应我向他隐瞒我的踪迹,不让他知道那段日子发生的一切。我像大雾一样从他的生命中倏忽散尽。那段记忆被我遗弃在时光的深处,连同我不愿让他知晓的眼泪和疼痛。

阑珊每次离开都小心翼翼地问我:"真的还不能告诉他?"我斩钉截铁地说:"绝对不能!"

仰首向天,未必要手摘星辰。如今这张残破的容颜,已经不配出现在完美的他的身边。我的右脸自颧骨至耳际全被那杯硫酸毁坏,尽管父母花费巨资带我到处求医,尽管植上的肌肤基本看不出破绽,尽管我绸缎般的长发轻易就遮盖了整张脸。可是,有些事情,一旦发生,便怎么也抹杀不了。

我再也没有那样一张青春的面孔可以朝我爱的人微笑。

阑珊陪我去刺青,一只振翅欲飞的蝴蝶终生停留在我的右脸。触目惊心的半张脸,义无反顾的一世情。

周末,我在图书馆里查阅资料,手机振动,我去走廊接听,回来时却不见了我从不离身的背包。我顺着书架一排排地寻过去,心急如焚,终于在角落里看到它陈旧的身影。

连忙检查包内物件,发现备忘录被移动了位置。拿出来一页页翻过去直抵末尾,眼泪一滴一滴地掉在那张墨迹未干的句子上:苏锦年爱孙歌睿。孙歌睿爱苏锦年。

一个影子停在面前,我抓起背包就要跑,却被他一把揽入怀中,暌违的清香沁人心脾。我朝思暮想的孙歌睿,跨越苍山泱水重新来到我的身边。

"锦年,你当真狠心,竟然串通了所有人。若非凉寂在西班牙皈依了上帝,决心向我坦白一切,你打算隐瞒我到什么时候?难道你认定我只是贪慕姿色而非真心爱你?"

他挽起衣袖,手臂上赫然一只蝴蝶刺青,与我脸上那只一模一样。"锦年,你曾经说我会的你就都要会。那么,你有的我应该也要有。"他低下头来亲吻我面上的蝴蝶,"锦年,我爱你,请你嫁给我。"

苏锦年爱孙歌睿。孙歌睿爱苏锦年。这是红线牵定的缘分,我们要逃开彼此,注定是枉然。

亲爱的,多么庆幸,这么长的时光,这么多的人,我们始终没有丢失彼此,终于有这一天,亲耳听到你说爱我。

我抬起泪流满面的脸,微笑着说:"我愿意。"

私语

这是我写过的短篇里,很难得的 happy ending。

当年没有"剧透"这种忌讳,所以当大家看到标题的时候,其实已经猜到了这次没有人死,没有分手,没有离散,男女主最后一定在一起。

我现在很喜欢"终于"这个词,它有种强烈的宿命感,好像人生兜兜转转追求的、探寻的,都有了一个明晰的结果。

"终于等来你爱我"——

如果心里真的长久地存在着这样一个人,如果最后我们可以说出这句话,我想象不出,那会是怎样的荡气回肠。

如果艾弗森去了"森林狼"

我站在你的楼下看那些窗口,
我想起很老的一个片子叫《胭脂扣》,
如花对负心的十二少说:"以后我将不再等你了。"
无论你和她怎么样,我都不再等你了。

【一】

第一眼看见你,我突然就明白了两个词语,一个是"高高在上",一个是"电光石火"。大一新生入校很少有我这么痞的女生和你那么跩的男生。从军训开始我一直是所有人眼里的异类。我的耳朵上有十五枚亮闪闪的耳钉,我敢在教官面前肆无忌惮地抽烟,站军姿太辛苦,我对他说我要休息,他指着田径场中心的草坪对我说"你给我趴着晒太阳去"。

广电系没有人不知道我,很多女生在我背后指指点点:那个就是传说中的不良少女啊。我回过头对她们笑:"不不不,我是现实中的不良少女。"

第一次开班会,我穿一条红色的吊带泡泡裙子,全然不管周遭杂乱的眼神。我以为班上再也找不出像我这么欠扁的人了,但是,你出现了。

在橙色的秋天,所有的付出都该在这个季节得到收获,没有辜负,我以为这是自然的道理。

在一片嘈杂中你走进教室,很久之后我都还记得你那天的穿着:橘黄色的上衣,阿迪达斯的裤子,白色的板鞋,头上戴着一顶白色的帽子,上面有自己画的缤纷图案。

那一瞬间我的呼吸有轻微的停顿,好像能看到你展开双翼的灵魂,突然间就明白了那两个词语。

高高在上,你和那些男孩子真的不一样。电光石火,我想我来这里就是为了遇见你。

可你是那么骄傲和孤僻的人,看上去总是拒人于千里之外,每天都塞着耳机伏在桌子上睡觉,不跟任何人说话,偶尔抬起头来,眼睛里仿佛是终年不会消散的大雾。我在你的旁边走来走去你都不曾看我一眼。

刘知奇,谁都知道我葛婉仪是美女,但是你偶尔瞟向我的目光就像是在看一块黑板、一张桌子或者一棵树,这真让我惆怅。

我向班上的男生打听你,他们说你有女朋友,她跟你一起从广州来长沙读大学,感情很好。他们说得绘声绘色,我不能不信以为真。

我酸溜溜地说:"难怪他面对我这样美貌与智慧并重的女生都不理不睬。我就说嘛,不是另有所爱就是历尽沧桑。"

开学前两个月我们没有开口说过一句话,但是我每次看到你,都觉得看到了另外一个自己。

这个世界上的人很多,但是跟我如此相像的,没有第二个。

【二】

国庆过后班上组织烧烤,分组的时候我不知道从哪里来的勇气,突然站起来对讲台上的班长说:"我要跟刘知奇一个组。"

沉寂了一两秒钟的教室突然爆发出巨大的笑声,我的脊背挺得那么直,眼神那么倔强，众目睽睽下掷地有声地说："我一定要跟他在一个组，他不去，我也不去。"

我不在乎别人怎么看我，我只怕不勇敢一点儿我们就真的错过。我只是觉得，我们这么相像，要是不在一起，连上帝都会觉得可惜。

分组最终确定，班长对着我一脸心领神会地笑："这下你满意了吧。"可我在人群里搜索你的身影，却一无所获。

多么遗憾，你始终没有看到我为你勇敢的样子。

第二天采购，我利用自己是班长闺密的优势把你也带去了，八个人要打两辆车，我一把拖住你说："跟我一辆吧。"你看着我笑了一下说"好"。

那是一个对我如此陌生的你，温和的、乖乖的，笑起来像孩子一样天真。你的牙齿那么白，平时锋利的锐气都被融化了。在微凉的秋季，你的笑容像仲春南方一场兜头而来的充沛阳光，躲不掉了，心头所有的忧郁都成了一张脆弱的纸，轻轻一捅，如丢盔弃甲般地碎裂。

如果说之前我只是对你有些许好感，那么自你对我微笑的那一刻起，我便无比明确地了解了一件事：刘知奇，我要我们在一起。

买饮料时我们异口同声地说不要可乐，然后屁颠屁颠地抱了两瓶芬达。正好遇上超市搞活动，买一瓶芬达送一个百事可乐的塑料杯，海蓝色的杯身上印着百事的标志，我喜滋滋地想：同样的杯子你一个我一个，是不是就代表了一辈子？

我鼓起勇气问你："听说你有女朋友哦？"

你怔怔地看着我："你听谁说的？根本没这回事。"

好像有一个泡泡在我心里炸开，然后变成一朵鲜艳的花，多么愉快。在以后的日子里，我的心里每天开出一朵花，用对你的思念浇灌而成，刘知奇，你多么幸福。

烧烤时我以减肥为借口把鸡翅、鸡腿、牛肉都往你碗里塞，你叫我张

073

嘴,然后把你咬了一半的香肠喂给我。我的脸被烟熏红,被酒浸红,被你这个亲昵的动作羞红。有个学长过来给我们拍照,我二话不说挽起你的手臂对着镜头做了个胜利的手势,哦耶!

我们一起坐缆车过湖,在湖心的时候缆车朝我这边倾斜,我着急地想,一定要减肥了,你这么瘦,我太胖了站在你身边一定不好看。可你是多么善良的男孩子,你眨着眼睛说:"葛婉仪你一点儿也不胖。"我们玩天降奇兵,突然升空的瞬间我哇哇大叫着扑进你怀里,脸色苍白。你只是笑着拍我的背说:"没事啦没事啦。"坐海盗船的时候我又趴在你胸口瑟瑟发抖,你紧紧握住我的手,那一瞬间我觉得莫名地安心。

仿佛整个世界只剩下这一个寡言少语的男生,却敌得过千军万马。

那天黄昏我们在暮色弥漫的公园里聊天,聊到你离异的父母,聊到同你一样的我的单亲家庭,聊我们晦涩的童年和叛逆的少年,最后聊到我们最爱的NBA。你问我喜欢谁,我毫不迟疑地告诉你是艾弗森,2000年他率领七十六人队跟湖人队打总决赛,我看一场哭一场,哭足七次之后便认定了他是我这一生的至爱。

那个坚韧而不羁的男人,是我顶礼膜拜的英雄。

你说艾弗森是你第二喜欢的,你最喜欢的是森林狼队的加内特,那个像狼一样的男人。刘知奇,这是我们不一样的地方,对我而言,爱就是爱,独一无二,是纯粹的、笃定的,没有备份,没有仅次,没有第二。

如同你在我心里一样,不可取代。

【三】

说实话,我没想到你会拒绝我,我以为只要我勇敢地向你伸出手,我们就会是一个契合的圆。

微机课上我叫你坐在我旁边,在一张白纸上写:我喜欢你,你也会喜欢我的,不信我们试试看。

我把纸推给你然后转过脸去,我傻傻地想,等我转过来的时候就可以看到一个花好月圆的结局。

然而当我看到你写的那句话时我的呼吸突然有些凝重,笑容僵住,半天不能动弹。你写道:你很好,但是我习惯了一个人生活,我们做很好的朋友好吗?

你的字真难看,跟我一手漂亮的楷书形成强烈的对比。我看着你那些丑丑的字眼睛有一点儿模糊。下课之后,你跟我一起去走廊。你问我喜欢你什么。我支支吾吾地说:"因为你跟我很像,喜欢你,就像是喜欢另外一个我自己。"

你望着楼下的草地,一直沉默。过了很久你对我说:"葛婉仪,我不会是一个好恋人的,我只会伤害你。"

那一刻我有种冲动想要握着你的手说,欢迎伤害。

但是多年来被很多人庞大的关怀所筑积起来的骄傲阻止了我,我义正词严地说:"刘知奇,既然你是以这个理由拒绝我的,那么也就代表你不讨厌我。"

你盯着我,我深呼吸,然后霸道地说:"你不喜欢我,可以,但是你也不能喜欢别人。你不跟我在一起,可以,但是你也不可以跟别人在一起。否则,我一定会恨你。"

你的眼神那么温和,却终于还是点了点头。

我知道自己很不可理喻,但你是我第一个如此用心对待却将我拒之门外的人,我不得不用这么野蛮的态度来掩饰在你面前溃不成军的自尊。

晚上我在自己的博客上写我们之间的点点滴滴,黑色的模板素白的字,看着QQ上你的头像却不知道能跟你说什么。

原来，不管我有多么好，你都不要，一切都成了打扰。

下线的时候我很沉不住气地发了一句话给你：刘知奇，错过我这样有着倾城美貌和盖世才华的女孩子你一定会后悔的。你只是回给我一个表情，黄色的圆脸上一道敷衍的微笑。从那刻起，我对那个表情深恶痛绝。

回到宿舍，姐妹们问我情况，我摇头。她们夸张地叫："怎么可能？！他凭什么拒绝你啊？你哪里配不上他啊？"是啊，我也不知道你为什么拒绝我，但是世界上很多事常常没有道理可讲。我望着墙上艾弗森的海报，论实力他早是联盟中的佼佼者，拿了那么多MVP，被那么多人崇拜着，但是手上却始终没有一枚可以犒劳他的总冠军戒指。

我为他感到愤怒，也为自己感到愤怒，可是有些东西，越是得不到，才叫人越想要。徐志摩说："我将在茫茫人海中寻访我唯一之灵魂伴侣；得之，我幸；不得，我命。"但是我不信命。猫在潜水，狗在攀岩，猪都能结网了，我却已经遇到你，证明我足够幸运。

我相信，假以时日你总会发现我的好，然后爱上我。古人教育我们，只要功夫深，铁杵磨成针哪，我就不信我这样的绝色才女还搞不定你这个小破孩儿。

【四】

有时候看着自己做的那些事，只能用古代的一种兵器来形容——剑，通假字，通"贱"。以前最恨人家用这个字骂我，谁试试看，我一巴掌拍死他。可是为了你，我还真沦落了。

我这么贪玩的人，我这么粗心的人，我这么淡漠的人，为能见到你，每天早早地起来去教室占位子，可是你出现的次数越来越少。你发短信说天气冷了，你睡在床上起不来。于是我的身边每天都有一个空座，所有人都知道那是给你留着的,只能你心血来潮的时候宠幸一下它。我像一个被打入冷宫的妃子,天天痴痴地望着教室的门,它一开,我的心里就燃起一簇火焰,看进来的不是你,那簇火焰就迅速熄灭。我捶着胸口想:这样下去我会不会死于心肌梗死?我帮你写作业,用十二万分的心写,字迹干净整齐,你的名字熠熠生辉。学生会来查人,你缺课太多要被通报批评,我心急火燎地拿出全部才情帮你写检讨,字字珠玑,我甚至很恶心地为你找借口说你之所以要睡觉是因为这个世界不符合你的梦想,你要在睡梦中逃避现实。我甚至很恶心地写:老师,请给迷途的羔羊指明方向好吗?

就因为你说你喜欢甜食,我坐了四十多分钟的车去元祖,那家的蛋糕真贵,可是真的很漂亮。我简直能想得出你看到它的时候脸上会有怎样惊喜的笑容。在我看来,不管多贵的东西,用它能得到你一秒钟的快乐都值得。我小心翼翼地捧着它在拥挤的公交车上得意地想,要是在古代我也是千金买一笑的主儿呀。

寒风凛冽,我站在男生宿舍楼下等你,看着你朝我走来只觉得满心的欢喜都要溢出来,你却只轻描淡写地说了声"谢谢"。你不问我冷不冷,你不问我等了多久,你真是被我宠坏了。

有一天晚上我们一起唱卡拉OK,你不停地赞我,我简直怀疑你是不是终于动心了,但你什么都不说,只是在我累了的时候把肩膀借给我靠,我的头倾过去只觉得这一生的幸福都在那一刻汇聚。等我醒过来的时候看见屏幕上出现了周杰伦的脸,很久以前的一首歌。你把手掌摊开问我要不要牵。我把手放在你的掌心里唱歌。

"我想就这样牵着你的手不放开,爱能不能够简简单单没有伤害?"

刘知奇,你不知道你在那个凌晨给了我多么美好的幻觉,只是等到天光大亮,我才知道,一切都只是我的美梦一场。

【五】

你记不记得你答应过我什么？你不会喜欢别人。有你这句话我就可以自欺欺人地告诉自己,虽然你不爱我,但是你也不爱别人。这也没什么不好。

可是你何其残忍地揭开真相,让我在你面前措手不及。原来,你不爱我,不是不能爱人,而是因为你的心里有一个人,所以你不能再爱别人。

我们面对面站着,我听你说这么久以来你并不知道自己未能将她放下,在你们因误会而绝交之后的第三年她终于跟你联系,就在我们唱卡拉OK的那天,你欣喜若狂地发现她已在你的心里扎根了好多年。

我微笑地听你毫无保留地用自己的热情和眷恋来讲述她,我的手指绞在一起,因为太用力而泛起青白。你可知道那一刻我的心脏剧烈绞痛？我做了那么多事,所有男生追女生的模式在我们身上反过来,我却还要假装平静地陪你回忆往事。可我是真的喜欢你,舍不得你有一点点难过,连我自己都惊讶自己的大度,我说:"去找她吧。"

你摇头,满脸都是与我无关的笑容,你说:"喜欢一个人不一定要得到她啊。"

你是说给我听的吗？我也懂得最伟大的爱是成全,但你懂得爱而不得的痛苦吗？我真的不想在你面前软弱,可眼泪却跟着一起掉了下来。你突然很不耐烦地说:"我送你回去吧。"

外面下着雨,我坚持不让你送,你的眼神那么认真,你说:"葛婉仪,你这样我会恨我自己的。"

你够狠,到底还是把我逼哭了。我可怜兮兮地说:"你可不可以抱我一下？"

你的眼睛像星星那么明亮,我在你温暖的怀抱里哭得不能自已,你一定知道我有多么难过。其实很久之前我就想痛快地哭一场。有多早呢？在你跟我说你只会伤害我的时候吧，但我攥紧拳头对自己说不能哭，人一哭就要放弃了。可事到如今，不放弃你又如何呢？我的坚持只会让自己凝固成一个可笑的姿势定格在你的心里。我哽咽着说："刘知奇你一定要幸福，因为你是我喜欢的人，你要幸福才对得起我。"

你叹气，很无奈地哄我说："明天我陪你出去玩。你打电话叫我起床好不好？"

第二天早上我八点不到就起来了，我拿出最漂亮的衣服试来试去还是觉得自己不够好，我还喷了香水，昂贵的兰蔻奇迹。

"奇迹"这个词语是不是用来形容你爱上我的可能性？

从九点一直到下午三点你才接我的电话，一句道歉的话都没有。我握着手机眼泪簌簌地落下，你不仅是不爱我，不仅是不在乎我，你甚至不将我的爱当成爱，也不将你给我的伤害当成伤害。

我站在你的楼下看那些窗口，我想起很老的一个片子叫《胭脂扣》，如花对负心的十二少说："以后我将不再等你了。"

无论你和她怎么样，我都不再等你了。

过了很久你才下来，若无其事地牵起我的手放进你的外套口袋，在车上把我护在胸前，人潮拥挤的街头走一步就回头看我一眼，好像怕我突然就消失。最后你把我带到肯德基店里，对服务员说："她要一份儿童套餐。"我不解地看着你，你伸手指给我看："猪啊，现在买儿童套餐可以得哆啦A梦的公仔，我记得你说你喜欢啊。"

为什么我突然好想哭？如果你不喜欢我就不该对我这么好，不该把我随意说的话放在心上，不该在我决定放弃你的时候又来动摇我的决心。

刘知奇，你分明是我生命里浩浩荡荡的劫难，但是我不争气，我爱你。

【六】

晚上你陪我去超市，刚一进门就有个女生冲过来抱你。我怔在原地动弹不得，我没有心情听你们说什么，飞快地跑了出去。你跟在我后面叫我的名字，我不理你，你拉住我皱着眉问我："你又怎么了？"

我突然很大声地吼你："你说我怎么了！你明知道我怎么了。"你用不可思议的眼神看着我，你说："她是我兄弟的女朋友，你怎么连这个醋都要吃啊？"转而你又说，"真是的，我为什么要跟你解释？我为什么要怕你误会？"我气急败坏地说："是啊，我又不是你什么人，我有什么资格吃醋！"

那是我们认识以来第一次吵架，仿佛两只刺猬终于竖起全身锐利的刺朝对方狠狠地扎下去，最终我们不欢而散。我蹲在地上看着你的背影号啕大哭，然后摸出手机给杭州的朋友打电话，我说我要去疗伤。

在车站发短信给你，装得很决绝的样子说：我回来的时候就是我彻底放下你的时候。你回给我四个字：一路顺风。

我真想剖开你的胸膛看看你的心是不是石头做的。

到杭州后朋友陪我逛街，带我拜佛，看西湖。可是我在杭州人来人往的大街上眼泪突然毫无征兆地滚落。一座没有爱着的人的城市，如同没有灵魂一般。

我很快赶回长沙，在火车上买了一本《体育周刊》来看，巨大的标题说艾弗森要转会。我看着封面上那个我爱了七年的男子，心里突然泛起大片大片的潮湿。杂志上说他最可能转去森林狼队，与你最爱的加内特成为联盟中所向披靡的搭档。

这大概是所有人都期望的结局，我的最爱与你的最爱联手问鼎，这是NBA该还他们的公道。

但是，谁来还我一个公道？

回来见到你，你对我说的第一句话就是："艾弗森要转会你知道吗？"你的语气那么轻松，好像之前什么事都没有发生过，我亦用淡然的口气回应你。你说："我真希望他去森林狼。"我心里那堆熄灭的死灰陡然复燃，我突然有个想法：如果艾弗森真的去了森林狼，那你和我之间会不会还有柳暗花明的情节？

于是我们整日挂在网上关注体育新闻，我比谁都忐忑，直到看到那则新闻：艾弗森最终落定掘金队。我怔了几秒，然后对着电脑哭得声嘶力竭。

一切都结束了，他在七十六人队的十年光阴，他在费城获得的种种荣誉，在轰然远走的时光中结束了一个时代。

还有，刘知奇，我对你的单相思，终于画上一个利落的句号。

你说："无论是艾弗森还是加内特，终究只能是两个悲情英雄，这也许是他们的宿命。"我转过身去，眼泪淌了一脸，虽然一切都已经是定局，但是某个时刻，我真的很想问出口：刘知奇，如果艾弗森真的去了森林狼，如果他和加内特真的联手拿下了总冠军，那我们，是不是也有可能是另外一个结局？

可是从一开始就注定，终究不会有我想要的答案。

私语

艾弗森都已经退役。

我与此文中的刘同学都已经失联。十年前写下的小说却还在这本书里。我没有别的想说。

后来又喜欢过很多人,爱得深刻也很认真。

但想起曾经,只有你和我一起看球赛,只有你铭刻在我逝去的青春里。

谁说你和双子座没有好结果

对双子座的女孩来说,游戏的成分多少是有那么一些的,
但不是每个人都知道,在每一个双子座女孩的心里,
都有着对爱情天长地久的渴望。
"天长地久",是很俗气的一个词语吧,可是却又那么美好。

【一】

我会注意到那篇帖子,全因为我是双子座。

楼主成为众矢之的的原因是他在论坛里发了篇帖子,多贱啊,不过就是被双子座的女朋友抛弃了,他就对双子座进行了昏天暗地的诋毁。那篇帖子的标题是触目惊心的大红字:如果十二星座只能留下十一个,那我希望消失的是双子座!

接下来的内容就是对双子座的花心和滥情进行了惨无人道的批斗。

我当时正在敷面膜呢,贝佳斯的绿泥面膜散发着清新的薄荷香。我一边幻想着它把我毛孔里的那些污垢悉数清除,一边乐不可支地逛着论坛。

就是在看到这个帖子的下一秒,我爆发了!

已经干了的绿泥在我的脸上裂出一道一道纹路,我扯着喉咙叫:"心怡,老子今天要灭了这个王八蛋!"

心怡侧过脸来，贴着美即补水面膜的她看不出表情，嘴巴瘪成一条线，含混不清地提醒我："先洗脸，你这样敷面膜等于毁容。"

我哪里还管得了这么多，万年潜水员终于大义凛然地为了正义登陆了！在我回帖之前已经有很多双子座的盟友在论坛里攻击他，可是这依然不能平息我心头的怒火。

这种愤怒一定要手刃仇人才能解决！

我噼里啪啦在下面回了一大段话：双子座挖你家祖坟了是吧？双子座杀你家人了是吧？一个双子座倒下了，千万个双子座站起来了……

其实我回帖的内容远远没有这么"斯文"，但是在我一次次提交的时候论坛都提示我不要发布不良信息，这多少有点儿让我的斗志受挫。

我回完帖子等了将近半个小时，楼主硬是没有再出现。我估计他也没胆子出现了，要不以我为首的双子战士们肯定要把他生吞活剥的。

半个小时后，我觉得我的脸已经像表皮上那层绿泥一样裂开了，这才忙不迭地冲向洗手间。心怡站在门口，无语地看着我。

我声泪俱下地呜呜："今天的面膜白敷了！"

她永远都是那么事不关己的口气："不是白敷了，是不如不敷。"

我恨死那个ID名为"双子座不得善终"的贱人了，我知道这一定不是他的本尊ID，等着吧，凭我"滚筒洗衣机"般的推理能力，我一定要把这个害我毁容的幕后黑手揪出来！

"滚筒洗衣机"就是我最喜欢的漫画《名侦探柯南》里的主人公工藤新一的名字的日语发音，我第一次跟心怡说的时候，一贯镇定的她鄙视了我好久，那个眼神的意思我很清楚：世界上为什么会有你这么蠢的人？

次日，我拖着心怡陪我出去买防晒霜，我苏堇色这一辈子最重要的就是我这张人见人爱花见花开的脸，每周三次敷面膜雷打不动，昨天居然犯下那样的低级错误，我实在觉得羞愧！

我心满意足地买完防晒霜之后,很大方地在广场边的商店里给心怡买了一支可爱多,找钱的时候无意间回头看了一下,瞬间被那个牵着一条大狗的男生吸引了。

好帅啊,好久没有见过这么赏心悦目的男生了!在我们那所垃圾学校,我和心怡天天承受着视觉强奸,忽然一下看到这么优雅的男生,我觉得这比吃十支可爱多还要让我欢快!

我拉着心怡的手臂发嗲:"去帮我要电话,快去帮我要电话!"

心怡从来都是个很干脆的人,这次也不例外,她没有说好,也没有说不好,她直接说:"滚!"

【二】

当天下午,我将食堂里难得一见的木耳炒鸡蛋都抛在了脑后,在我天天泡着的论坛里发了篇帖子,什么叫"不鸣则已,一鸣惊人",看看我就知道了。

我混迹这个论坛多年,从来都是只看帖不回帖,更不要说主动发帖了,可是这次我真是被电击中了,一腔热血要把那个"拉斯维加斯"的主人找出来。

说起"拉斯维加斯",心怡就一改淡然本色,指着我笑得花枝招展,我恨恨地回敬她:"还笑还笑,小心你的法令纹!"

其实怎么能怪心怡呢?都怪我自己太乡霸了,我为什么会无知到把一座城市和狗的品种弄混呢?

在我被那个帅哥惊艳的下一秒,双子座女生花痴的本色立即显山露水,我连老板找给我的钱都顾不上拿就朝他冲了过去。

当然,我没那么傻,直接扑上去显得我不矜持,要知道我可是以聪明机灵傲视群雄的双子座啊!

我蹲在地上,装得贤良端庄,眨着水汪汪的眼睛扮可爱:"好漂亮的狗狗哦,我好喜欢哦。"

帅哥的脾气很好,停下来让我跟他的狗玩。不知道是不是天气太热了,狗一直吐着舌头,发出呼哧呼哧的声音。

醉翁之意不在酒,我对它根本就没兴趣,我真正感兴趣的是它的主人。

心怡在一旁斜眼横着我,潜台词我知道,她就是等着看我怎么收场。我们从高中开始同学,每次看到帅哥我都会怂恿她去帮我要号码,可是一次都没得逞,她这辈子最大的乐趣之一就是看着我绞尽脑汁编造各种理由去跟男生搭讪。

然而这次,我败了。

我败在起身之后那句"我也好喜欢'拉斯维加斯'",心怡失态地哈哈大笑的时候我还没有反应过来,那个帅哥也跟着笑起来了,那个笑容实在太美好了,我的灵魂在瞬间被秒杀。

在我还痴痴地看着他英俊的脸的时候,他强忍住笑跟我说:"应该是'阿拉斯加'。"坐在公交车上的时候我的脸还保持着那一抹绯红,死没良心的孙心怡一直在笑,我觉得我要哭出来了,这叫什么好朋友啊,看我丢脸那么开心。

公交车一路颠簸,我把气出在了公交车司机身上:"师傅,你开的是公交车,不是坦克,斯文点儿,行吗?"

司机也不是省油的灯,在我原本就极其郁闷的情绪上再添旺火:"坐得就坐,坐不得就别坐,废话那么多,你以为你在坐出租车啊!"

我从心怡一个人的笑柄沦为全车人的笑柄,那一瞬间我觉得我的人生简直就是一个巨大的悲剧。

可是一回到公寓,回忆起那个帅哥的笑容,我又忍不住花痴了:"帅啊,帅啊,原来帅真的是一种罪啊!"

心怡对我的评价是八个字:"生命不息,花痴不止。"

头号闺密封的名号,我一定要对得起它,做个名副其实的花痴女,于是我再次登录,首次发帖,用了跟"双子座不得善终"一样剽悍的大红字标题:"阿拉斯加"的主人,我一定要找到你!

本城的年轻人只要家里有个东西叫电脑,就没有不知道这个论坛的,看那个帅哥的样子也不像是不上网的。于是我今天豁出去了,再丢脸我也要把他从茫茫人海里挖出来。

为了防止论坛里那些牛鬼蛇神捣乱,我提了一个问题:如果你真的是那个人,请回答我,我把"阿拉斯加"错误地说成了什么?

不出所料,很多捣乱的,有人说"金毛",有人说"哈士奇",也有人说"中华田园犬",通通都不对。

我真的疑心那个男生并不是论坛里的人,心怡在一旁拍我的肩膀:"青山不改,绿水长流,后会有期。"

带着略微沮丧的心情敷了一张面膜后,我准备关机睡觉,犹如神助一般,鼠标不小心点到了刷新,然后我看到一个人说"拉斯维加斯"。

这个人的ID,叫作"丑得惊动了×务院"。

我几乎是热泪盈眶啊,我发站内短消息给他:请把你名字里那个"丑"字改成"帅",好吗?

【三】

盼星星盼月亮终于盼到了论坛周年庆,一大帮人恶俗地喊着要去唱歌,我在QQ上问"丑得惊动了×务院"的聂嘉羽:你想去唱歌吗?

他的回答真叫我心碎啊:看我女朋友,我都无所谓。

一时之间我觉得非常难堪，如果他女朋友也是论坛里的人，那么她肯定就知道我这个花痴的存在，到时候碰面我怎么死的都不知道。

聂嘉羽伤害了我之后并没有一笑而过，而是告诉我：我女朋友不泡论坛。我立刻又振作起来，那我怕个屁啊！

很多时候我就是这么人格分裂，上一秒还悲恸欲绝，下一秒又跟打了鸡血一样兴奋，既然他女朋友不知道这件事的存在，那么这件事就不存在！

聚会那天一开始并不是去唱歌，一个烈日炎炎的下午，我们所有人都穿着约好的白T恤牛仔裤站在巍峨的山脚下仰望着蓝天。版主大人在售票处跟工作人员协商打折的事，那个傲慢的女售票员看起来好像这座山是她家的一样，最后版主怒了："唱歌去！"

于是，我们大汗淋漓地奔向钱柜，路上我接到聂嘉羽的电话，他的声音是那么好听："喂，我到啦，刚买好票，你们爬到哪里了？"

我把手机扔给版主大人："你跟他说。"

等我从鬼哭狼嚎的包厢里出来去门口接聂嘉羽的时候，我看到的是晒得快要虚脱的他。他女朋友真漂亮啊，小小的脸，皮肤那么白，睫毛那么长，最重要的是她居然是素颜！我心里的嫉妒就像剧烈摇晃之后打开的可乐，气泡不停地向上涌。

帅哥对我笑一笑，先自我介绍："美女，谢谢你啦，这是我女朋友小白，这个是我兄弟杜博文，他跟我一样都是论坛新人。"

我点点头："我叫苏堇色。"

进包厢之前我好奇地端详了杜博文半天，帅哥的朋友也是帅哥啊，要不怎么说物以类聚，人以群分呢。老祖宗留下的话总还是有点儿道理的。

杜博文跟聂嘉羽完全是两个类型，除了最初打招呼的时候他笑了一下之外，一直板着一张死人脸，好像论坛里的人都欠了他钱似的。

身为双子女的我，从来不能准确地说出我喜欢的男生的类型，我的逻辑就是只要不是我不喜欢的,那都是我喜欢的!

可是不凑巧,杜博文他就正好是我不喜欢的那种,我很想跟他说一句:扮酷已经过时了,现在是全民娱乐的时代。

可是中途我出来上洗手间的时候,正好碰到聂嘉羽,我没话找话地表达了一下我对杜博文这个冷漠的态度的不悦之后,聂嘉羽跟我说:"他最近失恋了。"

包厢里的人太多了,麦克风又太少了,我一向标新立异,吆喝了一群可怜兮兮抢不到麦克风被迫当听众的人来喝酒,可是光喝酒多没意思啊,总要玩点游戏嘛。

于是美女小白提了一个非常土的建议——真心话大冒险。

虽然土,可是一时之间谁也想不出更适合的了,所以自诩潮人的我们也只好土一回了。我运气还挺好的,一直都没轮到我,而不幸轮到杜博文的时候他选了真心话。

说真的,要我选我肯定也不选大冒险,别看这群人个个看上去都文质彬彬,整起人来那真是往死里整。两年前我就被迫在马路边抱着一根贴满了治疗各种恶疾广告的电线杆高呼"我的狐臭有救啦",这么刻骨铭心的经历让我一直笼罩在这个游戏的阴影里。

我苏堇色不是不善良的人,所以我就问了他一个很普通的问题:"在论坛里有小号,也就是所谓的马甲吗?"

他脸色一变,吞吞吐吐了半天,承认有。

失恋的人运气真差啊,一圈之后又轮到他,这次提问的不是我了,而是他的好兄弟聂嘉羽:"我都不知道你有马甲啊,你的马甲叫什么?"

他看起来比刚进门被烈日暴晒过之后还要虚弱,众目睽睽之下,他报出了那个我死都忘不了的ID——"双子座不得善终"。

我当即跳了起来:"我×,原来是你!"

【四】

自从我知道杜博文就是那个诅咒双子座从十二星座中消失的人之后，每次见到他我都没什么好脸色，而他知道我就是那个用 N 个拼音缩写问候了他的祖宗十八代的泼妇之后，也对我没什么好态度。

每次大家聚在一起，我们两个人都用那种仇人相见的架势先互相瞪一眼，然后恶语相向："哎哟，还活着哦。""你都没死，我怎么敢死啊！"聂嘉羽总是出来打圆场："别吵别吵，手心手背都是肉，你们叫我情何以堪啊？"

我不跟那个心胸狭窄的杜博文计较，我喜欢的人又不是他，我才懒得跟他计较。

越跟聂嘉羽相处得多，越觉得他浑身上下都是优点，比如细心，比如大方，比如内敛，这些优点的存在让人简直可以忽略掉他的长相。

夜深人静的时候，我会忧伤地跟心怡抱怨道："他怎么就有女朋友了呢？"

心怡是智者，她说："如果这么优秀的男孩子没有女朋友，那他一定有男朋友，你是不是会更难过呢？"

一想到小白笑起来连花都黯然失色的面孔，我的忧伤就更深了，她真是漂亮，我就算每天敷十次面膜也赶不上她的天生丽质，然而我也明白，喜欢一个人跟她漂亮不漂亮，其实没太大的关系。

那些长得很漂亮的女孩子，男生也许都喜欢，但是不见得就深爱她们。如果不是深爱，浅尝辄止的喜欢，又有什么珍贵？

那时候，我以为聂嘉羽对小白，是深爱。

直到有一天我们出去玩，小白因为有事没有来，我问起聂嘉羽的时候他笑着说了一句："每次都带女朋友也太无趣了吧。"

不知道为什么，那一瞬间我的感觉怪怪的。

杜博文哼了一声，对聂嘉羽说："你就应该找个双子座的女朋友，看谁玩死谁。"

我一听火大了："你怎么对双子座的有这么深的偏见啊？谁说双子座的一定花心啊？"

他慢慢悠悠地转过头看向我，意味深长的目光让我心里咯噔了一下。他没有说话，可是我依然看懂了他的眼神。

他应该是知道我喜欢聂嘉羽吧？

我从来没有掩饰过对聂嘉羽的好感，除非小白在场的时候，我会装腔作势跟别的男生嬉笑打闹，可是没有用啊，喜欢一个人就是写在眼角眉梢的，藏都藏不住。

我被那种眼神看得心里发毛，连忙岔开话道："走走走，喝酒去，去晚了，没帅哥。"

我刚走两步就听见杜博文跟聂嘉羽说："喜欢你喜欢得说话都成三字经了。"

五雷轰顶，晴天霹雳，欲哭无泪，这些词语都是我当时的感受，我真的恨不得杀了杜博文。

我一直小心翼翼，如履薄冰，想等到以后找一个合适的机会跟他说"嘿，你知不知道，我喜欢过你"，没想到我对聂嘉羽的喜欢竟然被杜博文以这样的方式昭示天下。

我真是太脆弱了，我竟然有点儿想哭。

更让我想哭的是聂嘉羽接的那句话："不要开这样的玩笑制造尴尬的气氛，好吗？"开玩笑……他竟然觉得我喜欢他这件事，是开玩笑，我真是肝肠寸断啊。

因为伤心，我这晚逢人必喝，喝多了之后我看见一个染着酒红色头发、穿着黑色雪纺的女孩子拿着手机凑过来问聂嘉羽要手机号码。

我可以接受聂嘉羽跟他的正牌女友小白卿卿我我，可是我绝对不能接受他跟除了小白之外的别的女生有任何过于亲密的举动。

于是我就像一个多管闲事的居委会大妈，对那个女生态度极其恶劣地道："走走走。"她不解地问聂嘉羽："你女朋友？"

所有人都像我一样屏息以待，他怔了一下，然后笑着对那个女生说："她确实是个女的。"还有比这更伤自尊的回答吗？

我跑出去给心怡打电话，还没说话鼻子就酸了，心怡焦急地问我："你怎么了？"

我刚想回答她，就被一个东西重重地砸中了脑袋，意识模糊之前我看到杜博文跑过来时那张慌慌张张的脸。

【五】

我真希望我被那个醉汉扔下来的啤酒瓶砸得脑袋失忆，可是从CT室出来我还是能够准确地认出这几个人：孙心怡、聂嘉羽、杜博文。

心怡一看到我就长长地舒了一口气，聂嘉羽的表情怪怪的，反倒是一贯跟我不和的杜博文眼神里有真真切切的关心。

我笑着跟杜博文说："差一点儿就如你所愿了。"他挑了挑眉毛："什么意思？"

我白了他一眼："差一点儿双子座就不得善终了！"

回公寓之后我跟心怡说起聂嘉羽那个回答，加上剧烈的头痛，我的眼泪哗啦哗啦就流下来了。她叹了口气，拍拍我的肩膀，一直没有说话。

我不知道我被砸晕之后发生了什么事，只是有相当长一段时间我都不太想见到聂嘉羽这个人。

他给我打过几次电话，我都在哼哼唧唧之后挂掉了，后来他给我发了一条短信：堇色，我不是不喜欢你。

我最喜欢的杨千嬅唱过一首歌，叫《烈女》，里面有一句歌词：没有骨气只会变奸妃。骄傲的双子绝对不肯扮演一个安分守己的情妇角色：你有空，我陪你；你没空，我等你。我喜欢一个人当然希望他也喜欢我，但绝对不是跟很多女孩子分食一个男生。

在他的世界是太平盛世的时候，他不介意给我一点儿施舍，然而为了这一点儿鸡肋般的施舍，我的世界就会被搅和得兵荒马乱。

他给我一片钙片说是治癌症的药，我要是真的拿钙片治癌症，那我的下场就是死路一条。我要清清白白的感情，双子座虽然花心，可是在爱情的立场上却非常分明，非黑即白。我觉得我像一个幼稚的孩子，扒在玻璃橱窗上可怜地看着成人世界的色彩斑斓，却弄不懂那些隐藏的规则。我虽然傻，可是我也知道有些事情要克制，不能纵容自己，比如聂嘉羽。

之后他没有再主动找过我，倒是杜博文来学校看过我几次，他爸爸是医生，他从家里带了很多药来。我看人家都放下成见了，我也就不太好说什么难听的话。

我头上那个伤口痊愈之后我们两个人坐在校门口附近的甜品店里，我吃了很大一份红豆布丁，忽然灵机一动："杜博文，我把心怡介绍给你吧，她是居家的巨蟹座。"

他抬起头来呆呆地看着我，过了半天，挤出一句："我很犯贱的，我只喜欢双子座。"电光石火之间，我忽然明白了他的意思，他可能是想说"我喜欢你"。

可是……我咬咬牙道："可是你跟双子座，不会有什么好结果。"

他咧开嘴笑了，牙齿洁白整齐，说："可是命中注定了。"

我这才发现其实杜博文笑起来也很好看啊，也可以秒杀很多少女啊，只是我先认识的那个人,不是他啊。

我也没有办法。

很多人批评双子座的女生把爱情当成游戏。对双子座的女孩来说,游戏的成分多少是有那么一些的,但不是每个人都知道,在每一个双子座女孩的心里,都有着对爱情天长地久的渴望。

"天长地久",是很俗气的一个词语吧,可是又那么美好。

看到我黯然的样子,他也有一点儿尴尬,于是伸出手来拍拍我的头:"好了,别想太多,没关系的。"

我回去抱着心怡哭了好久,她一言不发,只是紧紧地抱着我。

哭了很久,她终于开口跟我说:"那天我一接到你电话,就往酒吧一条街赶过去了。我到的时候看到一群人围着你,聂嘉羽很镇定地跟那个酒吧的老板协商,可是杜博文冲上去对那个醉汉就是一记重拳,谁都拉不住他。"

心怡还说:"到底什么才是爱啊?我真弄不懂。"

我却哭不出来了,就像我不知道我到底喜欢什么类型的男生一样,我只知道我不喜欢什么类型。

我也许不知道到底怎样才是爱,但是我知道怎样是不爱。聂嘉羽对我,那绝对不是爱。

【六】

我又恢复了从前的开朗活泼,每天跟我的好姐妹心怡厮混着,敷面膜,涂防晒霜,逛街,买漂亮的衣服。

就算没有爱情,双子座女生也可以活得漂漂亮亮的,谁说一定非要谁不可。

我在夜里听一首粤语歌，《给自己的情书》，心怡说她每次一听到这首歌就想到我。"痛也是合情合理，你要慢慢原谅你，你要日后成大器，灰灰的天都要撑起。"

虽然还是会难过，虽然这段还未破土而出就已经夭折的爱情留下了一点儿后遗症——比如我再也不在大街上搭讪任何帅哥了，可是，我跟自己说，我要原谅自己，我日后要成大器，一点儿小风浪不算什么。

后来我遇到过小白，她身边的那个人不是聂嘉羽。我没有掩饰住自己的惊讶，一点儿情绪全摆在脸上被她尽收眼里。

她对我始终没有敌意，我们毫不避讳地聊起聂嘉羽，她说："我知道他是这样的人，双子座的男生，太难把握。"

我这才知道，原来聂嘉羽跟我是一个星座的，难怪很多事情上我们都那么有默契、那么相似。

小白笑起来依然是那么漂亮，她问我："你很久没去论坛了吧？我现在倒是常常泡在里面，有篇很红的帖子现在顶到一百多页了，你回去看看吧。"

经小白一提醒我才想起来，我真的很久很久没有去论坛了，好像是潜意识里在刻意逃避一些东西，怕看到自己曾经发的那个帖子，怕看到那个熟悉的"丑得惊动×务院"，怕看到他跟别的女生用文字的形式打情骂俏。

他曾经那么轻易地接近我，日后一定也会那么轻易接近别人，我不是看不透的人。

然而晚上敷面膜的时候，我还是鬼使神差地潜水上了论坛，很快我就找到了小白说的那篇很红的帖子，依然是醒目的红色字标题，可是跟以前那个主题完全背道而驰。

这次的红色字体更加触目惊心：老子这辈子，只爱双子座。我点进去看，一页一页，矫情得让人很想哭。

这篇帖子就像一个博客，每天定时更新，详细地讲了双子座每天的运势，还有楼主一些毫无文采的废话。

他说：

"双子座女生最需要的东西就是温暖。

"男生想讨好双子座女生也很容易，她们有两个自我，只要一个自我喜欢了，另一个不表态就算 OK 了。也许没有比双子座女生更好满足的女人了，她们本就是飞在风里的女孩，精神世界的礼物才是她们永恒的追求。

"也正是因为她们有着两个自我，所以她们更容易动情和伤心。如果你喜欢的是双子座女生的话，更加珍惜她吧。"

他还说：

"我喜欢的那个双子座女生，她跟我说'你跟双子座，不会有什么好结果'。也许她说得对，可是就算没有好结果，我还是很想跟她在一起，照顾她，或者只是吵吵架，生活都挺有意思的。

"她现在不来论坛了，我也从来没有主动告诉过她有这样一篇帖子。如果运气好，有一天她又回来看到了，愿意跟我在一起，那就登录回个帖吧。

"如果不愿意的话，就千万沉默着别说话。我也是个男人，我也是有尊严的。"

看到最后一句的时候我忍不住又笑了，心怡怒其不争地看看我："面膜不要钱是吧，笑笑笑，笑死你！"

可是，真的很想笑啊，笑过之后，又真的很想哭啊。

【七】

ID 为"双子座王道"的我，第三次登录，只为了回帖。

这篇帖子很红，论坛里几乎无人不知，每天都会有好心的朋友回帖追问楼主进展如何,大家都在等着女主角现身。

再也没有比这更能满足我小小虚荣心的事情了,那个花心的"拉斯维加斯"的主人,那个来者不拒的英俊少年,那个到处发放感情"钙片"的聂嘉羽,再见了。

我喜欢过你,甚至可以说我是真的深深地爱过你,从一见钟情到日久深情,那些都是真的。

可是我依然要说,再见了。

我想了很久,在帖子里回了一句话:谁说你跟双子座,没有什么好结果。

私语

有一天我看到一篇文章,叫作《你跟巨蟹座不会有好结果》。

我不是巨蟹座的,而是双子座的。我谈过几场恋爱,遇见过很多男孩子,我没有跟任何一个人有个好结果。

一段感情的失败,不是任何一个人的责任,我不喜欢把所有的过错都推到别人头上,更多的时候我会在自己身上找原因。

我想:这是否跟我是典型的双子座有关?

我敏感,有着表面上开朗活泼,背地里却很容易陷入悲伤的情绪。我不想成为任何人的负担,但又希望有人能够爱我。

就像《深海里的星星》里的程落薰说的那样,我最怕的不是死,是没人爱我。对,程落薰也是双子座。

没有人会像我这样爱你

从这以后,你漫长的生命中或许还会爱上别人,
但任你再怎么虔诚,也只能爱到七分。

【一】

在我第一次见到你之前,我已经听说过你很多次。

那年秋天,我们在小礼堂里为静嘉举行了一个小小的缅怀仪式。

礼堂的正前方挂着她生前最喜欢的一张照片,照片中她涂着大红色的唇膏,睫毛的剪影落在墙上,脖子的曲线像骄傲的鸟,四分之一的脸淹没在阴影里。

她真是大美女。若干年后,我看过许多姿色不俗的姑娘,但没有一个比得上她。

她的美丽以一种残暴的方式终止了我们所有人的眼界,就像是早早看过汪洋大海的人,不会在一片湖泊面前啧啧称奇。

我无意间回了一下头,发现礼堂的最后一排坐着一个人,穿着黑色衬衣,脸上的神情……我不知道该如何形容,极度平静,却又极度哀痛。

你当时的样子就像是被一把刻刀刻在了我的记忆中,往后很多很多年都不能忘记。我低下头悄悄地问余意:"最后一排坐着的是谁?"

他回头看了一眼,低声回答我说:"陶然。"

陶然,这并不是我第一次听到你的名字。

我们这个小圈子的人都晓得,你家与梁静嘉家是故交,她比你年长两岁,你从懂事以来一直暗恋她,她不是不知道你对她的感情,但多年来却一直只把你当朋友,当弟弟。

她在大二的一次活动中偶然认识了那个男人,明知道他有家室,却也不管不顾地爱了。你从南方坐飞机赶来与她理论,下机时冻得瑟瑟发抖却挤不出时间去买一件外套。

没有人知道那天发生了什么事,只是从那之后,你们便断绝了来往。

余意是你们共同的朋友,而那时我还没有和他在一起,之后我带着一点八卦的心思向他打听这件事的来龙去脉,可就连他也不知道究竟是怎么回事。

但有一件事情,我们所有人都知道:陶然深爱梁静嘉。

静嘉的每个生日,每次新年、圣诞,你都会寄来礼物,每一样东西都是她所喜欢的,你从不出错。

没有人知道千里之外的你是如何准确地把握着她的喜好、品位,还有多变的心思。你诚意十足,并且执着。

我一直对你有些好奇,却没想到真正见到你,却是在这样的时间、这样的场合。缅怀仪式结束之后,大家沉默着离开小礼堂。

余意牵着我走到你面前时,他拍拍你的肩膀,你抬起头来看了我们一眼,目光掠过我时没有一丝情绪,我却仿佛心跳漏了一拍。

你那双眼睛深如寒潭,包罗万象。

你的声音有一点点沙哑,问余意:"我当时不在国内,静嘉她究竟是怎么回事?"

余意三言两语地将事情大概陈述了一遍。那男人的妻子使了些手段,加之这些年来,静嘉一直生活在失望与希望的交替中,早已经不堪重负,她曾多次流露出厌世情绪,但没想到真的会如此决然。

长年累月的煎熬和折磨,不身处其中是难以明白的,选择了离开,或许反而能让她安宁。

你沉默着,眼睛慢慢红了。

我回头看向那张照片,心里隐约有一个决断:她会占据你心中一个无人能及的位置,从这以后,你漫长的生命中或许还会爱上别人,但任你再怎么虔诚,也只能爱到七分。

【二】

那个夜晚的你,如同惊鸿掠过我的心间,却没有进入我坚实的生活。

不久之后,我跟余意和平分手,没有背叛,没有欺骗,没有第三者。我们坐在临街的餐厅里叫了焦糖布丁奶茶和一个十二寸的金枪鱼比萨,整个过程非常友好,没有人口出恶语。

我觉得这是非常大方得体的分手范本,只是没想到,最后他会问我:"影白,你没爱过我,对不对?"

我拿着比萨的手十分尴尬地僵在半空中,过了三秒钟我才回过神来,笑着说:"怎么会?"

他的笑容里也有些意味深长。"影白,我们相处的时间中,我经常有种黔驴技穷的无力感,好像不管我怎么努力都触碰不到真实的你。你从不对我提任何要求,也不介意我跟别的女生走得太近,你不哭、不闹、不任性,所有人都说我有一个懂事的女朋友,但从另一个层面来说,其实是因为你不在乎。"

说到这里,他往前倾了倾,眼神直直地逼过来:"到了今天,你可以承认了,影白,我不会怪你。"

原本融洽的氛围被打破了,我顿了顿,说:"我不是不爱你,我是不知道怎么爱一个人。"

我和余意就这样散了,不轻不重的一段青春,就这样不痛不痒地过去了。

再后来我想起这个人,只觉得模糊,温暖或者暴烈都没有,他在我的记忆中是那么清浅,我们共同的时光仿佛一缕青烟。

他只是把你带给了我。

陶然,从你面无表情地望向我的那个瞬间,从我在那个瞬间不经意地颤抖开始,所有的情节已经铺展开来,只等命运一页一页地翻启。

与你重遇之前,日子就像白开水一样寡淡。

我有时候会一个人出去晃荡,在海边、在高原、在繁华的城市,我拍了很多照片,可是每一张上面都没有笑容。

我并不快乐,也从未真正在哪里得到过安慰和满足。

在我的生命中,有一样最重要的东西一直缺失着,从未被填补。直到——我又见到了你。

虽然季节不同,你的穿着打扮不同,你的神情不同,周围有那么多人啊,我的眼睛却在第一时间准确地辨识出了你。

我叫你的名字,陶然。

我叫得那么自然随意,一点陌生的感觉都没有,好像它在我的唇齿之间已经停顿了很久,只是一直在等待一个合适的契机。

你侧过头来看着我,有点惊讶,也有点意外,你的表情告诉我你真的努力了,但就是想不起我是谁。

事实就是这样,你对我毫无印象,这真令我沮丧。

但我还是很快调整好心态,微笑着对你说:"我是静嘉的学妹。"

你租的公寓离我住的地方只有两条街，虽然你没有说明自己来到这个城市的原因，但我想总归是跟梁静嘉有点关系。

爱人的坟茔所在的地方，就是故乡。你还是没有忘记她，你真长情。

一路上我们有点尴尬，我看得出你对我有点抗拒，我像一个急着推销商品的热情的导购，带给你强烈的不适应和压迫感。

但我要怎么解释你才会知道，平时的我真的不是这样。我冷淡，少话，不爱凑热闹，讨厌自来熟，有点清高。

我自己做扎染，做树脂工艺品在网上卖，标价很贵，一副你买不起就别买的样子。

我不愁钱花，我有一个很有钱的亲爸，还有一个很有钱的后爸，他们除了我之外都另有自己的亲生小孩，或许是怕我不高兴，他们总是争先恐后地往我的账户里转钱。

我并不是一个厚脸皮的人，却一反常态，毫不矜持地主动把自己的手机号码报给你，半开玩笑半认真地说："一定要打啊。"

你点点头，眼角眉梢都带着一点敷衍。

在路口分开时，你往左走了两三步，忽然回头发现我还站在原地。

你又折回来，像是终于想起来了什么，你说："你不是余意的女朋友吗？"

是的，你终于记起了我，多多少少对我是点安慰。

我点点头，很快又摇摇头说："我们分手很久了。"

然后，我又画蛇添足地补充了一句："我现在是单身。"

我的意图太过明显，这一次，在夏天的晚风中，你咧开嘴笑了。我的眼睛一闭一睁，咔嚓，你的笑容被我拍进了记忆里。

【三】

之前的岁月里,我仅有躯壳,在爱上你之后,灵魂才慢慢地生长出来。

我爱上你,这个念头从我的脑子里蹦出来的那一刻,我丝毫不觉得惊慌,我的身体似乎比我的意识更早地察觉到了这件事。

第一次遇见你的那个夜晚,你望向静嘉的照片的眼神,就令我想要拥抱你。

你在公寓附近开了一家小小的陶艺吧,每天中午一点才开门,生意惨淡的时候用门可罗雀来形容都不为过。

但你觉得这样舒服,怡然自得,每天打开门,放上舒缓的音乐,坐在红色的大沙发上看书。

有时候我厚着脸皮去找你,你也不怎么搭理我,叫我自便。我一边拉坯一边用眼角的余光打量你,那么苍凉而又遥远的你。

你跟我一样,不是个缺钱的主,单是从前看你给静嘉选的礼物就知道你不仅不穷,而且品位不差。

我们是两个胸无大志的无业游民,甘做燕雀,不羡鸿鹄。

比起那些一天到晚把奋斗挂在嘴上,一年到头为了薪水活得战战兢兢的男生,我更喜欢闲适懒散的你。

我们彼此做伴,没有上进心就没有上进心呗,管别人怎么看呢。

不晓得从什么时候起,喜欢你的姑娘越来越多,当然,我不觉得奇怪,因为你真的是非常美好的一个人啊。

我不爽的是她们隔三岔五地就找借口来陶艺吧看你。

我开始留心你跟别人聊天的话题,你的语气,她们的笑声。我心里憋着莫名其妙的一股火。

我想叫她们走,再也不要来了。我想提醒你:自重一点,好吗?

有一天傍晚,我们一起去吃晚饭,我站在你背后等你锁门。忽然,你没头没脑地来了一句:"影白,你别不高兴。"

电光石火之间,我的面孔上燃起两片绯红。我知道,我变了。

我再也不是从前那个跟余意在一起时,对周遭的一切都毫不关心的陈影白了。当初他说他喜欢我,我就接受了,后来分开,我也不觉得难过。

他是对的,我没有爱过他。

爱一个人时,看待世界的眼神都会因此而变得温柔起来。事不宜迟,我决定向你表白。

【四】

那天下午穿着我最喜欢的一条绿色裙子去陶艺吧找你,从天窗漏下来的光线中有灰尘飞舞,我静静地坐在你的面前。

你原本在看书,大概过了十分钟,你终于意识到这个下午跟平时有所不同。你抬起头来看着我的时候,我仿佛又看到了第一次见到你时的画面。

陶然,没有人比你更明白那种感受了吧?我紧紧地攥住拳头,用尽全身的力量让自己没有流下泪来,那是我生平第一次懂得这件事。

真的会有这样一个人,如果得不到他,你一辈子都不会甘心。我竭力让自己平静下来,缓缓地说:"我喜欢你。"

你的脸比我的声音更平静,过了一会儿,你说:"我知道。"

我没有说话。

你问我:"你想怎么样?"

这个问题一落入我的耳朵,我便难堪得想立即起身离开,再也不要面对你,再也不要回到这个小小的屋子。

我相信你没有恶意,但那一刻,你的确刺伤了我。

然而一种更强劲的力量把我摁在了椅子上,逼迫我一字一句地说出心中最真切的想法:"我想和你在一起。"

在说这句话的时候,我感觉到有些什么东西被我自己撕下来,狠狠地摔在地上,裂成了碎片。

那是我的尊严。

所有我不愿意对任何人说的心事,在那个明亮得近乎什么也看不见的下午,我都对你和盘托出。

我是家中唯一没有人关心的那个小孩,父母各自组建家庭之后,我成了一个最多余的存在。

童年时期的我性格孤僻,没有玩伴,一直孤单地长大,我没有得到过温暖,也没有得到过重视,甚至连责骂都不曾得到。

有时候我觉得,我像是不属于这个世界的人,我活着或者死去,都不会引起任何人的注意。

我不相信一切温情脉脉的东西,也不相信一个人会无所保留地去爱另一个人。直到我听到你的故事。

你那么专注,又持之以恒,完全不计算成本,不计较得失,只希望她快乐。你没有感动她,却实实在在地感动了我这个旁观者。

你问我,想怎么样?

我不过只是希望有人爱我。

陶然,多年后当我不再与自己较劲,不再与人一生中所必须经受的痛苦较劲时,我会明白,为何我的心底那样迫切地想要与你在一起。

你是我生命中的一次机会,唯一可能印证爱这件事的机会。

当你听我说完那句话,时间仿佛停滞了下来,过了足足一分钟,我觉得眼泪已经要落下来了的时候,你起身,过来抱住我。

你的姿势十分小心,好像我是一尊易碎品。你的声音很轻却也很坚定,说:"好。"

【五】

我原本以为你的应允会是我孤独的终结,却未曾料到是灾难的开始。

我们真的只有那么一丁点的好时光,在漫长的人生岁月中,它显得那么轻微、单薄,接踵而至的便是我无度的索取和彼此激烈的伤害。

恋情的急转直下,是从我的嫉妒开始的。

我反复追问你,究竟是为了什么事情,你和静嘉会走到决裂的程度。

每一次提起她的名字,你眼睛里一闪而过的刺痛,都会引起我内心畸形的快感。

你以缄默相对,却引发我更大的不满,像是为了更深地刺激你,我做出了更多过分的事情。

我买她最钟爱的那个牌子的衣服,用她最喜欢的那款香水,每次出门都涂上鲜红的唇膏,戴她喜欢的玛瑙耳钉。

我丧心病狂地做着这些事,一次次地挑衅你,你却只是不言不语地看着我,那眼神中充满了深远的忧伤。

你的忍耐终于到了极限,在那个日子,我睁开眼睛的第一句话是:"你今年打算给她挑什么礼物?"

几秒钟的空白之后,你暴怒着揪住我。我从来没有想到过你有那样的一张面孔,不是凶恶也不是狰狞,而是绝望。

我们的眼睛相距只有几厘米,我能够看到你的眼球上反射着我惊恐的脸,我承认在那一刻我害怕了,也后悔了,如果能够重来的话,我愿意代替你掐死面前这个令人憎恨的女人。

在这样的情况下,我终于知道了那件事情的真相。

在得知梁静嘉与那个男人过从甚密的消息之后，你的心情非常复杂，愤怒、难过、惋惜、不理解、厌弃，种种情感交错在一起，驱使你买了第二天最早的航班赶来找她。

你坐在快餐店里打了几十通电话给她，她一个都没接，直到晚上才回复电话，说白天不方便接电话。

你们约在她住的公寓附近见面，仅仅心平气和地谈了十几分钟便开始争吵，年少气盛的你口不择言，什么难听的话都说了出来。

她起先是错愕，紧接着便勃然大怒，与你争执了几句之后便扭头就走。

你知道自己的话深深地伤害了她，这并不是你的初衷，你不是那么自私的人，不是不准她和别人在一起，你只是希望她的感情清清白白，不要被人玩弄和亵渎。

她踩着十厘米的高跟鞋跟跟跄跄地在前面走，你亦步亦趋地跟在后面大声斥责她的荒唐，你一路跟着她上了楼，在她拿出钥匙打开门的时候，你冲上去，抱住她，强吻了她。

门在你们的身后被重重地关上。

…………

你拨开自己短短的头发给我看那个伤疤，你说："如果不是她拿东西砸破了我的头，把我砸清醒了，我不知道自己接下来还会做出什么出格的事情。"

你的声音十分冷酷，我知道你是从这一刻开始恨我。

如果不是我咄咄逼人，这件事你一辈子都不愿意再提起。

是我令你想起你人生中最不堪的夜晚，鲜血从头上一路流下来，她扬起手就是一个重重的耳光。

还有，她说的那句："再也别让我见到你这个人渣，滚。"

你真的滚了，滚得很干脆，滚得音信全无，滚得离她的人生十万八千里远，愧疚和思念通通被打包在了那些礼物里。

你想总有一天她会原谅你。但她至死都没有原谅你。

【六】

我知道你恨我。

你不辞而别地离开了我的生活,连一句话一个字都没有留下。

你的公寓是空的,陶艺吧落了锁,我不知道你什么时候走的,更不知道你什么时候回来。于是,我又回到了一个人,只是我变得比从前更孤独了。

我很努力地回想我们在一起的那些快乐时刻。

我们一起去看了一场闷得让人打瞌睡的电影,你歪着头靠在我的肩膀上,短短的头发刺得我的皮肤有点痒,那时我还不知道在你茂密的头发下掩藏着一道伤疤。

你的衣服总有种好闻的气味,跟我买的那些洗衣液的气味都不一样。有一个大晴天,我睡了午觉起来,看到阳台上晒着你的衬衣和我的裙子,它们投射在地板上的影子,让我联想到"一生一世"之类的词语。

还有桌上摆着的那些形状怪异的陶器,杯子、碗、花瓶,我一闭上眼睛就会想起我们穿着围裙,你手把手地教我在拉坯时如何用力,你的鼻息就喷在我的耳边。

如果你答应尝试着让我明白被一个人爱是什么感觉,或许我也不会变得那么贪婪,这段情感也就不会那么短暂。

你从我的世界里失了踪。

我没再去找你。事实上,我发现尽管我们曾经有亲密的关系,我却根本没了解过你。除了你的名字和你的身体,我几乎对你一无所知。

你的生日,你的星座,你喜欢什么类型的音乐和电影,你吃东西时有什么禁忌,你写字是用右手还是左手,你是喜欢篮球还是足球,曾经去哪些地方旅行……

关于真实的你，我什么也不了解。

我爱上的，是那个深爱着梁静嘉的你。

在第一次见到你的那个夜晚，你问余意："到底发生了什么事情？"

他寥寥数语将你搪塞了过去，你没有再追问，所以你永远无法知道梁静嘉选择结束自己生命的原因。

在长时间的拉锯和折磨中，她的感情已经所剩无几，而他却一直争取不到自由之身。他的妻子把她约了出来，两个女人都把话说得很直接。

他的妻子开了个价，要静嘉离开他，从此不再打扰他们的生活。

一开始静嘉并不为所动，而面前的那个女人却像是有十成的把握，一定会有一个价格能够买回自己的丈夫。

价格不断上涨，梁静嘉开始认真地权衡利弊，她的鼻尖开始冒汗，神经也开始绷紧。其实，要理解她的想法并不难，一边是耗费多年、已经所剩无几的青春，一边是足够十年八载衣食无忧的金钱。

她不是像我这种被钱砸着长大的姑娘，她的眼界和品位，都是那个人后来慢慢培养出来的。而他唯一没有改造成功的，是她不够长远的目光和不够坚定的立场。

如我们所知道的那样，她接受了这个交易，却不知道面前这个女人的手机一直是在通话的过程中。

她收下那张卡，沉默着离开了那家餐厅。

她在出租车上一会儿哭一会儿笑，觉得这笔账不算亏。她唯一错的地方，就是低估了对方对她的爱。

她不知道那个人费了多少力气，甚至决心净身出户也要和她在一起。她不知道真的只差了那么一点点，她就可以得到自己渴望了那么久的幸福。

他的妻子差不多已经同意离婚，却在最后关头，跟他打了这个赌。梁静嘉最后的选择，是出于灭顶的绝望。

而那种灭顶的绝望，现在我也感受了。

【七】

我在病床上醒过来，目光所及之处皆是雪白。

余意凑上前来叫我的名字，紧接着是更多的面孔，我努力地一一辨认，他们都是我曾经所在的那个小团体的成员，大家看到我醒来，脸上都是兴高采烈的表情。

我问他们："怎么回事？"

大家你一言我一语地告诉我，我的公寓煤气泄漏，隔壁邻居闻到气味，通知了房东，房东又通知了余意，这才保住我一条命。

我头昏脑涨，好不容易厘清思绪，又问了一个问题："你们有没有见到陶然？"

我怎么也没想到，这句话一问出口，所有人都呆住了。

病房里安静了很久很久，最后还是余意开的口："影白，陶然一直在德国啊。"

我有点生气："你是神经病吗？陶然上个月还跟我在一起，他是我男朋友，我们一直没有说分手。"

我话音一落，大家看我的眼神立刻变得有些恐惧。

我被他们的眼神弄得心里发毛，一把拉过被子蒙住自己的头："你们都走吧，我现在只想见陶然。"

他们零散的脚步声彻底消失了之后，我才开始哭泣。

我从来不饮酒，不嗜烟，不熬夜，无任何不良习性，甚至不爱任何人。

我极力节制的生活，却在青春丧尽的时候，毫不留情地狠狠地骗了自己一场。

事实是，根本没有那个夏天的偶遇，没有距离我的公寓两条街的陶艺吧，没有白色衬衣和绿色裙子，也没有那些奇形怪状的杯子和花瓶。

没有那场短暂的恋情，没有不遗余力的伤害，也没有不辞而别的你。一切都是我的幻想。

我幻想这世上有一个人爱我，如同你爱梁静嘉。事实上就是这样，我这一生，只见过你那一次。

在那个漆黑的晚上，你的眼睛里有浓烈得化不开的伤痛和忧愁，我在那个瞬间爱上了你，也是我生平第一次爱上一个人。

从此，我便着了魔。

我幻想与你一起生活，彼此照顾，天气好的早上我起床给你做法式吐司，阴雨天我们哪里都不去，关上门睡一整天。

我幻想在我每年生日的时候，你也悉心为我挑选礼物。

我从医院回到住所，涂上跟梁静嘉一个颜色的唇膏坐在镜子面前。可是，镜子里却是她的脸。

我随手抄起一只瓷杯砸向镜子，它犹如银色的水花四溅，遍地都是碎片。至此，一切都结束了。

我的心死了一次，这辈子能够好好活下去了。

【八】

余意强迫我去看心理医生，看在朋友一场的分儿上，我听从了他的建议。

然而我却无法突破自己的心理防线，向一个陌生人承认我内心对爱的渴望，医生拿我没有办法，只好容忍我每周三的下午在她的诊所睡上两个小时。

有一天，我做了一个梦。

那是一座岛屿，我之前从未去过，那里的人告诉我，这座岛叫作遗失之岛，任何人在这个世界上遗失的任何东西都能够在这里找到。

岛上的人问我："你丢了什么？"

我轻声说："自己。"

当我醒来时，屋外大风呼啸，伴随着零落的雨声。医生问我："你在想什么？"

我说："如果真的有那样一座岛，我愿意永远都不离开。"

私语

这篇小说，以及我和Lost7合作的绘本《孤单星球》，都源于我某天晚上的一个梦境。"有一天，我做了一个梦。那是一座岛屿，我之前从未去过，那里的人告诉我，这座岛叫作遗失之岛，任何人在这个世界上遗失的任何东西都能够在这里找到。"也许，在我的内心深处，一直存在着一个巨大的遗憾。

它静静地植根于我心灵深处，并不影响我的衣食住行，我努力工作，努力生活，坚韧独立，与人为善，似乎只要将这样的理念付诸实际，我的人生便不会再有无法承受的痛苦。

可是终究有我无能为力的，另一个世界。

我记得那个凌晨，我自梦中醒来，脑中仿佛有神谕一般。

是啊，有那么一刻，我几乎真的以为这世上有那样一座岛屿。大梦醒来，永失我爱。

第二章 隔岸烟火

我曾听见爱情盛开的声音,像花朵。
但是,左脚花开,右脚便花落。
流金岁月,我只能独自走过。
你是值得我一生去观望的烟火,
可惜最后只能在记忆中临摹。

哪里还有第二个你

你曾经问我:"为什么你总是不谈恋爱?"

我看着黄昏的天空、仓促的飞鸟,一直没有说话。

水来,我在水中等你;火来,我在灰烬中等你。

【一】

深夜我自梦中睁开眼睛,将醒未醒之间,我又看到了你的样子。

你是上帝的宠儿,被时光遗忘的少年,脸上永远是澄澈干净的微笑,眼神清亮如山涧清泉。我怔怔地跟你对视,恍惚之间分不清楚梦境和现实。在清醒过来的下一秒钟,我捂住嘴,忍不住轻声抽泣起来。无论过多久,一想起你,心脏还是会疼,还是会难过,还是会为你落下泪来。

像是心灵感应一般,我的手机在黑暗中亮起来,被人鄙视过很多次的老土的铃声是《千千阙歌》,邱致言的声音还是那么闹腾,彼端隐约有网游中厮杀的声音,他问我:"睡了没有?出来吃夜宵吗?"

我想了想,知道梦见你之后不可能再安睡,与其一个人在床上翻来覆去唉声叹气胡思乱想长吁短叹,不如跟这个"网游界的包青天"出去吃点儿东西。

坐在人声鼎沸的烧烤摊子上,我毫不客气地点了很多东西,无视他愤怒的眼神，对着笑眯眯的老板说："鸡翅我要三个，有多辣放多辣。"

邱致言不满地用筷子敲着桌上的碗："点那么多干什么？你吃得完吗？"

我对他翻白眼："今天吃不完，你可以打包留着过年添个菜嘛。"

他拿我没一点儿办法，用眼睛狠狠地鄙视我之后又开始兴奋地向我炫耀他今天玩游戏是多么神勇、多么所向披靡。

为什么说他是"网游界的包青天"？因为他玩起游戏来，六亲不认！

他身边除了我，没有其他的女生。其实他长得不错，人又大方，不是没有女生喜欢他，可是跟他交往过的女生到最后提起他都是一脸的愤慨——让他跟他的游戏结婚生子去吧！

他最近的一个女朋友跟他分手是选在情人节的前一天，挺漂亮的一个女孩子，在网吧里找到他的时候，她的脸气得跟猪肝一个颜色，还是那种到了下午都没卖出去的猪肝。

她当着他所有的队友指着他问："你是选游戏还是选我？"

他一直没理她，终于结束一盘厮杀之后才不紧不慢地抬起头看着这个快要爆炸了的女孩子，慢吞吞地说了一句："游戏，我是不能不玩的，至于要不要分手，你自己看着办。"

那个女孩子后来是哭着跑出来的，正好撞上我，我看她那个反应还以为邱致言把她强暴了，结果她脚一踩，说了一句让我崩溃的话。

她说："强暴？他玩起游戏来，叫个裸女站在他旁边他都没时间看一眼！"

事后我把这句话转达给他，他自己笑了半天，然后很严肃地跟我说："真要搞个裸女站在旁边，我还是会看一眼的。"

很多人以为我们之间有点儿什么小暧昧，其实一点儿都没有，我之所以能在他身边长存，恰好是因为我对他一点儿兴趣都没有，也就无所谓跟他至爱的游戏争宠，闲时还有兴致斗斗嘴。

他说我们这样的关系就叫无欲则刚。

可是这天晚上我没心情跟他闹，因为我梦见了他，隔着时光的长河与回忆对峙，这让我整个胸腔里都弥漫着一股酸涩和苦涩掺杂的味道。

出乎邱致言的意料，我点的东西全都吃完了，包括那三个辣得我要吐血的鸡翅。他在一旁用疑惑的眼神反复端详沉默的我，我装作什么都不知道的样子，专心致志地对付着鸡翅，好像这是全世界最要紧的事。

【二】

自从你退出我的生命之后，我的世界里再也没有情人节、圣诞节、七夕这些概念，除了商场的短信会提示我××节来临、全场×折之外，我根本不觉得这些节日跟我的人生有什么关联。

邱致言曾经戏谑地说："孙心怡，我最喜欢你不争风吃醋的个性了，将来我要是没有人要，我就娶你算了，高兴吗？"

我失语地看着手舞足蹈的他，过了半天，说了一句让他含恨而终的话："你没人要，凭什么要我做慈善事业？"

他恨我恨得咬牙切齿，我转过脸，看着教室外面浓郁的香樟树，懒得搭理他。阳光洒进教室，光线中有灰尘飞舞的轨迹，我伸出手去，它们停留在我的掌心。

邱致言不知道，很久以前，我也是个爱争风吃醋的人，与他眼里那些庸俗不堪的女孩子别无二致，就连一对普通的锆石耳钉，我也舍不得让给别人。

如果没有那对耳钉，我想我也不会认识你，我们的人生也不会产生任何的交集，就像这地球上无数条直线一样朝着自己的方向无限蔓延，永远不交叉。

然而就是那对锆石耳钉,它们改变了我们的人生轨迹,那种神奇的力量在多年之后我才明白叫命运。

那时候我才多大啊。

跟很多言情小说的女主角不一样,她们总是能把跟自己所爱的人相遇的那一年、那一天,甚至那个时辰都记得准确无误,可是我一想起你,脑袋里就好像有无数团毛线被扯开,整个局面是一团糟,一点儿线索都梳理不清楚。

多年后我别的都忘了,就是无法忘记你帅气的装扮之下干净而凛冽的笑容,它像图腾一样深深地铭刻在我青葱岁月的底板上,任何力量也无法抹灭。

傻了吧唧的我第一次穿完耳洞,就像个进城的村姑一样去买耳环。虽然是村姑,可是品位也不俗,一眼就看中了那家店铺里最漂亮的一对锆石耳钉,不是很大,但是非常抢眼。我一边歇斯底里地跟老板还价,一边幻想着自己戴着它们走在人群中光芒万丈的样子,你和你女朋友进来了。

对,那个时候你是有女朋友的,她漂不漂亮是个见仁见智的事,但风情是有的,在眼角眉梢,在举手投足之间,在一颦一笑当中。

我不喜欢这样的女生,有点儿类似古时良家妇女对青楼名妓的那种不屑,我往旁边挪了挪,给你们腾出地方来。

偏偏世界上就是有那么不识趣的人,她跟我一样品位不俗,也看上了我要的那对耳钉,兴奋地问老板多少钱。

老板还没说话,我就不乐意了。这人从哪里冒出来的?我吃到嘴边的肉凭什么要吐出来啊?

于是我用老板他娘的姿态告诉她:"对不起,我买了,再见哪您!"

她怔怔地看着我,妖娆的脸上突然惊现出那种童真的表情,反衬出我村姑的剽悍和野蛮。我顿时又有点儿自惭形秽,可我还是坚决地说:"我已经买了,不好意思。"

那个老板也真不是个东西,眼见剑拔弩张了,他居然还煽风点火地道:"什么叫你买了?你不是还没给钱吗?"

我恨不得把钱甩在他脸上:"拿去拿去,懒得啰唆了。"

我雄赳赳气昂昂地走出那家店铺的时候暗自发誓,我再也不要来这里买东西了,死老板,狗眼看人低!

还没走几步你就追出来,说实话,我只注意看你女朋友了,根本没看你,所以你笑嘻嘻地站在我面前的时候我还没反应过来,第一个念头是"我也有人搭讪啦"。

你真是彬彬有礼,面对倔强的我一直好声好气,即使最后我声嘶力竭地告诉你,这对耳钉杀了我也不会让给你们的,你始终没有一点儿怒气。

僵持了很久,你最后略带遗憾地说:"那就算了,不好意思。"

我当机立断转身就走,手里死死地抓住装着耳钉的盒子,心里有一种难以言说的委屈。那个时候我不能清楚地说出这种情绪是什么,直到多年后,我有了一张不动声色的面孔方才明白。

那是嫉妒。我嫉妒她有一个这么好这么疼爱她这么重视她的男朋友。

【三】

邱致言最初交女朋友的时候,经常被强迫陪着逛街,因为是刚刚开始交往,他也不好意思推辞。

每次要死不活地回来就找我诉苦:"天啊,我穿板鞋,她穿高跟鞋,走得比我还快。我的腿都要断了,她还一副小宇宙刚刚燃烧的样子……"抱怨完之后总结性陈词,"真不是人干的活。"

是谁每次在他被女朋友勒索完之后一声不吭地听他发泄？

是谁每次在他女朋友哭哭啼啼指责他不体贴、不细心时帮他收拾残局？

是谁在他每次分手之后陷入短暂黯然神伤和进行自我检讨时始终陪伴并且毫无怨言？是我是我还是我！

邱致言的专属安慰天使——孙心怡！

有一次他喝多了酒，完全丧失了理智，扳过我的面孔用他红红的双眼死死地看着我，我丝毫都不畏惧，最后他含混不清地问了我一句话，我没有回答他，而是顺手抄起桌上的一杯清茶，对着他的脸就泼了过去。

第二天他在公寓门口堵着我，一张脸憋得通红，头低得跟卖国贼一样。

我看他那个样子也知道他知错了，于是宽宏大量二话不说就原谅他了。他感激涕零，硬是放弃了一下午玩游戏的宝贵时间，主动提出要陪我去逛街，买礼物给我，算是向我真诚道歉。

其实他真的还不够了解我，或者说，以他的阅历还不足以了解异性。

这些心思复杂、瞬息万变、名为"女人"的生物，并非都那么热爱逛街购物。

然而我们经过施华洛世奇的时候，任我再怎么心无旁骛，也还是忍不住停下了脚步。我的眼睛盯牢那对金秋影金蝴蝶刻名挂晶果耳钉，真是太漂亮了，我再也移不开目光。邱致言不是笨蛋，也不是小气鬼，看我这个样子便极力怂恿我试一下，并且表示如果合适就送给我。

时间一分一秒地流逝，专柜小姐的笑容变得冷冰冰，眼睛里分明也是"买不起就别死盯着"的意味，我终于抬起头跟邱致言说："走吧。"

一路上他像个老太婆一样絮絮叨叨，我整个人陷入了失神的状态，有好几次眼看就要跟别人撞上了，幸好他眼明手快一把拖住我。

在他疑惑的目光中，我终于恢复了常态。我跟他说："我不要耳钉。"

他问我："你没有耳洞吗？"

我摇摇头："不是，但是我不戴耳钉。"

我说完这句话，悲哀地发现他目光中的疑惑比之前更深、更浓烈，于是我更加悲哀地明白有些事情是永远无法靠三言两语就解释清楚的，于是我言简意赅地说："就像你之前玩一盘游戏，突然死机了，就算你重启之后再进去，一模一样的队友，一模一样的地图，可是它再不是之前那盘了，对不对？"

他皱着眉头摸着下巴，这是他思考问题的一贯样子，表情严肃，好像在仔细参悟我所说的话里到底有什么真理。

然后他如梦初醒般张了张嘴："孙心怡，其实你是因噎废食，对吧？"

我被这句话噎得半天说不出话，我×，这个文盲还知道成语，我以为他除了在游戏中打打杀杀什么都不知道呢。

回去的时候天都黑了，我们坐在公交车上，我有一点儿累，于是邱致言以兄弟之名慷慨地把肩膀借给我。公交车颠簸摇晃，本来就没什么精神的我迷迷糊糊有了睡意。

我仿佛听见一个温和低沉的声音在唱我最喜欢的《千千阙歌》。

"来日纵使千千阙歌，飘于远方我路上。

"来日纵使千千晚星，亮过今晚月亮。

"都洗不清今晚我所想，因不知哪天再共你唱。"

恍惚之中，有泪水小颗小颗地掉下来。可是我太累了，我分不清楚这泪水是我的，还是穿越尘嚣记忆、饱经风霜的你的。

【四】

你曾经问我："如果有一天，你喜欢的人变得面目全非，或者再也不记得你这个人，仿佛生命中从来没有你存在过的痕迹，你还会爱他吗？"

我坦白地跟你说："我不知道，任何事情都不能答得太肯定，因为不到那一天，谁也不知道自己有没有把握能按照自己所说的那样做。"

你抬头看着天空，声音里有我无法企及的孤独，你说："可是我有把握，我还是会像从前一样。"

被你所爱，真是她的荣幸。

彼时你爱的那个人，叫舒夏夏。

我在第二次看见你们的时候就准确无误地将你们从人群之中辨认出来，你们好像在争吵，周围来来往往的人都向你们投去好奇与探究的目光。

我真替你们丢脸，有什么事非要在大街上吵。

待我走近才知道，你们根本没有吵，你一直没有说什么话，她也没有说，两个人越是不言不语，气氛就越是剑拔弩张。

她甩了你一个耳光，然后转身就走，身手之敏捷，行动之迅速，让我这个路人都惊呆了。

众目睽睽之下，你像个孩子一样不知所措。

其实我是个善良的女孩子，真的，虽然我没有把那对耳钉让给她，可是在你这么难堪的时候，我像正义的使者希瑞一样担负起了拯救你的重任。

我走过去，穿过一众围观看戏的路人，不声不响地拉着你就走。

其实我自己也无法解释当时那一刻心血来潮究竟是为什么，也许是愤愤不平，也许是动了恻隐之心。尽管之前我们只有一面之缘，可是我不会忘记我曾经那么小人之心地嫉妒她有一个这么宠溺她的男朋友。

我们走了很久，到广场上找了个石凳坐了下来。你定了定神，看着我，那个表情告诉我你真的是对我一点儿印象都没有了。

我有点儿挫败感，长相平凡真是一件伤自尊的事情。于是，我不得不指着耳朵上闪闪发光的锆石耳钉提醒你，我们见过。

你是个好孩子,我看你抽烟时那个生疏的样子就知道你应该是第一次抽,装模作样维持镇定却在不经意的颤抖中泄露了些许端倪。

世上有个词叫"一见如故",我觉得用来形容我们两个挺恰当的。

我没有你爱的舒夏夏那么闪亮,我有一张朴实无华的脸,这张脸让你觉得可以信赖,于是你放下原本就单薄的防备,问了我那个问题。

那个时候我心里没有喜欢的人,青春还是一张素白干净的纸。我还未曾领略爱情的美好与凄苦,也不知道最好的爱应该是个什么样子,所以我只能老老实实地回答你"我不知道"。

那天你并没有跟我透露太多,分开的时候你对我笑,你说:"你人真好,认识你很高兴。"我有一点儿遗憾,如果我长得像舒夏夏那么漂亮、那么风情万种,或许你就不会对我说这么老土的话了,而是会换一副嘴脸问我:"美女,你电话多少?"

虽然我长得不是很出类拔萃,可是我有小聪明。眼看你的背影就要消失在茫茫人海,我忽然急了,我把自己手机调成振动,然后追上去气喘吁吁地拦住你,问你借手机,我说:"我的手机好像被偷了。"

被"偷"了的手机在我的裤子口袋里剧烈地振动着,夜幕之下我的脸红得像番茄,可是你纯净的目光里没有丝毫的怀疑,这让我有点儿惭愧。我把手机还给你:"谢谢,没关机,可能是没带出来。"

你说:"那你快回去看看吧。"

用得着回去看看吗?在回家的路上我就忍不住给你发信息了。我说:"帅哥,我的手机是放在家里了,谢谢你啊。"

你回短信也很礼貌,不像一些敷衍了事的男孩子就干脆利落地打两个字"好的",而是标点符号整整齐齐的:"没丢就好,我谢谢你才对,以后有机会一起出来玩。"

我把你的号码存在手机里,叫"啊菠萝"。

不是"阿波罗",是"啊菠萝",按音序排列,方便查找。

【五】

你没有食言,说了有机会找我玩就真的找我玩了。其实也不见得是真的想跟我交个朋友,无非是失恋了,找个没诱惑力却有安全感的人陪着你疗伤罢了。

可是我很不争气,每次你一问我"有时间出来吗",我就很没有骨气地回答"时间嘛,挤一挤还是有的"。

我们去爬山,两个人不约而同地穿着阿迪达斯的 T 恤,像两兄妹。爬到山顶我想唱歌,可是张嘴变成咆哮:"神,请赐我一个男朋友吧!"

你在我身后啼笑皆非地看着我,说:"到了青春期啦!"

我回头瞪着你,你不以为意,轻描淡写地把我的暗示丢在大风猎猎的山顶上。我们坐缆车下山,夕阳何等壮观,整座城市尽收眼底。

你忽然开始唱歌,纯正的粤语,唱起我儿时听过的一首经典老歌:

"徐徐回望,曾属于彼此的晚上。红红仍是你,赠我的心中艳阳。如流傻泪,祈望可体恤兼见谅。明晨离别你,路也许孤单得漫长。"

你唱歌的声音跟你说话完全不一样,每次听你说话我都觉得你傻乎乎的,感觉智商不怎么高,可是你的歌声却那么百转千回,分明是有故事的人。

你的样子,明明还这么年轻,怎么在一首歌的时间之后,我就看出了苍老的线索?

我小时候装腔作势读过很多古诗词,我最喜欢的一句是:"思君令人老,岁月忽已暮。"那个时候只是肤浅地觉得这句话很有意境,而当我真正领悟了其中含义,才真正觉察出了悲凉之情。

我知道你没有忘记舒夏夏，我知道你不可能忘记舒夏夏。可是没有办法，我爱了，我认了。

圣诞节的时候你请客吃饭，叫了一大堆朋友，我坐在你的右边，私下有人跟我说以前那是舒夏夏的位子，我听完这句话心跳好像停顿了一拍。

大家围成一桌，觥筹交错之间所有人都很默契，没有人提到舒夏夏。是我得意忘形，是我自作多情，我喝多了，开始乱说话。

大家开始玩真心话大冒险，不按照游戏规则来的人要喝一杯满满的酒中酒霸。

如果我喝一杯酒中酒霸，就能挽回一句我说错的话，那么我一定会面不改色地一饮而尽。可是，这都是后话了。

我要挽回的第一句话就是：全世界我最喜欢的男生，除了陈冠希，就是你。

我要挽回的第二句话是：如果我许一个愿望就一定会实现，那我要你喜欢我。

我要挽回的第三句话，也是杀伤力最强的一句：我要对我喜欢的人说"请你忘记舒夏夏，看看你身边的真爱吧"。

我说一句真心话，你的脸色就变一次，到了最后全桌人都不敢说话了。我醉醺醺地趴在桌子上，嘴里还嚷嚷道："别停下，嘿，兄弟姐妹们，继续搞起！"

那天晚上你把我送回家，在出租车里我很没有仪态地倒在你身上，其实我的意识还有一点儿清醒，之所以这么不要脸，纯粹是借酒装疯。

你看着窗外疾驰而过的景色，蹙眉，一声不吭。

到我家附近的时候，我鼓起勇气想要亲你一下，你没有说话，也没有应承，而是用力地推开我。

这一推，我所有的酒意都消失了，寒风吹过我的脸，我在须臾之间清醒过来了。紧接着，我难堪得恨不得抽自己耳光。

你说："心怡，你醉了。"

我低着头，一句话都不敢说，我怕一开口就会哭出声音来。

然后你的手机响了，简短而含糊的几句话之后，你急急忙忙地丢下我，拦了一辆出租车就消失了。

你甚至没有跟我说一声"圣诞快乐"，你甚至没有跟我说一声"再见"。

【六】

到后来，你肯承认一句你始终还是放不下她，我也觉得足够了。

花再多的时间陪伴你，花再多的心思取悦你，都比不上一副美丽的皮囊。

你最后一次站在我面前，依然是白衣胜雪的王子模样，你反复地说着对不起，我反过来宽慰你："有什么对不起的，我们是兄弟。"

从那天之后，你从我的世界里消失了。

我再看到你，是在报纸的新闻上，民生专栏，一个不起眼的小板块。

某男青年与其女友开车在环线上奔驰的时候，不知出于何种原因，争吵起来，拉扯之间撞上了护栏。女友没有系安全带，飞出车窗当场死亡，男青年被卡在车内，脑袋撞在风挡玻璃上导致颅内大出血。救护车很快就赶到现场。该男青年目前在中心医院住院治疗，暂时脱离了生命危险。

不知道是不是爱情的力量，那张小小的、颗粒粗糙的相片，竟然被我认出是你。

我赶到医院的时候，碰到圣诞那天晚上聚会的朋友之一。他跟我说，舒夏夏根本不是真心想跟你和好，她的心跟着有钱人跑了，那次找你，只是寂寞无聊拿你开涮。

可是你怎么就那么傻,为了一个这样的人,差点儿把自己的命都搭上?

我站在你的病床前,你的头包着雪白的纱布,脸上罩着氧气罩,看上去那么苍白脆弱。我捂着嘴,眼泪哗啦哗啦地流下来。

你的朋友拍拍我的肩膀,说:"他还没有醒,你在这里陪陪他。"

我陪了你三天,这三天中我什么也没干,就搬张凳子坐在床边看着你,你的眼睛、睫毛,你的嘴唇、鼻梁,你的胡楂,你的手。

你的一切深深地铭刻在我的记忆当中。

第四天你终于醒过来,可是当时我不在,陪着你的是你的父母和你的朋友。我考试完出来接到电话,他们兴奋地跟我说:"醒了醒了!"

我心急如焚地跑到医院去,气喘吁吁地爬上楼,惊魂未定地站到你面前。所有的人都在笑,大家都为你感到高兴。

我也为你感到高兴,我几乎都要喜极而泣了。

你的目光掠过众人看向我,片刻后,你问我:"你是?"

我呆呆地看着你,无法相信这一切,霎时间,病房里所有人脸上的笑容都僵掉了。

医生向我们解释:"失忆症可分为心因性失忆和解离性失忆症,主要是意识、记忆或对环境的正常整合功能遭到破坏,因而对生活造成困扰,而这些症状却又无法以生理的因素来说明。"

最后他说:"伤者应该属于选择性失忆症,也就是说他的潜意识会选择性地消除过去一部分他不愿意想起的记忆。"

我蹲在病房外哭了好久,我怎么都想不通,我怎么就属于你选择要忘记的那个部分呢?哭完之后,你的朋友出来,一脸同情地跟我说:"心怡,他也不记得舒夏夏了。"

我怔怔地、茫然失措地看着他,那一刻我明白了,也许你选择忘记的那个部分,叫作爱情。

过了很久，我擦掉眼泪，走进病房。你放下手里的画册，微笑地看着我，仿佛你的生命中从来没有过我这个人。

我想起你问我的那个问题，现在我有答案了。我依然喜欢你，像过去一样喜欢你。

我朝你笑："邱致言，我是你的好朋友，我叫孙心怡。"

【七】

从你苏醒那一天开始，我们的故事翻开全新的篇章，我叮嘱所有的人，不要跟你提起真相。

就让我用知己的身份，陪伴你，温暖你，包涵你，慰藉你。这是我所理解的爱情，它扎根在我心里，不需要你的回应。

只是每次你听到我的手机响起时，总会蹙着眉说好熟悉。看到你那个努力想要想起却总是无能为力的样子，我的心脏就会微微绞痛。

我看着你恋爱，看着那些女孩子离开，看着你沉溺于网络游戏，看着你日复一日地生活。这些点点滴滴，都是我的欢喜。

直到那天你喝多了，扳着我的脸问我："你是不是喜欢我？"所有的回忆穿堂而过，顷刻之间，我想起那个难堪的夜晚，你重重地推开我。

自始至终，你是不曾爱过我的吧。

既然如此，在你新生之后，我又何必再提？

所以，你永远不会明白，为什么我明明有耳洞，为什么我明明喜欢那些漂亮的耳饰，却从来不戴。

我不要你想起那些残酷的过去，我要你只憧憬美好的未来。

只是，我一个人的时候，还是会想起过去的你，我们共同谱写的，现在却由我一个人珍藏的回忆，每每想起，我还是会难过，还是会哭泣。

你曾经问我:"为什么你总是不谈恋爱?"

我看着黄昏的天空、仓促的飞鸟,一直没有说话。我要怎么回答你?我再也找不到第二个你,邱致言。

私语

写这篇小说的时候,我还不明白什么是真正的"一期一会"。

那时候,我只是以为我懂,像一个刚过青春期的人妄谈人生的艰难。

那时候我不知道,原来有些事情,真是可一而不可再,一直到我真的遇到那个一生只有一次机会遇到的人。

直至今日,我与这个人分别已经很长很长时间,在这么漫长而孤独的岁月里,我已经平静了,我已经接受了,或者换一个悲观的说法,我已经绝望了。

世上不会再有第二个你。

就连此时此刻的你,也不是彼时彼刻的你。

全世界只想你来忘记我

而你,不过是宿命里一次意外的相遇,
我们只有一次擦肩的契机,给了彼此欢喜,
然后又要背道而驰。
我依然感谢你的出现,让我学会了珍惜,
了却心中意,怜取眼前人。

善予,如果有一天,我们在路上遇到彼此,请你不要问我是否幸福。如果你那样做了,我想我努力憋着的眼泪就会在你面前用力地落下来。

我曾经对你说,如果有一天我告诉你我很幸福,那我一定是骗你的。如果只能跟你相逢而不是厮守,我就不可能感觉到幸福。

纵然幸福是那么虚无的事情,可是,亲爱的,我仍然希望你幸福啊。

【一】

我和夏涵韵坐在王府井的肯德基店里百无聊赖地吃着一成不变的奥尔良烤鸡腿堡,她喝牛奶,我喝香柚蜂蜜茶。日子好无聊呀,时间过得真慢啊,我看着手腕上的表,秒针转了一圈,怎么分针还没有动呢?

她忽然拍拍我的肩膀,指着窗外,眼珠子都要掉下来似的说:"帅啊帅啊帅得没天理啊。"我犹如被注射了一针兴奋剂:"哪里哪里?哪里有美少年?"

顺势望过去,窗外葱郁的树木底下,一个穿着黑色外套的男生,背着红色背包,耳朵里插着耳机,闭着眼睛不理世事的样子,所有的行人在他面前都黯然失色,原来真有那个词——"高高在上",我仿佛看到他闪闪发亮的灵魂。

涵韵兴奋得眼睛里冒着金光:"向晚,我们玩剪刀石头布,谁输了谁去要电话号码。"

我用无比轻蔑的眼神睥睨她:"你跟我玩这个从来就没赢过,还好意思提议,你想去就直接去嘛,我不会笑你的,去吧,去吧,我为你摇旗呐喊吧。"她撇撇嘴:"我也赢过你几次好不好?只是大多数时候运气不好而已,来吧,一局定江山。"

如果说世界上有一个叫作后悔的游戏,那应该就是在那个阳光充裕的午后,我跟涵韵玩的这个剪刀石头布。自信满满的我出了石头,她一反常态出了布,我怔怔地看着这个意料之外的结局,很久很久都说不出话来。

她拍手大笑:"林向晚,这就是你目中无人的下场。快去吧,缘分天注定的,我不会告诉你家唐庆苏的。一盒蛋挞就能收买我哦。"

愿赌服输。我酝酿了几秒钟,带着壮士一去不复返的悲凉决心,推开肯德基店的门向树下的你走去。短短几步路,我脑袋里的台词换了几万遍,我要怎么开口要你的电话号码呢?

帅哥,我朋友想要你的号码。太不讲义气了……帅哥,我是星探,想找你拍电影。太假了……

帅哥,我跟朋友打赌输了,请你把电话给我。这……也显得我智商太低了……

走到你面前,我一不小心踩到你的脚。你睁开眼睛看着面前这个神经兮兮的女孩子，目光里充满不解。我迎着你的目光，像支回不了头的箭一样开了口："帅哥，我想吃圣代，少了五块钱，你能不能借给我？"话一落音，我只想找个洞把自己埋起来算了。

你呆了一下，忍不住轻轻笑起来，你的眼睛像月亮一样弯弯的，真好看。

我那个样子很好笑吗？后来你跟我说，找你搭讪的女孩子有很多，那么傻的借口我是第一个。

你从包里拿出五块钱给我，我的脸上火烧火燎地发烫，你终于开口说话，那是我第一次听见你的声音。你说："五块钱够了吗？"我像啄米的小鸡一样忙不迭地点头："够了够了，足够了。"说完这句话我抬起头，用尽全身的力气说，"把你的电话号码给我吧，我一定要还给你。"

洞悉了我这拙劣的演技，你的笑容明朗又温和，像是一个宠溺妹妹的兄长。你并不拆穿我，而是拿过我的手机在上面摁下几个数字，然后，你说："我叫宋善予，乐善好施的善，予人玫瑰的予。"

我的脸"唰"的一下红得不能再红了。我转身逃遁之前丢下一句："我一定会还给你的。"然后头都不回地冲进肯德基店。

等我气喘吁吁地坐在笑得瘫在桌子上的涵韵面前时，我看到一个女孩子向你走过去，她亲热地挽住你，然后你们边说边笑地走了。我的心里冒起一个气泡，"砰"地炸开了，竟然泛着酸涩。

我把手伸给涵韵："我要吃蛋挞。"

可是这甜腻的蛋挞，怎么竟然也有点酸涩的味道呢？

【二】

庆苏无意中在我的手机里看到你的名字时随口问了一句"宋善予是谁"，我立刻心虚地红了脸，一把夺过手机装得气势汹汹地吼："你凭什么看我手机啊？关你什么事啊？"

我真是个坏小孩，明明做了坏事却理直气壮得比谁都凶。可怜的庆苏瞪着无辜的眼睛看着我："喂，林向晚，你现在越来越嚣张了啊，简直飞上天了嘛。"

我冷静了一下，意识到自己确实是过分了，于情于理，他是我男朋友呀，男朋友看看我的手机不是什么大错呀。

可是我是要面子的人，我死都不会在他面前说句对不起。我转移话题，用温柔的语气说："你是明天下午的飞机吧，我有事，送不了你，自己好好的啊。"

我一温柔他就受宠若惊了，眼睛里都是惊喜的光芒，语气也是那么小心翼翼的："没关系，没关系，我自己去就行了，你要是想我了打一通电话给我，我就飞回来陪你哦，任何时候都可以。"

他一说这句话我心里就更难受了，他好像从最开始就是这样，无条件地迁就着我。他在一群女孩子中间看到了叽叽喳喳的我，顿时惊为天人。在所有男生都把我当兄弟的时候，他像伯乐一样把我挖掘出来，牵着我的手向全天下宣告：林向晚就是我想要的女孩。

在所有人的目瞪口呆里，我一夜之间从灰头土脸的男人婆晋升为公主，这个让无数女孩子竞相追逐的男生给了我所有从来想都没有想过的荣耀。所有人都说，真没想到唐庆苏喜欢这种奇怪类型的女孩。可是他说："向晚，拱手河山讨你欢，这样的事，我是做得出来的。"我完全不敢相信这一切竟然是真实的，等到我清醒过来之后，我已经成为他的女朋友。

可能人真的都是自虐狂吧，越是善待你的人，越是得不到你的珍惜。

有钱的唐家把他送去了北京一所学校，半个月之后他自作主张飞回来向家里抱怨，那样的地方要怎么住啊，几个人挤在一间房里，一点儿隐私都没有。他父母商量了一会儿陪他一起去了北京，在学校附近买下一套公寓让他单独住。

我在电话里听到他笑着说"以后你到北京来就不用住酒店"的时候，眼珠子差点儿没掉下来。

纨绔子弟，不是没有见过，可是纨绔到这个程度的，真是第一回见，并且，这个人居然还是我的男朋友。我握着电话叹气："唐庆苏，你要我怎么说你好呢？"他紧张兮兮地问："你不喜欢吗？你不喜欢的话我就搬回学校去住，我可以吃苦的。"

我良久无言，那倒不必，又不是抢来的偷来的，安心住着吧。

看着我苦闷的表情，连涵韵都忍不住骂我："你究竟想怎么样啊？要是我有唐庆苏这样的男朋友，给我全世界我都不换。"我的嘴角挑起一丝笑，苦意蔓延，这样的男孩子，我怎么留得住呢？可是他却坚定地告诉我：纵然世间有风情万种，我只为你情有独钟。

很肉麻的一句歌词，写在他用快递寄回来的相片里。在二十八层楼的阳台上拍下的天空，湛蓝得没有丝毫瑕疵，朵朵白云清淡得像是他的笑容，他在相片的背后写着：向晚，这是我想念你的时候的天空。

我是不该有什么私心了吗？在我最美好的年纪遇见这样好的人，他拼尽了全力来爱惜我、珍视我、保护我，让我获得周遭无数人的羡慕。我笑了，他就跟着笑；我难过了，他比我还着急。有些人一生都遇不到这样的善待，我应该知足的吧。

可是为什么，那么多时候，我会突然想起树下那个安静听歌的少年，那个让我脸红、让我惊慌失措、让我口不择言的男孩子？

善予，是不是从见到你的那一刻起，就预示了我和庆苏的别离？

【三】

再看见你的时候你正陪着上次那个穿红衣服的女孩子在 ELAND 试衣服,你提着几个大袋子微笑地注视着她,她正在试一件红色格子大衣,不停地问你:"好看吗?好看吗?"

我故意磨蹭着走过去偷偷观察她。她真漂亮,是那种几乎挑不出什么错处来的漂亮,在审美如此主观而复杂的年代,她都依然称得上是个美女。白皙得近乎透明的皮肤,笑起来还有一对酒窝,眼睛最好看,跟你一样是可爱的月牙形。

我再看看自己,除了唐庆苏那个大笨蛋,基本上从来没有人夸过我漂亮。这么一想,我心里对他又有点儿愧疚了。发条短信给他:你自己要好好的呀。他很快就打个电话过来:"老婆大人是不是想我啦?"我捂住手机生怕被你听到什么,心不在焉地敷衍了几句就挂掉,再一看,你牵着女朋友走了。

我拿起她刚刚试的那件衣服对营业员说:"给我包起来吧。"

我真搞不清楚自己是什么心态,你女朋友没要的我却买来当成宝贝,如果你知道了,会笑我的笨拙吗?我一个人提着那件大衣去买奶茶,一转身就撞到你,手里的奶茶哗啦哗啦地洒了你一身,我手忙脚乱地拿纸巾给你。

你笑了,说:"怎么每次遇见你都会发生这么奇怪的事情?"

我呆住了,下一秒,我竟然有种要掉眼泪的冲动。你竟然记得我。为了掩饰我的失态,我竟然傻乎乎地问你:"你女朋友呢?"你挑起眉毛笑:"你怎么知道我跟我女朋友一起?你跟踪我吗?"那一瞬间,我几乎都哽咽了,拼命地否认:"没有没有,只是碰巧……"

你伸出手来揉了揉我的头发:"开玩笑的嘛。我女朋友回去啦,我打算去拜佛，你呢？"我眨眨眼睛，我正好也有这个打算："不如一起去吧。"

善予，我自己都觉得有一点点无耻，你是有女朋友的人，我是有男朋友的人，可是我竟然违背应有的道德向你撒谎。可是如果我撒谎的原因仅仅是我对你一见钟情，那么上天也应该会原谅我的，对吧？

在恢宏雄伟的大雄宝殿前我虔诚地拜下去：佛，如果我要忠于自己的感觉，如果我要离开庆苏，你会不会惩罚我？

烟雾缭绕，佛，笑而不语。

你为你女朋友买了一串开过光的佛珠，在寺前的簿子上写下一句话：我愿安宁永世安宁。我从这句话里知道了你女朋友的名字，安宁。

可是我遇上你，从此之后就不安宁了，你可知道？

你把我送上公交车之后转身向另外一个方向走去，我把头伸出窗外，竟然有一种强烈的离愁别绪让我模糊了双眼。怎么会这样？当初庆苏去北京的时候我都没有这种感觉，我为了跟涵韵逛街而狠心不去送他，可如今，我竟然为了一个陌生的男孩子弄得这么伤感。

我给你发短信：帅哥，我又忘记还你钱了。

你回过来一个笑脸：没事的，就当赔你的奶茶吧。

我把你的短信存起来，这是你发给我的第一条信息，将来不知道还会不会有交集，我珍惜我们之间的一点一滴。其实，我不是忘记还你钱了，我只是想欠着，这样才有下次见面的理由。

【四】

我作为我们学校篮球队的啦啦队队长去接待友谊赛的队伍，看到你从你们学校的校车上下来的时候我简直像是被人当头一棒，你穿着红色的篮球服，看到我的时候咧开嘴笑，露出整齐洁白的牙齿。你说："林向晚，好巧啊。"

真巧，善予，命运是厚待我还是愚弄我呢？

在辗转打听到一些关于你和邻校校花安宁的恋情之后，我偷偷掉了眼泪，并下定决心要忘记在那个阳光明媚的午后遇见的你，拼命地安慰自己庆苏才是我的真命天子，但是，你怎么又出现在我的生活里杀我一个措手不及呢？

我递上一瓶矿泉水，你坦然地笑："今天的比赛不论输赢，我们都是朋友哦。"

我们是朋友，仅仅是朋友吧。你与我，都有连理匹配的那个人，在所有人眼里我们都是拥有美好故事的人物，那我心底这微不足道的悲伤，都应该全部溃散如烟尘。

那天的比赛我们学校输了，以五分之差败北。我去安慰队员们，一个学弟气呼呼地说："如果唐庆苏在这里，今天赢的就是我们。"

我听到这句话时身体不禁僵了一下，你走过来问我："你认识唐庆苏吗？"

我正在想我要如何回答你时，那个学弟插嘴说："林向晚可是唐庆苏将来要娶的人，你说她认不认识？"

我是眼花了还是怎么了？我竟然从你眼睛里看到一丝落寞，尽管稍纵即逝，可还是被我尽收眼底。你笑着说："我听过你男朋友的大名，高校联盟的论坛里有很多女生贴过他的相片，很帅啊。"

我苦笑一声："是啊，还有很多女生指着我说，这样的人怎么配得上唐大公子？"话锋一转，我攀着你的肩膀说，"你也不差啊，我们认识的那天我可是被你的美貌吸引了哦，我对你是一见钟情哦。"

你装作害怕的样子问："你不会爱上我吧？唐庆苏会从北京杀回来找我拼命的呀。"

我大声地笑："哈哈，已经爱上啦，怎么办？"

字句牵念，却似市井妄言，我对你的喜欢，只能用玩笑的方式表达出来。

那晚两校的队员一起吃饭，浩浩荡荡挤满了整个食府，你就坐在我旁边，你为我用热茶烫了一遍餐具，又细心地帮我倒了一杯牛奶，你说女孩子不要喝碳酸饮料和酒。这些事，你为另外一个人做过，也有另外的人为我做过，可是这一次，是你和我，不是别人。

别人是别人，我们是我们。

尽管你拼命地劝阻你的队友，他们还是向我敬酒了，他们说唐庆苏不在这里，他的那份要我代喝。我倒也不是那种装矜持的女孩子，站起来，一仰首，杯中酒悉数灌下，一滴不剩。在一片叫好声中我看到你眼睛里有五光十色的怜惜，是我醉了吗？是我的错觉吗？

你送我回家，夜风好凉，你的外套披在我的身上。我的眼泪轻轻地掉下来，为什么会哭呢？是酒精的作用还是别的什么？如果我喝多了，那么就让我任性一次吧。我开口叫你的名字："宋善予，你知道为什么我一直不还你钱吗？因为，如果我还给你了，我怕以后就再也没有借口去见你了。"

路灯把我们的影子拉得好长，你的嘴角在扯动，我不知道你会说出一句什么样的话来。就是这一刻，我们的电话同时响起来，你的安宁，我的庆苏，他们的名字在我们的手机上各自闪烁着，仿佛提醒着我们不要越过禁区。

你接起电话，声音那么温柔，我听见你说："嗯，我也很想你。"

眼泪哗啦哗啦地淌下来，过了半天我才接通电话，一开口就是哽咽："庆苏……"我这一哭把他吓坏了，千里之外我都感觉得到他的忧心："向晚你怎么了，你怎么了？"他越问我越难过，我这是何苦？明明有人这么疼惜我，这么在意我，我为什么要为了别人的男朋友这么煎熬，这么难过？

我努力平息情绪，安慰他说："我没事呀，今天球队输了，我又发神经了，哈哈。"他沉默了一会儿，说了句很奇怪的话："等我电话，拜拜。"真不像他的风格，我握着手机寻思良久：平时我的眉梢一扬，于他而言就是风暴一场，今天这是怎么了？

我还没想清楚，你就走过来深呼吸一口，轻声说："找个地方坐下吧，我有话想跟你说。"

【五】

我走到我家楼下时忽然闻到了一阵很熟悉的香味，是庆苏惯用的BOSS香水。我曾经为此嘲笑他比女生还讲究。今天这是怎么了？难道是因为太悲伤而产生了幻觉吗？正当我胡思乱想的时候，庆苏不知道从什么地方突然蹦到我面前，笑嘻嘻地敞开怀抱说："老婆大人，抱一下。"

我怔怔地看着仿佛从天而降的他，因为震惊而说不出话来。

他朝我扬了扬手腕上的表："现在是十二点半，新的一天你见到的第一个人就是我，开心吧？"

我的心里突然钝痛，像被一把大锤敲击般，嗓子里落满了灰尘，沙哑了声音："庆苏，你怎么会在这里？你应该在北京啊，你是什么时候回来的？怎么不提前说一声？"他不管不顾地把我揽进怀里，重重地叹了一口气："我自己都不知道自己今天会回来，怎么通知你呀？你打电话给我的时候是七点多，我一听到你哭就决心赶回来啦，到达机场的时候已经九点了，只好搭最后一班航班飞回来陪你。没给你打电话是想给你一个惊喜嘛。"

他孩子般的口气让我不禁鼻腔发酸，眼泪簌簌地掉落："唐庆苏，你这个王八蛋，父母的钱不是钱啊？有你这么败家的吗？"他嘿嘿地笑："可是我听见老婆大人哭了啊，就算我在月球也会赶回来的嘛。"他说完这些话，我已经趴在他的胸口泣不成声。

我何德何能，得他全心全意。

如果可以的话，我真希望我没有在那个和煦的日子，跟涵韵玩那个无聊的游戏，没有接近你，没有为你动心，没有欠下你的钱不肯还给你，那样我才配得到庆苏这样的疼爱，而如今，面对他的深情我却受之有愧。

月光铺满地，庆苏的声音如此温柔，好像自我们相识以来他从来没有这么认真过，他将一枚戒指套上我的手指，庄重且诚恳地说："向晚，我希望用我所有的力量让你获得快乐。你不要以为我是笨蛋，这段时间究竟发生了什么事我心里很清楚，我给你一段时间想清楚，我给你十天的时间考虑，如果你还愿意给我照顾你的机会，就戴着这枚戒指来找我。

"向晚，我不会逼你做任何选择，你自己一定要想清楚。"

他是搭乘第二天早上的飞机走的，我在机场送别他的时候他满眼都是担忧和忐忑，可是这个男孩子却倔强地对我说："向晚，你不要违背自己的心。"雾气蒙上我的眼睛，我第一次这么恋恋不舍即将离开的他，我的嘴唇抿得那么紧，生怕一开口就是哭泣的声音。

最后，他拍拍我的头："向晚，再见。"

人来人往的机场，飞机划过天空的声音像是划过我的心脏，我为什么有那样一种感觉，好像我即将失去庆苏？我蹲在地上，泪水滂沱，像一只悲伤的小兽，发出痛苦的呜咽。

前一天晚上你在灯火如昼的肯德基里握住我的手说："向晚，有没有勇气试一试，你去向唐庆苏坦白，我向安宁坦白。如果要争取，势必要有牺牲，你有没有勇气牺牲唐庆苏？"

我在心里问自己：有没有勇气向庆苏开口？十天之后我会选择登上飞机，还是寄出戒指？

【六】

涵韵冲来我家拍门的时候我尚在睡梦中，浑浑噩噩地打开门，睡眼惺忪地看着气喘吁吁的她："发生什么事了？总是这么沉不住气，好没仪态呀。"她急得眼泪都流下来了："向晚，向晚，庆苏出事了，他在北京出了车祸，现在他父母都赶过去了，怎么办？怎么办……"

好像有一只大手蒙住我的双眼，又像是掐住我的喉咙，我看不见任何东西，我听不见任何声音了。涵韵哭泣的样子是我清醒前最后的记忆，我只感觉到一阵揪心的眩晕，然后，倒在地上，失去了知觉。

自白茫茫的医院醒来，看到周围焦急的面孔围绕在床边，涵韵捂住胸口小声哭泣："向晚，你不要吓我，庆苏还没有恢复知觉，你千万不要出事，你们都是我最好的朋友，求求你们不要吓我。"

我从未见过她这个样子，鼻子一酸，差点儿掉下泪来，我握住她的手："涵韵，麻烦你帮我买最近的一趟去北京的机票，我要去见庆苏。"她呆呆地看着我："可是你自己这个样子……"我打断她的话："我只是低血糖而已，没有大事，如果这个时候我不去北京，那我这一辈子都不会安心的。"

涵韵离开之后我掏出电话打给你，未曾开口泪先流："善予，你那天的问题我可以回答你了，我想，我没有那个勇气牺牲庆苏，他也不应该被牺牲，他给了我最美好的一切，为什么我要在即将失去的时候才懂得珍惜？"

你的呼吸那么平缓，然后，你轻声地笑了，说："向晚，我亦如此，我想我也没有勇气牺牲掉她。向晚，我们之间欠缺了一点儿缘分，还是认命做朋友吧。"

我轻轻地挂掉电话，从钱包里拿出五块钱交给推门进来的涵韵："亲爱的，帮我把钱还给宋善予。"

我再也不要给自己任何机会去想起你，因为，我终于知道什么对我才是最重要的。

登机之前我把手机拿出来，找到你发给我的那条信息，轻轻一摁，干脆删除，关机。我在心里默默地说，庆苏，我来了，我戴着你给我的戒指，来赴你的约。

在飞机的轰鸣声中，我将宋善予这个人忘记。踏过我的前尘往事，去向我最重要的人忏悔。

当我在首都机场见到笑容满面的庆苏时我才晓得，原来我被他和涵韵联合起来耍了。我气得当即掉头要走，他一把拉住我，把头埋入我的发丛，一贯调皮的他居然连声音都在颤抖："向晚，对不起，都是我出的主意，对不起。"

我停下挣扎，仍然感觉到愤怒，我连声骂他："你这个骗子骗子骗子……"他用力地扳过我的面孔，我震惊地看见他发红的眼睛，仍然努力朝我挤出笑容："向晚，明天就是第十天了，我很害怕收到你寄来的戒指，所以，我求涵韵帮我这个忙，赌一赌，究竟我对于你来说算什么。"

看着他憔悴的容颜，我的心脏有微微的绞痛，深深吐出一口气。唐庆苏，你赢了。

是的，善予，他才是我生命中代表了爱情的那个人，在我以为即将失去他的那一刻，我恨不得自己死掉换回他的平安。而看到他完好地站在我面前时，那一刻心里的安定和柔软，像一朵含苞的花儿，迅速地绽放开来。

而你，不过是宿命里一次意外的相遇，我们只有一次擦肩的契机，给了彼此欢喜，然后又要背道而驰。我依然感谢你的出现，让我学会了珍惜，了却心中意，怜取眼前人。

圣诞节的时候庆苏陪我一起去拜佛，我看到你和安宁刚好从寺庙里走出来，你对我笑一笑，我也对你笑一笑，在彼此的静默中将所有的记忆尘封。

善予，此刻我握紧了庆苏的手，也看到你牵着安宁的手。世界这么大，每天有无数故事在上演，很多人都有过悲伤的时刻，而最终时光都会抚平他们的伤口。

我再次在佛前跪拜，这一次我只有一个微小的愿望。全世界，只想你来忘记我。

私语

我好像曾经真的蛮爱用"全世界"这个词语做标题的哦，哈哈哈哈。

那时候眼中的世界，大概是很局限的小天地吧。不过因为年轻，所以觉得辽阔，并且也是因为年轻，所以即便是愚蠢，也比较容易被原谅。

并不想被任何人记住，也无所谓一定要被谁忘记，一别两宽，的确是各生欢喜。

等待的眼泪是倾斜的海

———————
这个世界上，总有那么一个人，
让你爱得愿意为他做任何事，
让你爱得很想很想为他死。
———————

【一】

清早的时候我还在刷牙，手机猛地开始狂响，我一嘴泡沫还没来得及清理就听见妈妈在电话那头疯狂地问："你出车祸了？你没事吧？严重吗？我今天就过来看你，你自己要小心啊！"

如果说我刷牙的时候人还是云里雾里的，接完我妈这个神经质的电话之后我便像被雷劈过一样清醒了，我愤怒地大叫："你是不是我亲妈啊？一大早咒我出车祸，你怎么那么毒啊……"在两个女人丧失理智的对话过后，我大概搞清了状况。原来，就在我妈给我打电话的几分钟之前，家里的座机接到一个陌生的来电，自称是我的老师，说我昨天晚上发生了意外，出了车祸，情况非常紧急，要家长打两千块钱到一个账户上救命。

听我妈好不容易磕磕巴巴地把事情解释完之后，我更鄙视她了："你是无知妇孺吗？这么浅显的谎话也相信，真受不了你。"

她在那头气焰嚣张："你要不是我亲生女儿，我理你干吗？真是好心当作驴肝肺！"

一个美好的早晨就在我们母女俩互相的鄙视中过去了，我挂掉电话急忙赶去教室的时候同学们基本上都到齐了，幸好早我一步去教室的小茹帮我占了位子。我挤到角落里坐好，正要跟她讲早上我妈给我打电话的笑话，她先神秘兮兮地开口了："知道宋芸的事吗？"

宋芸是我们班副班长，性格温和，待人彬彬有礼，是个很讨人喜欢的女孩子。看到小茹严肃的表情，我吓了一跳："难道她做出什么有伤风化的事了？"

小茹瞪了我一眼："拜托，你脑袋里装点儿纯洁的思想行不行？你以为都跟你一样热爱异性啊。"

我用中指使劲戳她的额头："到底谁思想不纯洁啊？谁说她跟异性啊？你就是自己脑袋扎在粪坑里还觉得全世界的人都生活在厕所里。"

我知道我每次说话都能把小茹气个半死，可是她今天没心情跟我争，我顺着她眼神的方向看到了双眼通红的宋芸，她抿着嘴，好像随时都会哭出来一样。

小茹在我耳边轻声说："小声点，宋芸可倒霉了。她妈妈昨天晚上在家接了个电话，有一个自称是我们学校老师的人，说她出了车祸，要家长打一千五百块钱到一个账户上。她妈妈特别着急，打她的电话又停机。她妈妈以为她真的出事了，今天一大早就把钱打到那个账户里了。刚刚是她妈妈跟她外婆说了，她外婆赶快找到她男朋友，她男朋友打电话到她宿舍朋友手机上才找到她的。"

在小茹叙述的过程中，我一直好像在听自己的故事，妈呀，怎么会这么巧？幸亏我的手机没停机，要不我们家也要损失两千块啊！

话说回来，为什么我比宋芸要值钱呢？我还在认真思考这个问题的时候，小茹又说："宋芸家的条件很差，去年她爸爸病逝了，这两年就是她跟她妈妈相依为命。今年的学费她还没交呢。那一千五都是她妈妈连夜找人借的,现在她妈妈正从家里赶过来呢。"

我压低声音跟她说:"其实我妈妈今早也接到这样的电话了。"

我的话音还未落,小茹居然从座位上蹦起来:"什么?我爸也接了!"

【二】

随后召开的班会中我才知道,并不是我和小茹、宋芸三个人天姿国色引得骗子注意,而是班上很多同学家里都接到这个电话了,不过宋芸最倒霉,只有她的手机停机了。

班导说:"这件事情已经上报学校了,学校一定会认真调查,同时也希望同学们都加强防备,不要再发生这样的事了。"

我回头安慰宋芸的时候看到了她身后的谭泽轩。他眼睛澄净如水,面无表情。看到我看他,他脸上露出浅笑,却是拒人于千里之外的感觉。我回过头来抠指甲,心里觉得很委屈,委屈得连眼睛都红了。

自从那天跟他一直喜欢的那个许珊见过面之后,他对我就是这样的态度了。不是不好,事实上,可以说比从前更好了,无论我有什么事找他帮忙,他都一口应允,可是,我苏锦乐不是傻子,我知道我们生分了。

我真寒心,就为了那个喜欢化烟熏妆,把头发弄得跟菲律宾女佣一样的小太妹,他跟我生分了!

当晚我实在忍受不了他虚假的客套,在男生宿舍门口把他堵住。他刚洗完澡,头发上还有水珠顺着发梢往下滴。他问我有什么事,我还没开口就泪先流,我呜咽着说:"你重色轻友,为了女人不要我了。"

他被我弄得很尴尬,把我拖到篮球场的石凳上坐下,安慰我说:"别傻啦,你也是女人啊,你也是色啊……"我不依不饶地说:"可是你确实是为了许珊不理我了。"

他沉默了很久,篮球场昏暗的灯光把我们的影子拉得很长,也很孤单。不远处有几个男生在打球,哐当一声,球进了。

旁边的女孩子说:"哇,四十五比三十七,蓝队赢啦!"

我的眼泪流得更厉害了:"苏锦乐比许珊,红颜知己比糟糠之妻,我输了。"

他眼神纠结地看着我:"锦乐,你这个比喻很不好啊,完全不是那么回事啊,你对我来说也很重要啊!"

恐怕连明月都知道他这个谎言有多么苍白,我觉得那个骗我妈说我出了车祸的骗子演技都比他好。他以为我是三岁小朋友吗?他以为我不知道他看向许珊的那种眼神是什么意思吗?

无数次我和他在一起的时候从镜子中看到自己的眼睛里有相同的光芒,闪现出那种光芒的原因除了爱情没有其他。

那天我陪他去帮他所谓的妹妹买生日礼物,偏偏在麦当劳门口看见许珊化着夸张的烟熏妆跟一个很帅的男生喝一杯大杯的可乐。他的脸色迅速地变得灰白,连他自己都没有意识到他的失态。

只有我明白,泽轩,那种连"爱"这个字以及任何与它有关的句子都要淹没在唇齿的感觉,我明白。

许珊看我时充满了敌意,是那种被人侵犯了自己禁地的敌意。我不知道她把他拉过去说了什么,总之,从那以后他对我的态度就像餐厅服务生对来用餐的客人,无微不至,有求必应,却带着无法消除的隔阂。

他低头看着我们孤独的影子,说:"锦乐,对不起,我不想让她失望。"

【三】

小茹看我好几天都闷闷不乐,于是想办法哄我开心:骗子事件跟踪报道,美丽无敌的播报员曾小茹的绝对内幕,好好听着!

我没精打采地看着,神采飞扬的小茹继续说:"记得上个月我们在网上填的那个电子档案吗?不是有一栏是家庭电话吗?很多同学都填了,估计资料就是从那里泄露出去的。你要知道,每个同学的密码就是自己的学号,你说,这说明什么?"

我呆头呆脑地看着她:"我怎么知道说明什么,我又不是柯南。"

她的样子那么不屑:"喊,你平时不是老说自己聪明吗?这么明显还看不出来啊,做这件事的人肯定是我们的同学呀,校外的人谁知道这件事啊。"

我这才回过神来,义愤填膺地吼:"哪个王八蛋啊,做这样的事,要遭天谴的!"由于我发起怒来很像一头雄狮,小茹怕我借题发挥把心里的怨怒全爆发出来,连忙制止我:"锦乐,上选修课去。"

当晚我在选修课教室里看见谭泽轩,还有他身边的许珊。

之前我在他的手机里、电脑里,甚至是那一次偶遇,看见的都是一个神色冷傲、眼神不羁的许珊,这是第一次,我看见卸掉妆容、穿着简单白T恤的许珊。这是完全不一样的感觉,她的笑容那么谦卑,安静地坐在他身边翻看那些对高中就辍学的她来说略微有点儿深奥的金融类书籍。他的眼神那么温柔,像每一个沉溺在爱情里的男孩子,收起了所有的锋利,眼神澄澈如孩童。

我就算再不高兴也要承认,他们坐在一起真好看,金童玉女似的。不像我和他,他以前总是说我们两个人站在一起像南帝北丐,他是南帝,我是北丐。

那天晚上的选修课我一句都没有听进去，我用小茹给我买的哆啦Ａ梦的本子画漫画，丑化他们两个不知羞耻的人。小茹胆战心惊地看着我用笔芯把他们戳得全身都是洞，小声问："那个许珊就是你的情敌啊？"

情敌？我倒真希望我和许珊之间的关系是势均力敌的情敌。

大一的时候认识他，他负责发军训服装，轮到我的时候中号的女装全发完了。他在炎炎夏日下到处找这个最热门尺码的女装，好不容易在别的系找到一套，连水都没喝一口就跑回来送到我手上。那个时候我多么傻啊，一看到他为了我辛苦得满头大汗，还对我笑得像海狸先生一样，就沦陷了。

从那以后，我就走上了暗恋这条不归路。

他还陪我去文学社报名，一路上我激昂地向他炫耀我那点儿肤浅的文学知识。我说："你看过《青蛇》吗？"他老实地回答："看过，张曼玉很性感啊！"我嗤之以鼻："不是电影，我说的是书，李碧华写的，知道吗？"

他的眼睛瞪得那么大："啊！她还写书啊！真了不起！"我比他更惊讶："难道她还有什么职业是我不知道的？"他说："老干妈啊，我奶奶很喜欢吃啊！"

那时候他对我多么好，我笑得在地上站不起来，他不好意思地说："我以为说陶华碧呢，我是文盲，哈哈。"午后的阳光中他那么动人，我觉得我简直不能自拔了。

可是他现在把我当成一个丑八怪一样躲，仅仅就是为了不想让许珊那个小妖精失望。

【四】

第一次知道他心里已经有很重要的人，是在某天上课的时候。从来不逃课的优秀学生谭泽轩在接到一个电话之后神色慌张地跑出教室，直到下课都没有再回来。

第二天我旁敲侧击地想要打听原委，他只是微笑，却半句都不肯透露。我觉得郁闷：究竟是谁让他这样捍卫、这样保护，连名字都不肯提及？无论我怎样变换着方法问，新闻课上老师教我们的提问技巧我全用上了，他就是不松口。

没办法，我趁他去上厕所的时候偷偷看了他的手机，多媒体资料里只有一个人的相片，就是后来跟我狭路相逢的许珊。虽然她整张脸都被色彩掩盖，可是依然看得出她是美女，尤其有一张穿吊带的相片，那销魂的锁骨让我嫉妒得怒火中烧。

他修养好，不跟没素质的我计较，他不怪我偷看他的手机，却对这个女孩讳莫如深。他说起她的时候眼睛里有一种异彩，那时候起我就知道，在他的心里，没有人能跟许珊相比。

她是他儿时一起长大的玩伴，传统的说法叫青梅竹马。那时他们都还是天真的孩子，未曾领略过生命的残酷与无常，他喜欢这个比他小的妹妹，仅仅是喜欢。稍微大一点的时候，他妈妈委婉地跟他说，以后跟珊珊保持一点距离。

他以为仅仅是长大了，男女有别需要避讳，可是街道上越来越多的传言让他明白了妈妈那句话的深意。许珊的四口之家，父亲滥赌，学别人放高利贷，还有很多不知来历的女人经常找上门；母亲为人自闭，在街口开了一家早餐店，很少与家人沟通；哥哥初中吸烟、逃课，高中带女朋友回家，打架被学校开除之后交了一群乱七八糟的损友，已被当地公安列入黑名单。

唯一的许珊，在这样混乱的家中，变得日渐消沉和憔悴。

那个时候，谭泽轩的父亲做成了一单大生意，赚了很多钱，迅速地在城市最好的楼盘买了房子,带着他和他妈妈离开了那条景色萧条的旧街。搬家的那天许珊远远地看着他,他想过去跟她说什么,可是她却转身进屋关上了门。

那是一条在这座城市中面目模糊的、没有任何特色的陈旧的街道,很多人赚了钱之后都搬离了它,以一种永不回头的姿态离开,在多年后甚至不愿让人知道自己曾经在那里居住,否定那段历史。它代表贫穷、低俗、不堪以及落后。

可是许珊的青春,一直与之紧密相连。

高二的时候他背着家里回去过一次,在巷口他撞见靠着墙壁抽烟的许珊。她出落成完全不敢认的样子,这个女孩子是这条旧街的一个全新生命,她那么美,可是,那种美却让人心惊。她微笑着叫他"泽轩哥哥"。

那个笑容让他觉得自己的心脏好像被撕出了一道口子,有些以为被时间掩埋的东西迅速地浮出水面。他终于明白,这条旧街是他的根,无论他走得多远,对这里始终有份深厚的牵挂。

他高中毕业的时候,去看过许珊一次。她已经辍学,零散地在一些专柜做促销。她那么漂亮,见人就笑,大家都愿意买她的东西。他去她家的时候,她笑着跟他说:"我爸半年前心脏病突发死亡,家中的全部积蓄变成几张白纸,妈妈也越来越怪异,至于那个不争气的哥哥,一年也难得见一次。"

短短几句,轻描淡写地道尽了生活的艰难,可是她依然笑:"泽轩哥哥,我这一生,好像已经可以看到结局。"

他回去,不顾父母的责骂毅然放弃了从小立志北上求学的目标,将所有的志愿全填上本市的高校。他对她说:"珊珊,无论如何我希望你知道我会一直保护你,照顾你。"

无论世事险恶,人生多舛,这个承诺永远不变。

【五】

某天晚上，小茹偷偷地把我拉到宿舍外面，神情严肃地跟我说："锦乐，我问你一句，你是不是真的很喜欢谭泽轩？"

我莫名其妙地看着她，想了想说："是的，我非常非常喜欢他。"我从来不懂得要否认自己的感情，"我想我大概是真的，很爱他。"

小茹的眼神很复杂，欲语还休的样子，她沉默了好久，转身要走："锦乐，就当我什么都没说过。"我连忙拉住她："到底什么事你说啊，你要急死我啊？"

我们僵持了好久，我焦急得只差没跪下来求她了，她反复的欲言又止更让我产生了无端的恐惧。最后，她终于悄声地跟我说："今天我去教务处盖章的时候，隐约听见老师们讨论有人冒充学校老师骗钱的事情，他们说，怀疑……怀疑……"

她话说到这里，我全明白了。我全身一软，差点儿跌倒，可我又那么努力地想要掩饰我的慌乱："怎么可能？小茹，死八婆，造这样的谣，我就当没听过，别再跟别人乱说了，谭泽轩要是知道了非灭了你。"她扶住我，眼睛里有些同情的意味："锦乐，我有什么必要造谣？这对我有什么好处？朋友一场，我不想看你执迷不悟。"

我定了定神，脸上浮现苦笑："事情毕竟还没定论，再说泽轩家也算是富贵人家，他还不至于落魄到这一步吧。"

小茹最后走时丢下一句话："苏锦乐，我言尽于此，你好自为之。"

那天我在宿舍的走廊里呆呆地坐了一个晚上，夜里的风很凉，我很努力地抱紧自己企图多一点儿温暖，可是没有用，我从头到脚、从里到外，都透着寒意。我一个人对着黑暗默默地掉眼泪，我多么想给他打电话，从他那里获得一点儿信心，只要他说没有我就相信。

可是我不敢，我心里大概明白了些什么。

这个世界上，总有那么一个人，让你爱得愿意为他做任何事，让你爱得很想很想为他死。他之于我，许珊之于他，就是那样的意义。

我靠着灰白的墙壁剧烈却无声地呜咽，像一只受了伤却无处藏匿的动物。那个夜晚，因为这不能言喻的悲伤，而在我的记忆中永垂不朽。

好几天，他都没有出现，我终于鼓起勇气打电话给他。他的声音里透着疲倦，面对我的关心，他说："我没事。"这是第一次，我那么执拗地要他出来见我，我在电话里义正词严地说："谭泽轩，你要是今天不出来见我，我就去死。"

他当然知道我不会去死，可是他还是出来了，也许他确实需要一个出口来倾诉。

我们约在安静的咖啡馆，他选了个角落里的座位。短短几日，他憔悴得没了人形，我还没说话眼泪就大颗大颗地落下来。我哽咽着说："我知道，不是你，对不对？"

他点了一大堆的食物狼吞虎咽，听到我这句话，略微停顿一下，接着又继续暴食。我安静地坐在他对面，安静地掉眼泪，安静地看着他把盘子里的食物吃得干干净净。他终于抬起头来，说："锦乐，如果可以，我也好希望我心里那个人是你。"

"但是，没有办法，你明白，对不对？"

时间嘀嘀嗒嗒地过去，我凝视着他那双干净得没有一丝尘埃的眼睛，伸出手去抚摸他的脸："是的，泽轩，我都明白。"

【六】

他就这样将一切承担下来。学校看在他品学兼优，又是初犯，加上他父亲动用了所有人脉,终于把这件事压了下来。可是他父亲当着那么多人掌掴他的时候,躲在楼梯间的我难过得好像要死掉一样。他的档案上永远有这不光彩的一笔,无论他走到哪里,这历史如影随形。

泽轩,我真的为你不值。

可是他的笑容那么淡然,他说:"因为我爱,所以值得。"

我不知道要如何向他诉说我内心的感觉,那种复杂的、混合的、难以言表的感情,除了对许珊的嫉妒,还有对他的敬意,那是我第一次看到一个男生可以为了自己想要保护的人那么坚定、那么执着。

同学们大概都清楚他是背了黑锅,所以并没有刻意与他生分,倒是他觉得十分愧对宋芸,不仅把钱还给她,还特意找我陪他一起去向她和她妈妈道歉。她妈妈理所当然没有给他好脸色,还把他送去的礼物都丢出门。宋芸追出来道歉,他使劲地摇头:"宋芸,是我的错,是我不好。"

回来的途中,他给我买了个巨大的棉花糖,看着我疯狂地舔食的时候,他的脸上有种恍惚的神情,他说:"珊珊一直喜欢这样不值钱的小东西,可能是童年的时候一直缺乏,也没有人买给她——"我打断他:"你买给她不就行了,这么大的黑锅都替她背了,还在乎一个棉花糖啊。"

他笑着拍我的头,那一瞬间我真想抽他一巴掌,谭泽轩,我真没见过比他更傻的人。他说:"那次你跟我说李碧华,我闹了笑话,后来我去图书馆借了一些书来看,有你喜欢的张爱玲,她有句话你记不记得——你问我爱你值不值得,其实你应该知道,爱就是不问值不值得。"我在拥挤的街头,失语地看着他,他的脸上闪着光,如此神采飞扬,我在心里叹息一声,我终于懂得了死心。

《圣经》上说,爱是"众水不能熄灭,大水也不能淹没"。

《圣经》上还说,"不要叫醒我所亲爱的,等他自己情愿"。

如果许珊她真的能明白他的深情,从此告别那些混乱的过往,结束那些混乱的关系，也许我就真的从此可以做到再不过问他们的事，就用一个旁观者的身份淡看水起，笑看风生，并从内心虔诚地祝福他们真正能花好月圆。

可是当我在超市里看到她穿着吊带和热裤，挽着一个很帅的男生跟超市的营业员争吵她到底有没有偷东西的时候，我真的觉得，他爱错了人。

我帮她付了那包烟的钱，脸色铁青地叫她打发走那个男生，把她拖到没人的地方。她不以为然地看着我："哦，我见过你，你喜欢泽轩哥哥，对吧？"

我一点儿都没犹豫，我说："对，我喜欢他，就像他喜欢你那样喜欢他，他可以为你做的事情我全能为他做，我跟他在一起就算什么都不做只是看着他，都比跟别人在一起做任何事要来得开心。坦白地讲，我觉得你不配被他爱，因为你根本就不懂什么是爱。"

她一直微笑地看着我，很奇怪，虽然我对她是满满的不喜欢，可是我并不讨厌她的笑。她说："苏锦乐，你很勇敢，可他还是喜欢我，对吗？谁告诉你我不懂爱？爱就是心甘情愿为对方付出不是吗？他愿意对我好，我也愿意接受，你并没有资格插嘴，懂不懂？"

我沉默了两秒钟，然后扬起手，狠狠地甩了她一个耳光，说："许珊，你一生都不会懂。"

【七】

许珊就这样消失了。

我病了好些日子，谭泽轩一直打电话给我，我就是不肯接。后来他终于想尽一切办法哀求宿管阿姨让他进入女生宿舍，来到了我的床前。

我背对着他，眼泪像倾泻的海，一发不可收拾。

他蹲在我的床前说:"锦乐,我一点儿都不怪你,我知道你都是为了我。这么久以来,我一直忽略你的感受,是我不好。我希望你能给我个机会,让我走出来。"

我一动不动,他蹲下来,语气前所未有地温柔,他说:"锦乐,我希望我们都能给彼此一个机会,走出来,好不好?"

到他离开我都没有说话,他说:"许珊向我要了你的邮箱,你看看吧。"我听见他轻轻地关上门,我闭上眼睛,感觉到自己的脸上十分潮湿。

许珊的邮件安静地在我的邮箱里等待我去阅读,我迟疑了一下,还是点开了:

苏锦乐,我真是不喜欢你,可我还是要写这封邮件给你,因为,我走了之后,你要代替我加倍地去爱我们共同爱着的那个人。

没错,我爱谭泽轩,从我小时候开始,到离开这座城市,我唯一爱的、唯一珍惜的人,就是他。

如果他生在我这样的家庭,也许他会明白我的所作所为。我爱他,可是我告诉自己,要离他远远的,他那么好,应该跟你这样的女孩子在一起。像我这样的人,怎么有资格走在他的身边,牵他的手?

所以我堕落,我认识了很多不同的男孩子,我对他们说爱,可是只有我自己知道我的爱全部给了一个人,我根本没有力气再去爱别人,从甲乙丙到ABC,那么多英俊的男孩子,我一个都不爱,真的。

我觉得我的感情简直残废掉了,他知道那种感觉吗?就是你的心里只有这一个人,除了他,你不知道世界上还有别的男孩子。

可是后来,他对我越好,我就越怕;他越想靠近我,我就越想远离他,我自己也不知道这是为什么。我没读什么书,不会讲那些道理,我想他也许能为我这些荒谬的念头找一个合理的解释。

关于骗钱那件事，我发誓我不是故意要害他的，如果我知道后果这么严重，就算有人拿刀子逼我我也不会做的。

那段时间我妈妈病了，你大概对我家有一点儿了解吧，那真是一个变态的家庭啊。我跟你们这些一帆风顺长大的人不一样，我从小就看惯了世态炎凉。有个作家说这个世界不符合他的梦想，我说我也不符合这个世界的梦想，所以我活得很堕落，因为没人跟我说许珊你不要这样，你也可以很积极地生活。

不好意思，我跑题了。请你谅解一个没有文化的小太妹，我只有这种水平。

我妈妈病了，她是我唯一的亲人，我就算死也要拿钱为她治病，可是我不知道有什么办法钱会来得快点。别告诉我要想钱来得快多的是门路，我许珊还不至于那么下贱。

所以我想到了泽轩哥哥，他是唯一能帮我的人。我承认我很无耻，我就是利用他对我的感情，我知道只要我开口，他无论如何都会借给我的。

那天我约他去吃饭，中途他接到你们班导的电话，叫他通知班上的同学去网上填电子档案，密码是每个人的学号。我在旁边听着，心里一动，我想我也许不用找他借钱了。后来我混到他宿舍去，用他的电脑玩游戏，趁他去上课偷偷拿了一份你们班的花名册，然后指使别人一个一个地去打电话骗钱。至于汇款的账户，是我死了的老爸的，就算有人查到我也不怕。苏锦乐，我不知道我说我没想到事情会那么严重你信不信，但我要是骗了你，我就是王八蛋。我真的只想借用一段时间，等我妈妈病好了，我就去打工赚钱还给那些被骗的人。我死都没想到泽轩会把这一切都承担下来，可能你说得对，我真的不配被他这样爱着。

那天你打了我一耳光，告诉我这些事，我回家之后哭了两天。我很多年没有哭过了，那天我哭得很爽，我要谢谢你啊。哭完之后，我就收拾东西跟我妈说我要出去找工作了。我许珊不喜欢受人恩惠,我受的,我一定会还。

所以,你们不要找我,我没有出国,也没有自杀,我只是从你们身边消失了。

苏锦乐,你打我的那个耳光,我就不跟你计较了,总之,你好好地看着谭泽轩。要是我哪天心血来潮了,我还会回来抢的,你给我等着。

好了,废话不多说,就这样,再见!

看完那封邮件,我的眼泪更加止不住了。我起身打开门,从背后抱住那个僵直的人,瓮声瓮气地说:"我打过她,你恨我吗?"

他转过身来轻轻地拥抱我,什么话都不说。

《圣经》说:"不要叫醒我所亲爱的,等他自己情愿。"

我抱住他,泽轩,我不叫醒你,我等你自己情愿……

私语

这篇稿子最初的题目是《等他自己情愿》。

原标题已经表达了我在创作的时候想要表达的想法——不勉强,不苛责,不偏执。"不要惊动我的爱人,等他自己情愿。"

为什么十多年后,我读这个句子,仍然能从中获得一点力量?我记得在很久以前,我在博客上装腔作势地写过:谈恋爱这件事,我从来不用手段技巧,我只用真心。

但愿你终有一日能够明白。

世界太小，我还是弄丢了你

我把头靠在你的肩膀上，说：

"或许我们就坐在这里看，看上几亿年，

那彼岸便成了此岸。"可是我们没有几亿年，

我们只有这一夜、这一天。

【一】

  我想，用第一人称写一封信给你。

  我想，这封信里应该会清楚地阐述我们之间所有的旖旎和动荡，在这个炎热的午后，我睁着眼睛看到室外刺眼的光，眼泪不知不觉自眼眶漫溢。我不是悲伤，我只是突然听到一首歌，然后，想起了你。那首歌的名字叫作《独家记忆》。

  你就是我的独家记忆。世界太大，我还是遇到了你。世界太小，我却还是弄丢了你。我不知道是不是与你分开之后我就迅速地苍老了，时间总是过得很慢，一天也像是十年八载那么漫长，可是我的记忆里，你总是那么含笑而立，眼神澄澈的样子。

  暮晨，我不知道多年后你听到我的名字，会不会需要先凝一下神，然后才反应过来，拍着额头笑着说："周世嘉吗？我好像认识呢。"

如果真的发生那样的一幕，我想，即使隔着千里之遥，我的心脏也会狠狠地疼起来。因为你是我平凡生命中无法复制的璀璨回忆，过去了很久，还是无法释怀，还是会梦见，还是会那么疼痛。我希望你这一生很好、很幸福，这样才不枉费我当初那么用力地爱过你。在我的生命里，经历过的人生最不后悔的事情，就是爱过你。

2006年初秋的时候，天色是纯净的蓝，像婴孩的眼睛那么澄净，我抱着一大堆的新生档案去图书馆整理。经过B栋教学楼的时候看见一个女孩子坐在楼梯口，靠着墙壁流着眼泪。尽管我只看到她的侧面，也知道她是一个美人儿，光是低头的样子，就配得起"眉目如画"这四个字。

地上好大一堆用过的纸巾，她的声音断断续续地传到我的耳朵里，我听得不大真切，好像是在说着某个男生的名字。我顿了顿，换个方向绕路走了。

B栋是T形教室，每天都有很多学生经过，那么漂亮的女孩子竟然公然在人来人往的地方不顾形象地哭泣，想必是遭遇了重大的打击。

到了图书馆，潇潇迎上来接过我手里的学生档案，埋怨说："怎么那么慢啊？等你好久了。"我挑挑眉："因为绕了路啊，耽误了点时间喽。"她好奇地问："为什么要绕路？难道发现了帅哥踪迹？"

我一把推开她花痴的脸："快滚快滚，没觉悟、没追求的家伙。"

我们坐在安静的图书馆整理这届新生的档案，忽然，潇潇叫了一声，立刻引发了周围同学的不满。我使劲地掐她，低声斥责："干什么干什么干什么？你要死了啊！"她拍拍胸口："还真是要死了，没想到今年新生里竟然有这么养眼的小朋友。"说着，就把那本档案推到我的面前。那是我第一次看到你，暮晨，尽管只是一张相片，可是也掩盖不了你的风华流转，那是我第一次知道什么叫剑眉星目，你长得真是太好看了，连那么土的一寸免冠照在一大堆档案里都显得那么卓尔不凡。我的目光停顿了好半天，然后看到了你的名字。

苏暮晨。

这三个字明明是第一次见，可是为什么我却觉得似曾相识？

电光石火之间，我想起来了，没错，就是在二十分钟之前，那个漂亮女生一边哭还一边念念不忘的名字。想来也是，一般的角色也配不起美人儿那场豪泪吧。

潇潇的手指弹上我的脑门："看傻了啊，这是学弟，你想搞姐弟恋啊？"

我狠狠地瞪她："拜托你，脑袋里能不能装点有用的东西？别一天到晚就知道男男女女风花雪月，快点整理！"

当天下午离开图书馆去交还新生档案的时候，我鬼迷心窍地撕下了其中一份档案的相片。我知道我的行为会给你添麻烦，可是真对不起，我承认，我其实是个衣冠禽兽，事实上，我比潇潇那种赤裸的花痴更恐怖。

【二】

见到你本人的那天，我终于相信人跟人之间也许真有前世今生。

自旁人口中听到你名字的那一刻，命运转动罗盘，磁场撞出天雷地火。

下课时间，人潮涌动的教学楼，我懒洋洋地在三楼看着人群挤向门口，盘算着等人都散了再下去。过了十多分钟的样子，我沿着楼梯逐级而下，在同样的地方，再次目睹了尴尬的场景。一个女生扬起手，狠狠地掴向面前的男生，也许是无心，但是她又长又尖的指甲在他的脸上留下了一道血痕。

我进也不是，退也不是，尴尬得不得了。

那个男生侧过脸来，面孔那么熟悉，竟然是我那天顺手撕下来的相片的本人。暮晨,那是我第一次见到你本人,我不能不感叹上帝造人的时候真的很偏心,为什么有些人能长得那么美,精致得无可挑剔,比如你,比如你面前那个怒火四溅的美女。

是的,那么巧,打你的女生,也就是我曾经暗暗称赞的美人儿。

美人儿自己可能也没想到她的指甲会划破你的脸颊,干净的面孔上突兀的红色印记让她慌了神。我看到她想靠近你去查看你的伤口,可是你把脸转过去,声音很轻却透出一种坚定的拒绝,你说:"林堇色,我不欠你什么了吧?"

你走的时候她蹲在地上哭得瑟瑟发抖,可是你竟然真的没有回一次头。

那一刻,我真替她不值,无论如何,这是个爱你的人,你不该对她那么残忍。

我坐在食堂里跟潇潇陈述这一切的时候,一杯茉香奶茶仿佛从天而降立在我的面前。我抬头看去,居然看到了冷峻的你,你说:"送你一杯奶茶,希望能堵住你爱讲是非的嘴。"

我的脸,"唰"的一下红了。周围的人好像都在看我,我恨不得面前有个地雷,我一脚踩下去把我们两个人都炸得灰飞烟灭。

我的手指绞在一起,因为太用力了而显现出青色的脉络,我低着头,从来没有觉得这么丢脸过,时间好像都停止了。

我尴尬得手足无措,也许你也意识到自己确实过分了点,在我的眼泪还没来得及掉下来之前,抓住我的手把我拖出了食堂。

你一路上沉默,我亦步亦趋地跟着你,也不说话。后来我们在路边上停下来,你背对着我说:"对不起,话说得狠了点,我的心情不好,你别介意。"

我傻傻地点点头,想起你看不到,又加了一句"哦"。你回过头来对我笑,脸上的伤口已经止住了血,平添了一些沧桑的味道。你说:"其实当时我就看到你了,你站在柱子后面,想听又怕被我们发现,表情很可爱。"

你说完这句话一定没注意到我的耳朵都烧红了,所以你还厚颜无耻地说:"我刚刚买奶茶忘记找钱了,你请我吃炒面好不好?"

你用一杯五块钱的奶茶换一份三块五的炒面,我要是不请你显得我太小气了。就在我打开钱包的时候,我们同时屏住了呼吸——你是因为震惊,而我是因为后悔莫及!

我的钱包里,赫然夹着你那张盖了学校钢印的相片!

你夺过我的钱包仔细研究了一会儿,然后眼珠子都快掉下来了,你指着我说:"上次辅导员说我档案上没相片要补交我还觉得奇怪,原来是你这个王八蛋偷我相片,你是不是暗恋我?"

暮晨,那一刻我真的很想时光倒流回1898年9月28日的北京菜市口,学学伟大的谭嗣同,我自横刀向天笑,斩了我吧!

后来熟悉起来,你搬出这件事情笑我,你说花痴不可怕,最怕花痴有心机。我就是你眼里很有心机的花痴,每次你这样笑我,潇潇也跟着附和:"是啊是啊,平时总是说我没追求,其实真正扮猪吃老虎的就是她!"

可是无论你们怎么嘲笑我、讽刺我,我就是不把相片还你,我骗你说我扔掉了,我知道你不相信,可是你拿我没办法。

其实我对你也不差,每次你叫我陪你出去逛街我都很乐意。我喜欢陪你去那些我只能在时尚杂志上看到的品牌专柜试衣服,喜欢看你娓娓道来那些大集团的历史来源,喜欢听你说上流社会那些我们这些平民想都没想过的贵族消遣。

虽然每次我走在你的身边都像个灰头土脸的丫鬟,可你还是乐此不疲地缠着我问"哪件好看"。专柜的那些业务需求分析师每次都用奇怪的眼神看着我,可是你不管,你开心地买完东西还拉着我去吃甜品。

我最爱满记的杨汁甘露,你一次给我买四份,豪气万丈地说:"吃,吃不完倒掉，公子我有的是钱！"

你嚣张的样子真欠抽啊，我把头埋在碗里，看不见你笑意盈盈的眼睛。

【三】

每个周末，你都叫我跟你一起去吃你认为是人间极品的口味虾和口味蟹，平日里总是白衣胜雪的你坐在闷热肮脏的小店里一脸垂涎欲滴和迫不及待的表情让我看一次就想打一次，我皱着眉头问你："真的有那么好吃？每个星期都吃，不会厌？"

你的眼睛瞪得那么大："厌？要不是学校离这里太远了，我恨不得天天都来吃！"

我握紧自己的双手，不可思议地看着你不顾形象地在我面前大快朵颐。你的速度那么快，面前很快就有了一大堆虾壳和螃蟹壳。

你抬起头看到畏畏缩缩的我，二话不说连剥四只小龙虾扔到我碗里，大方地说："吃啊，吃啊，别客气啊！"

我心一横，那我就真的不客气了！

出来的时候你又恢复了往日的淡定从容，只是微微泛红的嘴唇泄露了一丝端倪，让我不能不想起你刚刚那副狼吞虎咽的尊容。你捧着一大杯杧果冰沙吃得津津有味，我终于开口问出了心里踌躇已久的问题："你和那个女孩子，究竟是怎么回事？"

你怔了怔，不自觉地抚摩了一下脸上的伤痕，其实那道伤痕已经很淡了，不仔细看是看不出来的。你的眼睛里那些光亮的东西不见了，取而代之的是一些阴霾，你说："去江边走走吧，边走边说好了。"

傍晚的江边有很大的风，夕阳是温暖的橙黄，江水拍在脚边，我内心有一种无端的感动在蔓延。你聚精会神地踢着一块石头，突然说："她是我以前的女朋友。"

我僵了一秒钟立刻反应过来你在说谁，原来你们曾经是那么亲密的关系，我心里有点儿酸酸的，所以说出来的话也是酸酸的："哎哟，那么漂亮的女朋友你也甩啊，真不懂得珍惜！"你笑一笑，不屑跟我计较的样子，继续踢着那块黑色的石头，一边舀着冰沙往嘴里送一边接着说："高中的时候她转到我们学校来，当时引起了轰动，因为漂亮嘛！她在我们隔壁班，每天下课都有很多男生故意去找隔壁班的同学借书什么的，其实也就是去看看她。不过我没去过，真的，我那时候很受欢迎，目空一切，自大得很，根本没把她放在眼里。

"有天中午放学的时候下雨，一个跟我从小玩到大的妹妹来找我借伞，我就一把伞，她说她们有两个人，我一看，居然就是那个传说中的美女，于是我就把伞给她们，自己淋着雨跑回去了，连话都没跟她说一句。过了几天来还伞的居然是她，我那把伞还是一年前在别人教室里顺手拿的，脏得不成样子，可是她还回来的时候很干净，明显是洗过了的样子。我随口问她，她的脸就红了。

"我也不笨啊，我当时就明白了。"

你说到这里，我点点头："小女孩是很容易被色相所迷惑的。"你鄙视地看了我一眼："那你呢，你都这么大了，不还是偷我的相片吗？"

我顿时被你截断了脊梁骨，羞愧得直不起腰来，看样子，这件事成了我一辈子都难以洗刷的耻辱。

你接着回忆你的青春故事："后来我们很自然就在一起啦。你知道吗，我们走在一起的时候真是……艳光四射啊！不知道多好看！"

我又很不识趣地插嘴："我知道有多好看，那天她打你的时候我看到了。"

你不高兴了："喂，周世嘉，你懂不懂尊重人？不要总是插嘴！"我连忙道歉："对不起对不起，我错了，我没素质，请你原谅我。"你眯起眼睛笑，又开始陈述，可是你的语气渐渐沉重起来。你说："她以前真的很好、很乖，后来慢慢地就变了，喜欢缠着我吵啊闹啊，一点儿不如意就歇斯底里地哭，我受不了了就说分手，可是她偏偏要跟我考到一所学校里来。军训的时候我帮别的女生买瓶水被她知道了就要吵一架，你说，是个正常人都会受不了吧。"

"不过你肯定不是这样的人，我知道。"你最后笃定地对我说了这句话，我呆了好半天没说话，你很自然地过来牵我的手，"回去吧，天都黑了。"

无数个炸雷在我的脑袋里炸开，我整个人像是被冻僵了一样，完全忘记周遭的一切。很久之后，我只记得当时那个情况下的背景，对岸的灯火那样璀璨，江水的澎湃如此大气，我们渺小得只是沧海一粟，可是我忘不了你在暮色沉沉中比照射在赤道的阳光更动人心魄的微笑和比寒夜里高悬于天际的繁星更清亮的眼神，你说："要不要试一试？"

离开江边的时候，我趁你不注意，把你踢过的那块石头捡起来放进了衣服的口袋里。

【四】

我收到她的血书，这件事情轰动了我们整个系，她的血书是一句话：苏暮晨不是你的！后面那个感叹号看得我心惊胆战。潇潇在一边也跟着发抖："世嘉啊，你退出吧，否则说不定她哪天埋伏在公寓门口一刀砍了你啊！"

我把那封血书贴在床头，每天睁开眼睛最先看到的就是那句话。室友们都说我有病，我不辩解也不解释，直到你一脸怒容把我堵在公寓门口，很愤怒地问我："你是不是真的为了那个神经病就不见我了？"

我轻描淡写地绕过你："我们本来也不是很熟，对不对？"

很多人看着我们，你的脸色瞬间变得苍白，声音里都带着颤抖："周世嘉，你说什么？"我回过头看着你："还要我重复吗？我本来就是你学姐而已。"

我说完那句话就走了，把所有的难堪和耻辱都丢给你去收拾，残忍得如同当日你对林堇色，头都没有回一下。我可以想象你面对众人的目光有多羞耻，我也可以想象你一贯骄傲的自尊心受到了何等的重创，可是我咬着牙，告诉自己，不要回头，一下都不要。

到拐角的地方，我忽然跌坐在地上，心里钝痛得没有了任何声音。那是我有记忆以来第一次哭得那么斯文秀气，胸腔里那样多破碎的空气挤压鼓动，酸涩排山倒海。周围路过的人好奇地打量我一眼，谁也不知道我有多么难过。

我想我终于明白了林堇色那日在B栋哭泣的原因，原来悲伤到了一个时刻，真的不由理智控制，无论身处何地，都可以掩起面孔来哭得声嘶力竭。

是夜，你打我的电话，一直打一直打，我关机，你就打宿舍电话，不肯罢休的样子。所有人都围着我，劝我接电话，我拗不过众意，终于从潇潇手中接过了话筒，可是除了你的呼吸声，我什么都听不见。我们就那样隔着电话沉默着，时钟嘀嘀嗒嗒地响。你开了口，声音却是从未有过的嘶哑，你说："你还愿意陪我去吃一次口味虾吗？"

我还没来得及开口，你急忙又一句："如果不愿意的话就直接挂掉电话，我不想听到你拒绝的声音。"

暮晨，那是一个我从来不曾认识的你，我的目光始终停留在手中拿着的钱包夹层里，透明的膜后面是你曾经意气风发的容颜。我的眼睛渐渐红了，鼻腔里也充斥着酸涩，我没想到我会说"好"。

曾经无比亲昵的两个人变得如今这样陌生，我很想开口告诉你为什么，可是一路上我只选择了静默，那条我们走过无数次的路，在我的眼里忽然变得萧瑟起来。你固执地牵着我的手，握得那么紧，好像用尽全身的力气。我终于忍不住说话了，我说："你弄疼我了。"

你停下来，我这才真正看清楚帽檐下你憔悴的样子，你说："周世嘉，你也知道疼的吗？你也有感觉的吗？那你知道这段时间我是怎么过来的吗？"

我冷静地看着你："苏暮晨，你不是小孩子了，不要任性好不好？没有了我，你的生活还是可以跟以前一样，你身边不缺女孩子，你随时可以找到一个人陪你逛街，陪你打电玩，陪你每个周末，甚至是每天都来吃口味虾。"

你的眼睛里有一种……怎么形容呢，好像是烈火燃烧过后的东西，我遽然顿悟，那是灰烬，是灰心，是失望。你说："这些都是你的心里话吗？"

我点点头。你的表情很奇怪，好像要哭了的样子，最后你拍拍我的脸，挤出一个笑容说："我们去吃东西，不吵架。"我低下头来，我承认我憋眼泪憋得非常难受。

那天你点了好几份龙虾，我默默地剥好壳扔进你碗里，你也默默地剥好之后扔进我碗里，那几大盆龙虾就这样被我们默默地吃完了。

那天晚上我们在江边坐了很久，谁也没有说话，对岸的灯火依然通明，你忽然轻声地问："如何能到达彼岸？"

我不知道你是在问我还是问自己，然后你又说："难道要靠无上的智慧和坚忍？"

我把头靠在你的肩膀上，说："或许我们就坐在这里看，看上几亿年，那彼岸便成了此岸。"可是我们没有几亿年，我们只有这一夜、这一天。

【五】

暮晨，现在是 2008 年，好像只是一眨眼，两年就过去了。这两年里我遇到了很多人，潜意识里我总喜欢将他们跟你比较，可是谁都没有你好。我像一只蜗牛依附在 2006 年的草梗里，吸食着你给予我的回忆，想念着彼此交付的那些愉悦时光和曾经留下的青春印记。

我想念你，暮晨，只有我自己知道，我有多么想念你。

你一直以为我是因为林堇色才不肯跟你在一起，你很单纯，虽然你懂得很多我不懂得的东西，但是在我的眼里，你始终是一个心无城府的小孩子。

我比你大两岁，你进校的时候我已经大三了，所以你不知道三年前有一个女生的分数远远超过了重本线几十分，可是仍然选择了这所名不见经传的普通大学，只不过因为校方承诺可以免除四年的学杂费。可是这个女生没想到，在她入校时竟然看到她的相片赫然贴在教学楼前，宣传栏里说：因为该生家境较为艰苦，所以免除学费。

她在烈日下，有一种被当众剥光衣衫的羞耻感。那个女生就是我。

暮晨，我想你永远不会明白贫穷的可怕，它让人丧失尊严，而尊严，是无论多少钱都买不到的。其实那三年的大学生活我过得没有不快乐，同学之间十分亲厚，可是在我的心里，始终有一个角落陈放着我小小的自卑，尤其是遇见你后。

跟你在一起的那段时光，起初非常快乐，可是后来，渐渐地，我看到了我们之间的差距。有一次路过苏宁电器，你随手指着一台五十寸的液晶电视说："我卧室里那台就是这样的。"我瞟了一眼价格，一万四。

等于我两年的学费加生活费。

大概就是从那个时候开始，我的心里渐渐起了隔阂。我不知道你懂不懂，这个世界有很多不成文的规则，我们在冥冥之中都要遵循它们。所以第一次在湘江边你来牵我的手，说想要跟我试一试的时候，我犹豫了。其实那个时候我就是喜欢你的，是的，暮晨，早在那个时候，我就非常非常喜欢你。

尽管我动了心，可我还是微笑着，不着痕迹地躲开你的手，然后云淡风轻地转移了话题，吵着要你请我吃牛肉串。我看到你眼睛里闪过一丝黯然，可是你一定不知道，回去之后我在窗台上一直坐到天色微亮，一整晚我的心里都有两个小人在吵架，一个叫我勇敢地接受你，另一个叫我理智地远离你。

直到太阳升起的时候，两个小人都没有争论出个高低来。

可是第二节课下课的时候，我收到了那封血书，它好像是林堇色下的一个魔咒，我被施法落咒了，我的世界里只有一个声音在我的耳边歇斯底里地叫：苏暮晨不是你的！那个声音日夜不停地尖叫，我昼夜都不得安宁。

我知道，暮晨，我们根本没有未来。既然没有未来，那我们何必要现在。

你不明白其中曲折的道理，你只知道，你想要牵的手终于还是停在了半路。像枝头盛放的花，因靠近攀折的手掌而战栗，可原来袭来的，不过是一阵凉风。是什么咔嚓一声，碎了一地。你只知道你难过，你却不知道在你难过的时候，我甚于你百倍地难过。

最后一次在湘江看夜景时，我的眼泪流在黑夜里，我说："有句话很土，可是很有道理：不是同一个世界的人，最终还是会走向分离。"

你紧紧地握住我的手，说："有些结局很土，但还是经常上演，世嘉，我要出国了。我家让我去英国学酒店管理，这一年原本就是让我玩的，谢谢你陪我走过的这些日子，谢谢你这一年里不辞辛苦地满足我那些任性的要求，拿出自己宝贵的时间浪费在我身上。"

你说："我小时候读《庄子·大宗师》，其中有一句：泉涸，鱼相与处于陆，相呴以湿，相濡以沫，不若相忘于江湖。世嘉，我想这也是我们之间的结局。"

那是我们最后一次在一起了，后来我忙着实习，你忙着出国，我们都没有再联系对方，这就是我们之间的默契吧。

这两年来，我去了很多地方，身边始终带着两样东西：一样是你的那张一寸免冠照，还有一样就是你踢过的那块小石头。只有它们见证过我们曾经多么快乐。

我生日的时候，很多朋友一起聚会，有人点了口味虾，大家纷纷称赞它的美味，只有我不动筷子，有人问起，我笑笑说："我对海鲜类的食物过敏，吃了身上皮肤会有一块一块的红肿。"

暮晨，我从来没有跟你说起过我这个小毛病，日复一日地走那么远的路去吃你最喜欢吃的食物，这是我所有心甘情愿的隐忍和未曾启齿的期盼。

晚上的时候，我一个人到湘江边上坐了很久。有很多人在放风筝，远远地看上去，以为是星星在闪烁，我静静地看着它们微笑，还是笑。

私语

世界再大，兜兜转转我仍然能够遇见你。
世界再小，对于失去你这件事，我依然无能为力。

天暗下来，你就是光

或许一切都不过是我心中单向的美好，如你所说：

"别人都看我喝着最低劣的烧酒，而我却在风中行走。"

知行，我信有轮回转世存在，下次轮回里，

你若还要在风中行走，我就做尘埃吧。

楔子

在成都的书店里，我给自己买了一本《小王子》，你大概不知道，我曾经有个愿望是把这本童话的每个版本都收入囊中。

"无论你走到哪里，你都在我的心里，只要我看见金色的麦田，就会想起你。"这是那只小狐狸说过的话。

许知行，以前我总觉得自己很笨，这也不会，那也不懂，后来我很努力地去学习一些事情，渐渐地我发现其实我都可以的。

如果骑车、打字、游泳、写字、摄影这些事情我都可以……那么放下你，我肯定也可以。只是或许，我需要一段长长、长长的时光而已。

【一】

一生追寻美好事物不过是浪漫的梦想，请给我一场《云门舞集》的流浪。

这是我写在拉萨一家青旅墙壁上的句子。在我写的这句话的旁边，还有很多的留言，人多数都是写给自己爱的人和自己想要忘记的人。

知行，有时候我自己也迷惑，到底你是我爱的人，还是我想要忘记的人。蔻蔻看着我的那句话翻了个白眼："磬舟，你就是这么矫情。"

我回过头回敬了她一个白眼："你这萝卜干一样的人，怎么会懂得我柔情似水的灵魂？"她做呕吐状，拿起毛巾转身进了浴室，没多久，里面就传来了哗啦哗啦的水声。

直到这个时候，我才在一处极不显眼的细小空白处，写上了你的名字：知行，你不是我的理想，你是美好，甚于我理想千万倍的存在。

知行，你已经来过三次西藏，我想你不会有兴趣来第四次，滇藏线、川藏线、青藏线你都走过，即使你心血来潮还想走一次新藏线，也未必会住我住的这间青旅，就算那么巧你住了我住的这家青旅，我不相信缘分会善待我到你看到这行字的程度。

我不允许自己抱有这样不切实际的幻想。

写下这句话，只是想记录此刻我的心情……你知道，人类记忆所能承载的分量是有限的，你必定不是那个陪着我走完漫长一生的人，你是我此刻恋慕却最终必须忘却的那个部分。

黄碧云说：恋慕与忘却，这就是人生。

我凝视着那行极不起眼的字，无端地湿了眼眶，眼泪刚刚在眼眶里凝聚，浴室的门便打开了，蔻蔻瑟瑟发抖地走出来，说话的时候牙齿都在打战："磬舟，水好冷，我快要死了，要死了。"

要死了，是蔻蔻的口头禅。

吃到一碗不好吃的面，她会说"我要死了"；在公交车上被人踩了一脚，她会说"我要死了"；上淘宝买东西发现自己的支付宝里没有钱了，她也会说"我要死了"。

她一贯是言行夸张的女生，所以我对她说的话并不以为然。

直到水淋到我自己身上，我才明白她说的是真的。我一边咬着牙勉强进行着沐浴这件事，一边在脑海里回忆起你交代我的"到了拉萨前两天尽量不要洗澡，会降低免疫力，更不要做剧烈运动"，你说这句话的时候表情难得严肃。

我知道你是为我好，可我还是表现出一副不以为然的样子。

你拉住我，又强调了一遍，那是在L城的石板路上，距离我搭乘的航班起飞时间还有五个小时，我看上了一对来自印度的耳环。你说："喜欢的话就送给你。"

我疑惑地看看你，你淡淡地笑了，说："你没听错，磬舟，送给你。"

【二】

那对耳环在我离开L城最后五个小时之内，以迅雷不及掩耳的速度打电话找来快递，寄回了C城。在电话中我对帮我查收快递的朋友反复强调："一定要妥善保管！"

对方觉得奇怪："一对耳环而已，又不是蒂凡尼、卡地亚，至于紧张成这样吗？"

我懒得同她解释这其中原委，只是告诉她："是一个重要的朋友送的，接下来的路途漫长而艰辛，我怕弄坏了。"

听筒那端传来戏谑的笑声，我忽然觉得十分疲乏，便匆匆挂断了。

知行，这世上没有感同身受这回事，再亲密的朋友也不能完全理解你在某一刻突然对这个世界生出的依恋或者决绝。

我没有跟你一起吃晚饭，我想你或许明白那是因为我怕会在你面前突然就落下泪来。席间众人嘻嘻哈哈，我把帽檐拉了又拉，生怕被人看到我通红的双眼，不知道是谁给我夹了一筷子菜，又是谁高声劝我"磬舟，难过什么，喝酒喝酒"……

唯有蔻蔻明白发生了什么事，她凑到我耳边轻轻地问："要不要把他叫来？"

我连连摇头，心知自己绝对不肯在这个时候见你，就像曾经跟唐庆苏分开的时候，在人来人往的机场，广播里一遍一遍催促着乘客登机，他看着我，一边笑一边问："不抱一下吗？"

我往后退了一步，坚决地摇头，不用了。

看着他进了安检，我头也不回地跑了出去，坐上出租车给蔻蔻打电话，一连串的话语容不得她插嘴："蔻蔻你起床了吧，快点出来陪我去逛街，我的乳液用完了，我的睫毛膏也要换了，对了，听说安娜苏出限量版的手帕了，我们一人去搞几条，你看怎么样？"

在我这一串噼里啪啦的话语中，她一句嘴都没插，最后干脆地问："磬舟，唐庆苏走了？"就这么一句，我身体里那根感应疼痛的神经被唤醒了，眼泪忽然像是断了线的珠子，大颗大颗地砸了下来。

蔻蔻是我最好的朋友，她知道我突然这样一定是有原因的，而这原因只可能是唐庆苏。那天下午我们把全城的商场都逛遍了，我丧失理智般地买了一大堆华而不实的东西，限量版的手帕多贵啊，我居然每种花色都拿了一条。

蔻蔻气急败坏地想要阻止我："你疯了啊？买这么多干什么？你以为是洗碗布啊？"没有用，我发起疯来，没有人挡得住我。

那些手帕后来通通被束之高阁，真的，买来有什么用呢？就像蔻蔻说的那样，它的实用价值甚至比不上一块从便利店里买来的洗碗布。

这就是奢侈品的魅力，就像爱情。

那天的夜幕降临时，满城人潮涌动，车辆鸣笛的声音几乎刺穿我的耳膜。我站在城市中央，提着那些包装考究的纸袋，霎时间，觉得自己被弄丢了。

这么多人从我身边穿行而过，但是没有他，没有唐庆苏。

在机场时，我不敢要那个离别的拥抱，因为我害怕我抱了，就舍不得再放开手。

我魂不守舍地过着日子，像一具行尸走肉一般。蔻蔻偶尔来陪我，看到日渐消瘦的我不禁开始担心我的状态，在某次我喝完他最喜欢的那个牌子的橙汁忽然开始哭时，蔻蔻终于忍不住拿起我的手机，顾不得我的阻止，摁下快捷键，电话一通就开始骂："唐庆苏你是不是人？你知不知道磐舟现在是个什么样子……忙？有多忙？你是什么大人物啊？GDP靠你一个撑着啊……你少废话了，我今天就是要告诉你，你以前没珍惜磐舟，以后想珍惜也没机会了……"

挂了电话，她扯了两张纸巾给我，认真地说："没事了，磐舟，没事了。"我一点也不怪蔻蔻多管闲事，在当事人自己下不了决心做个了断时，就只能借助外界的力量来将混沌的局面打破。

古人说，不破则不立。蔻蔻就是这样干的，她订了机票，陪我旅行，飞机起飞的时候她拉开遮阳板对我说："磐舟，去他的唐庆苏，不要再想他了。"

我点点头："好的，不去想了。"

【三】

"所以说,你是失恋了来散心的,对吗?"这是你后来问我的问题。

知行,我时常想,如果人有预知未来的能力该有多好,那么我们就可以将一切伤害和痛苦掐灭于未然,我们可以提早杜绝一些我们不愿意看到发生的事情,我们的生命也就可以免去许多劫难,或者说得更严重点——灾难。

如果可以预知,我就不会理会蔻蔻提出晚上去喝酒的要求,我就不会坐在离你最近的那个位置,我就不会一抬头恰好撞上你看向我的眼。

觥筹交错,人声鼎沸,你的眼睛里全是淡漠,你的脸上没有一点笑容。

但你盯着我,那眼神犀利得就像猎人,我到底是不畏的,否则我早该转过脸来不去理你。有人跑过来拍我肩膀,指着某处一堆人说:"美女,过来喝一杯,交个朋友。"

我还没来得及做出反应,蔻蔻倒是兴高采烈地替我应了下来,转过来对我说:"去啊,这证明你有魅力啊。"

城市的夜店里司空见惯的伎俩,原本只是逢场作戏的小事情,喝杯酒,敷衍地聊上几句就可以起身离开,但这晚的我却说不出地别扭,怎么都不肯去。

后来想来,潜意识里,是不想被你当作轻浮轻佻的那种女生吧。

我推托说不舒服,下去透透气。坐在木质的长椅上,思绪飘到了很远的地方,一截烟灰掉下来,险些烫坏新买的裙子。

"我是不是在哪里见过你?"这是你对我说的第一句话。

真老套,我心里暗暗想。知行,最初的你在我眼里也不过就是一个搭讪手法并不高明的登徒子,只不过,你的样子恰好是我所喜欢的那种类型。

是风太凉了,是酒太醇了,是景太美了,是人太倦了,是时间恰好,是日月星辰都默许了,所以我们遇到了。

我看着你,慢慢地,我们都笑了。

再上楼时,蔻蔻看出了些许端倪,冲我挤眉弄眼:"不错哦,很帅哦!"

我白了她一眼:"根本就不是你以为的那么回事,我现在哪儿有心情想那些乱七八糟的事。"

蔻蔻在昏暗的灯光里忽然蹙起了眉:"磬舟,我陪你出来旅行的目的就是希望你放下过去,让你知道虽然唐庆苏很好,但是这个世界很大,总有比他更好的人……"

她一提起这个名字我就觉得头痛,不知道是酒精的作用还是别的缘故,我抚住额头来回搓着眉心,一时之间不晓得要如何应对。

诚然,我知道她是为我好,是发自肺腑地关心我,希望我早日走出阴霾。但……

你不知道又从哪里冒了出来,拍拍我的肩膀:"喂,你饿不饿?一起去吃面吧。"

蔻蔻对我使了个眼色,没等我说什么就找了个借口溜走了。出来的时候居然下起了淅淅沥沥的雨,石板路很滑,你顺势牵起我的手,那么自然而然的样子。

那碗牛肉面很好吃,我看得出你是真的饿了,可我不是。

我满脑子都在想接下来要怎么脱身。吃完面,你随手拿起吉他弹了一段,我之前从来没有听过这段音乐,可是第一次听,莫名其妙地就很想哭。

我问你这是什么歌。你告诉我,这是《你离开了南京,从此没有人和我说话》。

真没想到你居然什么越礼的话都没说就送我回去,在分别的路口你把你的手机塞给我,诺基亚 E91,难得一见的型号,双屏幕,屏幕上满版的英文。

我把我的手机号码输进去的时候就知道,你我之间一定会有故事蔓延。

【四】

"我应该要悬崖勒马。"这是第二天早上阳光洒进房间,我睁开眼睛对蔻蔻说的第一句话。

知行,这么多年来,我一直不认为自己是一个聪明的姑娘,但是在爱情方面我有着惊人的直觉。当你靠近我的时候,我就知道你是危险的,稍不留神就要爱上你的。

就像一个在冰天雪地中裸足行走的人,忽然遇到了一堆炽烈的火焰。就像一个盲目游走在黑暗中的人,穿过长廊,忽然瞥见了明亮的光。温暖,光明,爱情,都是极大的诱惑。

但别人不会明白,别人只会认为我不过是出于寂寞。然而寂寞,这是多么可耻的理由,我绝不允许别人这样想我。

有人说,爱情最开始源于征服。

我不知道你对我是否算得上是有爱情,但我看得出,你是想要征服世界上一切你想要征服的事物的人,你与唐庆苏还是有那么一些相像的,在你们的身上都有一种叫作锐气的东西,你们是锋利的剑,出鞘必定伤人。

而我在被命运反复地踩躏中,已经学会了妥协。

锐气就像与生俱来的翅膀,我们这些不够幸运的人必须折断翅膀,在陆地上开始学着步行。

上帝在造一些人的时候无疑是特别偏心的,比如你,最开始我眼中的你不过就是个会弹点吉他的小混混,而你似乎也乐意被我这样误解。

真相是在某天无意中被揭晓的,你发来短信叫我去斗地主,我握着手机感到局促又忐忑。蔻蔻看不惯我这么个矫情做作的模样,硬是把我赶到你那儿去了。

我不会斗地主,你和你的朋友瞪大眼睛看着我,一副匪夷所思的模样:"不会斗地主?那你平时打麻将?"

我摇摇头,那也不是我擅长的。

你的脸上露出饶有兴致的模样,一边洗牌一边问我:"那你平时做什么?"

如果我仔细观察了你的房间,并且认真地看了墙壁上那些照片,也许我就不会给出一个那么自取其辱的答案了。

我说:"摄影。"

你的眼睛那么亮,并且笑意盈盈。你的朋友指着墙壁上那琳琅满目的照片问:"有这个水平吗?"

我当然不相信那是你拍的,并且嗤之以鼻地想,不过就是网上找来的照片,有什么好显摆的。我一边这么想着,一边在你们的教唆下胡乱出牌,输得一塌糊涂。

输了就输了,反正我没带钱。

愿赌不服输还不算丢脸的,最丢脸的是我居然对你说:"虽然我没带钱,但是我可以给你们拍照啊。"

我都不知道这句话的笑点在哪里,可是你们的神情都告诉我,刚刚我说的是一个笑话。笑完之后你的朋友终于正色对我说:"你先达到他的水平再说吧。"

那一张张照片上的异国风情、人文情怀让我目瞪口呆,我随手指了一张貌似骆驼的影子问"这是哪里?",你回答我"撒哈拉"。

"这儿呢?"我又指了一张狮子张开血盆大口的照片。

"非洲。"

"那么这个呢……难道是……埃及?"

"对，那是阿布辛拜勒神庙，埃及法老拉美西斯最伟大的作品之一。"我呆呆地看着你，那一刻我震惊得说不出一句话来。

你轻描淡写地洗牌、发牌，语气里听不出任何的傲慢："我前两年走了四十几个国家，之前用的相机是 Canon 1D Mark Ⅲ，在印度的时候被抢了，连同笔记本、护照和现金一起。"

迟疑了片刻，我终于还是问了："你是哪里人？"

你的朋友看着我们："我×，你们到底认识多久了啊？你不知道她不会斗地主，她不知道你是哪里人。"

那个时候是我们认识的第三天，你教会了我斗地主并且请我吃了一顿饭，我终于知道原来你是 ABC，能说一口流利的中文却不认识太多笔画复杂的中文汉字。

我把我的名字打在电脑上给你看：程磬舟。

你把原本是小五的字体调成初号，慢慢地读："程、磬、舟。"

【五】

我们是这样不咸不淡地相处，你从未有过任何暧昧的言语，我没脸没皮地跟着你四处混吃混喝，人人都卖你的面子，当我是你女朋友，甚至蔻蔻都这么认为。

她开心地说："让唐庆苏那个笨蛋后悔去吧。"

但我心里很明白事实是怎样，也许因为我不难看，也许因为我不讨厌，也许因为你知道我迟早都要离开的，所以暂时与我为伴。

据说有一种关系是比朋友亲密一些，比爱人又疏远一点，我想我与你之间大概就是那样的关系。

你养了两条泰迪贵宾，我第一次见到它们的那天穿了一条湖蓝色的长裙，露出了两根枝丫一样的锁骨，我蹲下去陪它们玩，你坐在一边用小刀替我切杧果。

那种杧果跟我往日吃的有所不同，不知道是尚未熟透还是品种原因，饱满多汁，又有些酸涩，你喂完我杧果就去给狗狗喂狗粮，蹲在地上时看起来像个慈爱的父亲。

但我知道，知行，你这样的人不会安定。

傍晚时，你跟我讲起阿布辛拜勒神庙的故事。正门的两侧分别是两尊拉美西斯的头像雕塑，神庙建于公元前1290年，20世纪60年代时，因为建造阿斯旺大坝而形成的纳赛尔湖将淹没神庙，当时为了抢时间而将石体建筑的神庙切成一千多块进行了编号，然后小心翼翼地将它们搬运到更高的地方，重新构架起来。

我从未这样耐心地听一个人讲述一件与我的生活完全无关的事情，那一刻我想我应该是为你折服了。你把照片摆在桌上，并没有发现我的眼睛里有异样的光芒。

你接着说，这座神庙建在一个山坡上，它本意是供奉三位主神阿蒙、拉、布塔，但实际上它只为拉美西斯本人服务。

我承认我的历史不够好，只能硬着头皮问你："为什么？"

因为每年2月21日拉美西斯二世生日以及10月21日拉美西斯二世加冕日时，阳光可穿过六十米深的庙廊，洒在拉美西斯二世的雕像上，而他周围的雕像则享受不到太阳神这份奇妙的恩赐，因此人们称拉美西斯二世为"太阳的宠儿"，而这一天就被称为"太阳日"。

这并不是最神奇的，你接着说，神奇的地方在于，20世纪60年代搬迁的那一次，联合国派出了一批全世界最优秀的科学家、数学家、建筑学家等去完成搬迁工作，庙址迁移到离尼罗河两百零一米的地方，可是从此之后，太阳日就推后了一天。

你说，三千多年前的古埃及人没有精密的仪器，没有先进的科技，完全是凭着自己的头脑完成了一件那么伟大的事情，真了不起。

你说完之后我怔怔地看着你，你被我那种眼神注视得有点发毛，你问我："怎么了？""没什么。"我笑着说。

我当然只能说没什么，我总不能说"你怎么懂这么多"。

那天晚上我翻来覆去睡不着，外面的雨越下越大，我翻身的声音惊醒了蔻蔻，迷迷糊糊之中她问我："磬舟，你怎么了？"

我的声音有那么一点沙哑，不知道是不是抽烟抽多了的缘故，我说："蔻蔻，天亮我们就订机票，马上走。"

知行，我必须走，再在你身边多待一天，恐怕我理智就不能再约束感情，遇见你并不可怕，可怕的是爱上你。

因为我发现，我已经逐渐不再、不再、不再想起唐庆苏。

可是蔻蔻不理我，她用一句著名的歌词打发我：与有情人做快乐事，别问是缘还是劫。

【六】

知行，你知道吗，《小王子》是我这么多年来最喜欢的一本童话书，即使我知道接下来的路途遥远漫长，即使我可以连平日里最要紧的护肤品都不带以减少行囊的重量，却依然还是将它放进了我的背包里。

我从来都不是一个背包客，我所热爱的旅行，不过是拖着我那口漂亮的复古旅行箱从这个城市飞到那个城市，然后呼朋引伴地购物血拼，胡吃海喝，游玩拍照。

我要住舒适的酒店，吃美味的食物，出门之前要化一个小时的妆，每天喷的香水都视心情而变。

我从未想象住在青旅跟很多人挤在同一个房间，闭上眼睛能听到对面床铺上的人打鼾，洗澡要去公共浴室，忍受那狭窄的空间和忽冷忽烫的出水，我没想到两个包子也能打发一顿，没想到一碗普通的面条也能让我吃得心满意足。

这些都是过去的我想都没有想过的事情，如果……不是因为遇见你。

很多年前，我还是一个小朋友，那时候我性格比较孤僻，所以没什么人爱跟我玩，我只好一个人躲在家里看书。

那时候我有一本成语画册，都是一些简单易懂的成语，我很清楚地记得其中有一页，一只青蛙蹲在井底看着天空，嘲笑着世界。

我想以你对中文的了解程度，一定知道那个成语是什么。

没错，坐井观天。它的同义词是：画地为牢，故步自封。都不是什么褒义词。

可是偏偏，遇到你之前，这些成语都能够准确地概括我对唐庆苏的感情，我遇到他的时候什么都不懂，无知浅薄得近乎一张白纸，在我眼里，他就是完美的。

完美到我把自己打包免费送给他，都觉得是他的累赘。

所以我自欺欺人，所以我明知道他确实喜欢我，但并不只是喜欢我，我也没有勇气去结束那段苟延残喘的感情。

爱情一旦扭曲，真的比不爱还要可怕。

我不记得我读了多少遍《小王子》，我恨极了那只小狐狸，我恨它的洒脱，我恨它在小王子要离开的时候还能洒脱地说："没有必要把什么都牢牢地抓在手心里。"

如果这个世界上所有的人都能够像那些没有得到金牌的运动员，没有拿到影帝、影后的明星所说的那样："我只在乎过程""结果并不是最重要的"——很多事情就简单多了，对不对？但是那些没有拿到金牌的运动员,真的甘心吗?那些洒在地毯上的汗水,那些辛勤的训练,真的能够那么云淡风轻地抹去吗?

还有那些明星,一天一天过去,这个完全是吃青春饭的行业,忍受了天寒地冻,忍受了炎炎酷暑,忍受了无数攻击和谩骂,甚至还有屈辱的潜规则,最后关头败北时,真的能够那么豁达吗?

我不懂。

我只知道,我做不到,我是一个哪怕看侦探小说都要提前翻到最后一页去看看到底谁是凶手的人,我是迫不及待想要知道结果的人。很乏味,对不对?

请原谅我的不够勇敢,在我意识到我又要爱上一个不可能牢牢抓在手心里的人时,我选择了后退,是为了自己,也为了你。

我希望你记得的是我美好的模样,是我斗地主时傻乎乎的样子,是我跟着你混饭吃时不好意思夹菜的样子,是我在你的房间里抱着你的狗狗哈哈大笑的样子。

所以我决定走了,趁还来得及,趁我还没有失态,趁美好都还在。

可是飞机起飞的时候,蔻蔻把纸巾塞进我的手里,即使我的帽檐拉得再低,她也知道,我确实流泪了。

【七】

一个人一生能有多少次爱情?这个问题因人而异。

我来到拉萨,站在大昭寺门口看见人们在虔诚地磕长头。大昭寺是人们磕长头的终点,因为这里供奉了文成公主从中原带来的释迦牟尼的佛像。

我跟着那些皮肤黝黑的信众一起转寺,沉默不语。蔻蔻挽着我,也随我一同沉默。她明了我心里的一切,因此不再絮叨。

在拉萨的日子我们很默契地从不提起唐庆苏，也不提起你，就好像一切都没有发生过，就好像某些事情在我的生命里从未存在过。

心是会痛的，是会的，只是那种痛，我连最好的朋友都不会讲的。其实，你我之间没有故事，我们只是遇见了，然后分别了。

坐在著名的玛吉阿米楼上，打开留言本开始翻阅，有一页上只有八个字，无端地就叫我湿了眼眶：天暗下来，你就是光。

知行，遇到我之前你在哪里，你在做什么，你我之间错过的那些时光要去这个星球上的哪条河流里打捞？

或许一切都不过是我心中单向的美好，如你所说："别人都看我喝着最低劣的烧酒，而我却在风中行走。"

知行，我信有轮回转世存在，下次轮回里，你若还要在风中行走，我就做尘埃吧。风来时，我欣喜；风走时，我不哭泣。

我没有对你说再见，因为我们恐怕再难相见。我是飞鸿踏雪泥，你是云深不知处。

私语

说起来，在某些事情上，我的记性可能太好了一点。

比如时隔六年，我依然可以很肯定地说，这篇小说是我在拉萨一家青年旅社里写的。那是我第一次去西藏，除了布达拉宫和大昭寺，我对那里一无所知。

那天傍晚，我从甜茶馆里出来，准备溜达着去找个川菜馆吃晚饭，一抬头，便看到了宝石蓝色的夜空。

那场景对于现在的我来说，也许很难再引起悸动，但对于二十二岁时的我来说，简直是灵魂震动。

我在那年爱上一个人。

我不想说得太夸张，不过，诚实地说，他几乎改变了我的一生。

第三章 时光过尽

时光过尽，花已向晚。
就算历史已经灰飞烟灭；
就算时空都已经沧海桑田，消失不见；
就算我所有的愿望都已经死去……
但我还记得爱情，记得你。

后来的我总想起从前的你

世界上最好的爱，便是让你所爱的人，找到他的爱。

要多久后，我才能忘记那个落着大雨的黄昏呢？

你从马路对面朝我走来，干净的面孔，黑色的衬衣，

整个世界都是寂然的，你轻声地说："再见。"

我说："再见。"

【一】

在那之前，我从来都不知道你这个人的存在。全校有很多长得不错的男生，你并不是其中最出挑的，况且，我并不关心这些。

那年冬天的雪特别大，宿舍到教学楼有一个长长的坡，很多同学都在那个坡上吃过亏，不是在大庭广众下摔跤，就是从坡上滴溜溜地滚到坡下，然后在众目睽睽下尴尬地爬起来，拍拍屁股走了。

周五的下午，很多专业都没有课了，学生会的干部组织同学们自愿去铲雪，我跟着大部队到了现场，看到了如火如荼的铲雪场面。我一时热血沸腾，接过一个雪铲就开始行动，没多久，我就开始冒汗了，这更刺激了我劳动的满足感，我加大了动作幅度，好像这条坡是属于我家的。

也许真是命中注定，我那一铲雪不偏不倚就飞到了你脸上，你傻乎乎

地呆了几秒,然后痞里痞气地站到我面前,调戏我说:"妹妹,想认识哥哥也不要这样嘛,很冷呢。"

你最不该做的事就是以貌取人,你只看到我长了一张娃娃脸,你看不到娃娃脸里蕴含的巨大的爆发力。我客客气气地对你说不好意思,你却得寸进尺:"哎呀,妹妹呀,你看你都出汗了,休息一下吧,哥哥请你喝奶茶,好不好?"

周围的人边铲雪边看着我们笑,我觉得我被你戏弄得像个小丑似的,那种强烈的自尊心驱使我恶狠狠地对你说:"你让开,再不让开我不客气了!"

我不懂你为什么觉得我说的那句话那么好笑,你哎哟哎哟地叫,笑到肚子痛,却没注意到我的脸色越来越阴沉,然后,在你还捧腹大笑的时候,我拼尽全身的力气揪住比我高半个头的你,朝同学们堆起来的雪堆狠狠地投掷过去。

周围都静止了,你狠狠地看着我,我怒气冲冲地看着你,很快,我的左手手腕一阵剧痛,差点儿当场晕倒。

第二天,我是绑着绷带去学校的,医生说我是用力过度导致严重脱臼,加上之前铲了那么久的雪,为了不留下什么后遗症,医生建议我好好休息。

好死不死那么巧,在教学楼门口碰到你,我穿着一件格子大衣,戴了一顶看上去很傻的毛线帽子,脸上被冻出两团灿烂的高原红,每隔一秒钟就吸一下鼻涕,那只绑着绷带的手挂在胸前提醒着我的惨状。你看到我,先是一愣,接着幸灾乐祸地说:"报应还真快啊!"

我没理你,你又像昨天一样调戏我:"小妹妹,是谁把你打成这样了?"我看着眼前你那张反射出人类劣根性的脸,委屈一下子涌上心头,"哇"的一声哭了出来。

你这个流氓其实有一句话说得很对,我就是个小妹妹。

【二】

在温暖的瓦罐汤店里,我可怜兮兮地用右手在汤里捞着排骨,喝一口汤就吸一下岌岌可危的鼻涕。你看不下去了,主动拿纸巾帮我擦鼻涕,可是你的动作一点儿都不温柔,那恶狠狠的架势好像要把我那个塌鼻子揪下来一样。

我的鼻子被你揪得通红,你哈哈地笑:"真好玩。"我瞪你一眼:"我是你的玩具吗?好玩……"你一点儿男生的样子都没有,似乎根本不懂得男生是要让着女生一点儿的,还嬉皮笑脸地说:"你想做我的玩具呀,想被我玩呀?"

你的声音有点儿大,有人往我们这边看过来,我的脸又红了,狠狠地瞪了你一眼,一语不发地埋头喝汤。你的眼神依旧清亮,如果我适时地抬起头来就能看到你唇边那抹宠溺的浅笑,可是我只顾着在瓦罐里捞残余的排骨了。

你说:"别摆出那副上辈子没吃过肉的样子行吗?在你的手好之前,哥哥天天带你来喝汤,明天你就喝黄豆炖猪脚吧,以形补形嘛。"你语毕,我听见周围有细碎的笑声。

我的脸憋得通红,忍不住骂你:"你这个白痴!"

你傻了:"怎么了怎么了?好心遭雷劈啊,你应该对我说谢谢,你知道吗?真没礼貌。"

我气冲冲地起身,临走时对你丢下一句:"你自己去喝猪脚汤吧,多喝点儿,那东西催奶的,祝你早日喝出胸肌来。"

回宿舍的路上我气鼓鼓的,你说:"好啦好啦,不欺负你了,吃了炸药似的。"我说:"滚!"

你哈哈大笑,其实你笑起来挺好看的,可惜的是在我懂得欣赏你的美之前你已经彻底把我得罪了,我一想到半个月之内我都不能像从前那样自如地洗澡、梳头发、上网……我就要崩溃,我觉得我的生活彻底瘫痪了,而这一切的罪魁祸首都是你,都是你!

第二天下课的时候,你站在大厅里等人,懒懒地倚靠在玻璃门上,满脸懒散的表情,很多女生过去了之后还忍不住回头看你,直到你的目光落在我身上,眼睛立刻聚焦,像个白痴一样挥手:"程落薰,我在这里!"

你真是高调,害得我再一次成为大众瞩目的焦点,我气呼呼地对你说:"要不要借块黄手帕给你啊,就会招蜂引蝶!"

你无辜地眨眼睛:"哪有啊,像我这么英俊的人,无论多么低调,都像是黑暗中的萤火虫那么闪耀。"本来我想说,萤火之光,岂能与日月争辉,可是看你那么神采飞扬的样子,我那颗善良的心又不忍打击你,只好说:"你若不开花,哪来蜂与蝶?"你似乎爱上了跟我斗嘴,很不屑地说:"你这么平凡的人很难理解像我这么天生丽质、天赋异禀的人啦,夏虫不可以语冰嘛。"我一时语塞,懒得再跟你吵下去,身后的朋友们都津津有味地看着我们,我的脸一红:"你们先回去吧,我要去讹诈他了。"

那天,我无聊地问了你一个问题:"你喜欢什么类型的女孩子啊?"你说:"清秀又可爱的。"我点点头:"哦,也就是我这个类型的。"

你"噗"的一下,被滚烫的汤呛了好半天。

【三】

你骗了我。

半个多月后,我的手复原了,能甩能翻,没问题,你自夸说都是那些靓汤的功劳。可是从那以后,你就不带我去喝汤了。说实话,我那颗奇怪的自尊心啊,真的有那么一点点受创,朝朝暮暮半个月的时间,你对我怎么就没产生点儿特殊感情呢?

不过,我死都不会承认我有那么一点点喜欢你的,从小我就听外婆说了,女孩子要矜持一点儿,喜欢一个人千万不能太露骨,要不对方不会珍惜的。

我为自己的世故感到沾沾自喜。

直到那天我抱着一大堆书从图书馆出来,走在林荫道上时,我看见你怀里揽着一个女的。没错,我不肯承认她是美女,那么浓的妆,画皮似的,眼皮上那层宝蓝色的眼影让她看上去像个妖精,我一点儿都不觉得她是你所说的清秀又可爱的类型。

平时你总叫我小妹妹,所以那天我又干了一件特别幼稚的事情,我不仅没绕道,而且直挺挺地挡在你们面前,用正室般的口气质问你:"她是谁?"你还没说话她就先反问我了:"你又是谁?"那种神情是戏谑的,类似于成人看待幼童。我瞪了她一眼,不搭理她,目光直视你的眼睛,那么清亮的一双眸子,应该是不会藏污纳垢的啊。可是你只是笑一笑,哄小孩子似的说:"程落薰,别闹了,快回去吧。"

我一动不动,倔强地看着你,对你的话语置若罔闻,再次强调自己的问题:"这个人是谁?"

你依然是淡淡的,可是她有点儿来脾气了:"我是谁关你什么事?你算子轩什么人啊?"很多偶像剧的剧情发展到这里,男主角都会大义凛然地把女一号拖进自己怀里然后义正词严地对女二号说:"她是我的女人。"

可是你没有,你很无奈地看着我,说:"你先回去吧,有什么事我们以后再说。"

我的眼泪一下子就在眼眶里凝聚了,我深深地吸入一口气,骂了一句"王八蛋!",然后像个受了气的小媳妇一样飞快地跑了。我边跑边矫情地想,我再也不理你了,你就是跪着向我道歉我都不会理你了。

回到宿舍，有人开玩笑似的问我："林子轩呢？"我恶声恶气地说："死了！"她们吓一跳："死了？什么时候的事儿啊？怎么死的？"

"纵欲过度，刚刚死的。"我往床上一倒，拿被子捂住头，不再做任何解释。

子轩，也许，我真是太恶毒了，如果你知道我曾经这样诅咒你，你会不会用你的中指，狠狠地弹我的额头呢？

【四】

你很诚恳地道歉，我不理。

你在女生宿舍的楼下大声喊："程落薰，对不起，我错啦！"大冬天的，你穿了件单薄的黑色外套，冻得瑟瑟发抖，你说你怎么就这么高调呢？来来往往的女生都偷偷地笑，我觉得我祖宗的脸都丢光了。

你喊了半个小时，我还赖在床上纹丝不动，你终于火了，像个无赖一样，喊："程落薰，你再不下来我真的不客气了啊！"

你威胁谁呢？我会怕你吗？

没想到你真的说得出做得到，不知道你从哪里捡来一些小石头就往我们宿舍的窗户里扔，一开始我以为你扔一两块就会罢休了，直到一块石头准确无误地砸到我的床上来，我真的怒了！我披上厚厚的棉睡袍，穿着拖鞋就下楼去找你算账。我的头发乱七八糟，你看到我的第一眼就笑了，你说："怒发冲冠啊！"

我没空跟你开玩笑，像个神经病一样歇斯底里地对你咆哮："你究竟要怎么样怎么样怎么样？"

你一点儿也不生气，还开玩笑说："你说话有回声啊。"

你收起玩世不恭的笑容，很诚恳地说："程落薰，你到底要怎么样呢？"

我嘟着嘴，皱着眉："那个女的究竟是谁？我一点儿都不觉得她清秀，也不觉得她可爱。"

后来我才知道，她倒追了你大半年，你死活都没有妥协，你的兄弟跟我说，其实你对她的所作所为都很感动，可是喜欢这回事，真是不讲道理。

你说："感情又不是博弈，哪有那么多规则和技术可言？"

可是那天下午你面对执拗要知道真相的我硬是不肯将这一切和盘托出，你也不是没有脾气的人，耐心哄了我半天，我还是不听话，你手一撒就走了。我看着你仓皇的背影，鼻腔里酸酸的，我不知道为什么自己总是这么任性，总是这么词不达意。

就像我表达得如此拙劣的，爱情。

周末的时候我偷偷地去看你们和别的学校的男生踢球，我戴着鸭舌帽，头埋得很低。大冷天你们穿得那么少，可是在球场上每一个男生看起来都那么帅，你远远地朝我这个方向看了一眼，我做贼心虚地把整张脸都藏了起来，可是球赛结束的时候，你还是发现我了。

你冲着我叫："嘿，那个白痴，等等啊！"

烟雾缭绕的火锅店里，我们每个人的脸都红红的，你的兄弟轮番灌我，他们叫我嫂子。你只是笑，不辩解，也不承认。我跟你赌气，递过来的酒悉数下肚。最后结账的时候，我往你身上倒，耍无赖地要你背我回去。

那天在路上我究竟有没有什么过分的举动我都不记得了，我只知道我回到宿舍之后，还给你打电话，我说："我睡不着啊，睡不着。"

你在电话那头轻声地笑，你问我："想什么呢？"

大概真的是酒后吐真言吧，我傻乎乎地说："因为你不是我的。"

过了一分钟、两分钟、五分钟，我简直都以为电话断了，我对着手机叫"喂喂喂"。你笑了两声"嘿嘿"，然后你顿了顿，说："那你现在可以安心睡了。"

第二天清早我跑去找你，我说："你昨天那句话是什么意思？"

冬日的清晨如此美好，你在金色的阳光下浅浅地笑着："程落薰，你觉得是什么意思，就是什么意思。"

我以为，所谓幸福，大概就是这样了，我以为，走下去，就是春暖花开了。

【五】

落诗出现的时候刚好是我生日，那天你请我吃了自助餐，我的肚子胀得像一个球，我说："这是你的宝宝。"你不要脸地说："那就给我听听我宝宝的声音呀。"

我们一路追打的时候，我忽然停住了，我看见落诗倚靠在宿舍门口，脚边放着一个小小的箱子，她的面孔还是无懈可击地精致，披着一头鬈发，嘴角带着笑，直到看到我脸上错愕的表情，她才说："落薰，生日快乐！"

这一切令我措手不及，我那颗愚笨的头脑还没有想清楚如何向你介绍我这个不按常理出牌的表姐，她就率先跟你打招呼了。虽然吸烟，可是她的牙齿还是很白，笑起来就像洋娃娃一样可爱，她说："我是落薰的表姐，她没跟你提过有我这样一个姐姐吧？"

我的脸一下就僵了，你开玩笑说："落薰确实没有告诉过我她还有个姐姐，尤其是这么漂亮的姐姐。"

其实我知道你并没有别的意思，可是我听到这句话还是非常不爽。我阴沉着脸赶走你，然后拉着她到宿舍里，问她："你怎么来了？"

她不管不顾地往床上一躺："想你了嘛，妹妹，姐姐我想死你了，收留我几天吧，谢啦。"说着，就换上我的睡袍，还捏我的脸，"不要那么小气，我给你买了好东西。"那是我梦寐已久的小熊宝宝香水，我看着眼

195

前这个神色飞扬可是眼睛里却充满了疲惫的姐姐,无端地在心里长长叹息一声。

晚上吃饭的时候,你好奇地向我打听落诗。我想了想,便对你娓娓道来。

落诗很小的时候父亲经常不回家,就剩她和她妈妈两个人,后来在她七岁那年,她父母终于协议离婚。她母亲从家里搬走的时候她哭着哀求妈妈不要走,可是她妈妈只给了她一张银行卡,卡上有三千块钱,她妈妈说:"不要哭了,你爸爸会来接你的。"

那天也是我的生日,晚上我妈妈带着我提着蛋糕去接落诗来我家,整个晚上她表现得很正常,没有哭也没有闹,还跟我一起切蛋糕,可是半夜我醒来的时候看到她一个人坐在阳台上,整个人缩成小小的一团。

后来她爸爸去了日本,把她也一起带过去了,两年之后他爸爸娶了新的妻子,又生下了一个妹妹。她爸爸委婉地问她,是愿意继续跟他们生活还是回中国来跟爷爷奶奶过,她毫不犹豫地选择了回来。

回来之后,她得知她妈妈也早就有了新的家庭,而且还生了孩子。那天晚上她喝得很醉,我去爷爷家看她,她对着我笑,她说:"落薰,我真羡慕你。"

可是无论在哪里,她的成绩总是名列前茅,这点我怎么都追不上她。有年过年我妈妈拿她做榜样教育我,她当着全家人的面幽幽地说:"不一样,我跟落薰不一样,如果我不发奋念书,不能给他们争光,他们就不会想起还有我这个女儿。"我们所有人听了那句话,心里都很难受。可是她还是笑,她笑起来真的很漂亮,就像从来没有遇到过任何伤害一样,可是我们都知道,她从来没有快乐过,一天都没有。

说完这些之后,我觉得我的眼睛里湿湿的,我抬头对你笑:"落诗她真的吃了很多苦,我真希望她能活得幸福,真的。"

你的手越过桌子来握住我的手,你的掌心那么温暖,眼神那么坚定。你说:"会的,一定会的。"

【六】

周末我们一起去海洋公园玩,你给我们拍了好多相片,落诗也给我和你拍了好多相片,最后我们还请一个路人替我们三个拍了一张大团圆照,我在中间,落诗在我的右边,你在我的左边,我咧着嘴,笑得像个傻瓜一样。

落诗买了那天的车票,可是我生理痛,躺在床上根本动不了。她说不用送了,她又不是未成年人。可是我坚持不让她一个人孤孤单单地去坐车,无奈之下,只好拜托你去了。

那天的雨好大,你撑着黑色的伞在楼下等她,我站在窗口对你们挥手,你们在滂沱大雨里对我笑,我看着你们的背影,心里有种好奇怪的感觉。

我失去了你们。

我拍了拍自己的头,笑自己那些幼稚的杂念。你们都是我最亲近的人,我怎么可能会失去你们呢?于是我抱着那个硕大的兔宝宝睡着了。

其实,我的直觉没有错,从那以后,有些东西已经不一样了,我们的人生,再也回不去了。

你很少来找我,我打电话给你,你总说忙。可是你忙些什么呢?我不知道,我只知道以前我每次需要你的时候你都会二话不说放下手上的事来找我,可是现在,就算天塌下来你也会对我说:"落薰,你自己顶着。"

没错,我是很单纯,可是我不傻,这些有意的疏远背后的原因虽然我还不知道,可是我有模糊的直觉,我知道,你不再像从前那样重视我了。

以前我们都是合用一张饭卡的,你存一次钱我存一次钱,这次轮到你了,可是我去食堂买饭的时候卡上显示余额不足。我给你打电话,我哭着说:"子轩,卡里只有两块多钱了,你再不存钱进我就没有饭吃了。"

十分钟后你赶过来,你把哭泣的我抱了起来,你红着眼睛一直说:"落薰,对不起,对不起。"

我推开你,很多话还没有经过整理就从嘴里涌了出来:"林子轩,你不愿意往卡里充钱了,你不愿意跟我一起吃饭了,你喜欢上别人了,你为什么不跟我说清楚?你为什么要躲着我?"

你用力地把我往怀里拖,我拼了命地抵抗:"不要,不要,不要用抱过别人的手来抱我,我觉得脏。"

你艰难地说:"落薰,不是你以为的那样,我喜欢你,一直都非常喜欢你,我只是不知道怎样跟你说⋯⋯"我的心里吹过一阵冷风:"这段时间你都在构思吗?思考要用如何委婉的理由才不会伤害到我吗?没有用的,林子轩,再完美的措辞也不能使我免受伤害。"

我说完这些话之后,就等着你的解释,可是你一直看着我,眼睛里有凝重的愧疚,可是你就是不说话,一个字都不解释。我最后的希望在你的沉默中被凌迟而亡了。

我们像两只困兽一样找不到出口,可是曾经的我们只一个眼神就能明晰彼此,如今的我们咫尺天涯,我悲伤得不能抑制。你说得对,爱情不是博弈,哪有那么多规则和技术可言。

再也回不去了,我们那些美好的时光,怎么都留不住了,它们渐渐斑驳,最后,消失了。

【七】

我们再也不联系了,心照不宣地,像是遵循一个默契的准则一样,偶尔遇到,我微笑,你的眼神欲语还休,可是我不再靠近了,究竟是怎样的,我不要知道了。给落诗打电话,尽量放轻松:"姐,我失恋了。"

那头的她停顿片刻,轻声说:"没什么过不去的,豁达一点儿。"挂掉电话,我苦笑,豁达,她说得倒是简单。"旁观者轻",轻松的轻啊。

人前我还是笑着的,可是只有我自己知道,在夜深人静的时候,心脏那个位置有多痛。如果不是再遇到那个"宝蓝色眼影",我也就真的慢慢淡忘了,虽然很难,可是我很努力。

直到在学校旁边的奶茶店偶遇她,其实我都不记得她的样子了,只是那种妖媚的色彩让我觉得似曾相识,她看到我的第一眼就叫了出来:"喂,你不是那个……那个……"

我提醒她,林子轩。

她恍然大悟:"对,就是你,你不是子轩的女朋友吗?我刚刚怎么看他跟别的女生手牵手去酒店了呀?"

我心里一痛,淡淡地笑:"我们已经不在一起了,都一两个月啦。"

她皱眉:"不对啊,他叫她落落呀,你不是叫程落薰吗?"

一道惊雷在我的脑海里闪过,我抓住她,拼尽全身力气来稳定自己的情绪,问出那家酒店的地址,然后我买了一杯奶茶和一包烟在那家酒店门口等着。整整一下午过去了,我像一个急于学会抽烟却不得章法的小孩,一支接一支地抽,那包烟所剩无几了,奶茶也早已经喝光了,然后,他们也就出来了。

我拦在他们面前,流不出一滴眼泪。

多么可笑,那些我只在电视剧里见过的情节真实地发生在我身上了,我扇了她一个耳光,我说:"程落诗,你真对得起我。"

眼泪掉下来。

房间里只有我们姐妹俩,我呆呆地坐在沙发上,她紧紧地皱着眉。时间一分一秒地过去,我们谁也没有说话。

最后，我起身打开门，她叫我一声，我停了下来。她在我的身后缓缓地说："落薰，你有资格怪我，我也真的觉得很抱歉，真的很对不起。你说我卑鄙也好，无耻也好，我只知道，如果我不为自己争取幸福，这个世界上没有任何人会为我去争取。"

"你所谓的幸福，是可以随意建立在别人的痛苦之上的吗？"我轻声地问。她停顿了一下："落薰，这个世界是这样的，每个人最先想到的都是自己。"

我的眼泪不停地往外涌："姐，别人是不是都这样我不知道，但是最起码，我不是这样的。"说完这句话我就打开门走了，留下的是一室空白。

回到宿舍我麻木地坐在电脑前，不知所谓地玩着一些QQ游戏，我看着那些色彩鲜艳的小东西，觉得自己都快要爆炸了。

晚上的时候你打电话给我，语气前所未有地焦急，你说："落诗不见了。落薰，无论你多恨我们，先找到人再说，好不好？"

我赶到酒店的时候，你神色仓皇得如同迷路的孩童，你看到我的时候眼睛里闪耀过一丝光亮，我很难过，真的，你从来没有这样担心过我。你给我看落诗留下的便笺纸，上面只有五个字：落薰，对不起。

回忆像是打开了闸门的洪水，年少的落诗对我说："要是我们两个人看上同一件衣服的话，我就退出，没办法，我是姐姐嘛，姐姐总是要让着妹妹的。"

我想起她漂亮的面孔、倔强的眼神以及在我七岁生日的那个夜晚，她小小的、蜷曲成一团的背影。我忍不住，蹲下来，放声大哭。

【八】

我指着那栋白色的房子对你说："那是落诗小时候的家，她很小很小的时候，爸爸妈妈还很恩爱的时候，她就住在那所房子里，那代表她人生中最初的温暖和关爱。所以，这些年，一旦她觉得撑不下去了，她就会回到那间屋子里去，一个人安静下来，回忆一些往事。现在，你上去吧。"

我看着眼前这个男孩子，你还是那么好看，就像我刚刚认识你的时候一样，我问我自己恨你吗。

不恨，真的，一点儿都不恨。

你张了张嘴，想说什么，我用力推你："好了，别婆婆妈妈了，去吧。"

你感激地看了我一眼，飞快地向那栋房子奔跑过去。车水马龙把我隔开，我的眼睛里又开始泛起潮湿，你说得对，我就是个小妹妹。

可是在经历了你之后，这个小妹妹也懂得了很多，她懂得了豁达、宽恕，还有最好的爱。是的，这个世界上最好的爱，就是让你所爱的人，找到他的爱。

私语

其实这是一句没有说完的话，后来的我总想起从前的你，也想起从前的我自己。这个故事的女主角，也叫作程落薰，这是我第一次用这个名字写故事。

她不能跟《深海里的星星》里那个生猛孤勇的落薰比，她是一个很小、很天真的姑娘，但是她面对背叛、面对失去，却宽容慈悲。

世界上最好的爱，便是让你所爱的人，找到他的爱。

你来过一下子，我想念一辈子

从此，北大桥成为这座城市的楚河汉界，
我是一头死守楚河的象，这一生都不会再踏入你的领土。

【一】

我要想一个办法，杜绝那些想你的念头。我要想一个办法，让自己再也不去找你。想念这回事，不靠大脑靠心脏，我违逆不了我的心。

那么就在行动上采取措施吧，要怎么样才能不去找你，要把我糟蹋到什么程度才没有自信去围追堵截你？

我不敢往脸上泼硫酸，也不敢打断自己的腿。那么，我到底要把自己怎么办？

我看着镜子里的自己，我有你喜欢的大眼睛，也有你喜欢的白皮肤，这些是我引以为傲的小资本，它们满足了我作为女生的小小虚荣心，那么我唯一可以摧毁的就是我这头乌黑顺直的长头发了。

我的头发，每次见你之前都用清果薇草香的洗发水洗过，淡淡水果香，适合永远长不大的小女生。你总是把头轻轻地埋在我的发丛里，然后抬起头对我笑，你说："人的嗅觉记忆是所有记忆里最持久的，一闻到这个香味就会想起我们最初认识的时候。"

就是为了你这句话和你这份对初始的怀念，我一直坚持用这一个牌子的洗发水和护发素,尽管它的量总是那么少,价格却又是那么不便宜。

可是为了让自己再也不去找你,我拼了!

我找萧萧借了VIP卡,去了那家传闻中做个头发等于杀个人的形象设计中心。

七号发型师很温和,他问我要做什么样子,我极尽文艺腔:"给我你所能实现的最成熟的发型。"

眼看着我头上那些奇形怪状的卷卷慢慢成形的时候,我还是忍不住想哭,正好手机响,你发来信息问:你杀了人躲起来了吗?为什么最近都没有音信?

我很想回你的信息,甚至很想打个电话给你,可是我很狠心,直接关机。

头发完全弄好之后,我看着镜子里的自己流泪了,是那种发自肺腑的难过,眼前的我如此陌生,像是脱胎换骨的一个人,发型师讨好地问我:"你满意吗?"

我说:"我觉得很像一头狮子。"

他大概以为我是小孩子脾气,于是轻声细语地安慰我:"现在不习惯没关系,头发会长出来嘛,旧的慢慢枯萎,新的渐渐长成,这是规律。"

他之后还嘟嘟囔囔说了很多安慰性质的话,我都没仔细听,我只是看着镜子里这个瞬间苍老了十岁的苏瑾,高兴。

我真的难看得不得了,我不可能顶着一头比我妈妈还老气的头发去找你。以后,我得改用很多人使用的飘柔或者潘婷。

那天下午,我告别了那个比我还文艺腔的发型师之后,一个人去了北大桥,我在桥头狠狠地哭了一场。桥上车辆来往不息,没有人停下来看一看这个悲伤的女孩子,没有人像你一样那么喜欢多管闲事,停下来问一问这个女孩子,你为什么哭。

那个发型师说得对,旧的慢慢枯萎,新的渐渐长成,不仅是头发,世间万物,莫不如此。

【二】

班上的同学看见我的头发都笑我,他们说我看起来像被雷劈过。我不跟他们计较,默默地躲到教室的角落里戴上耳机听歌,是蔡依林唱着王菲的《怀念》。

你喜欢王菲可是不喜欢蔡依林,我问你为什么,你想了半天说:"不喜欢胸部太大的女生。"你这句话让我特别开心,因为我就是个平胸,平胸穿衣服多好看啊,特别有范儿。可是我还是蛮喜欢蔡依林的,她那么努力,那么拼命,那么让人佩服。

可是你说,有些事情不是光努力就有用的。你颠覆了我一贯以来的单细胞思维,我从前觉得这个世界是公平的,一分耕耘就有一分收获。你拍拍我的肩膀,眼睛那么亮,可是你什么话都没有说。

下课的时候我被你抓到了,你像个痞子一样挡在我回公寓的路上,皱着眉头问:"你被雷劈了?"

我没理你,你跟我们班那些八婆一样无聊。你又挡住我,这一次你说话的语气认真了许多,你低沉着声音问我:"你究竟怎么了?"

我说:"没什么,就是不想看见你,一看见你我就烦。"

你的笑容慢慢僵了,周围路过的人也投来探究的目光,我知道你的自尊心受伤了,其实我比你还难过,可我还是在你敏感的自尊心上再狠狠地踩了一脚:"你呀,总是没钱,别人的男朋友周末都开车来接她们出去玩,你来看我还要挤公交车,我真的不想跟你再有什么关联了,你以后不要来找我了。"

你的脸色在那一瞬间变得惨白，嗓子里落了灰尘一般地嘶哑，你勉强地笑着说："小瑾，你说什么呢？开玩笑开得有点儿过火了……"

我打断你："我没开玩笑，我真的厌倦了这样的生活，你放过我，行吗？"

那天你的背影像个受了天大的委屈的孩子，脚步踉跄，跌跌撞撞。你没有跑，我知道你根本没有力气奔跑，否则你不会用这么缓慢的姿势离开我所制造的窘境。你上了公交车之后，我望着你离开的方向一直哭，身体颤抖得像是要散架了一样，我心里拼命地说对不起，我感觉到心脏剧烈地绞痛。

晚上妈妈叫我回家吃饭，一桌子好吃的，我看什么都不顺眼，这个碗里叉两下那个碗里叉两下，随便喝了几口汤就回到房间里把门关上。

我听见妈妈在门外问我："小瑾，是不是不舒服啊？"我瓮声瓮气地说："没有。"然后我用被子蒙住头，号啕大哭。

【三】

以前我们一群朋友之间玩真心话大冒险，我选真心话的时候遇到的问题是：如果给你任选一样哆啦A梦的宝贝，你会选什么？

我当时选的是时光机，我觉得那是哆啦A梦所有的宝贝里最神奇、最厉害的一样，它能把人带回过去，也能让人知晓未来。

可是现在我终于明白，很多事情是注定要发生的，就算用时光机回到过去也不能阻止我们人生的交集。现在的我如果再玩一次真心话，我会想要哆啦A梦的如果电话亭。

如果那一天不是我心血来潮，去帮生病的萧萧代班做可乐促销，而恰好你又百般无聊经过我们的促销点，看到我穿着促销员衣服举着话筒在台上傻乎乎地问一些正常人都知道的问题，于是踊跃地跑到台上来积极配合我，也许，我们的一生就这样平淡地错过了。

我还记得当时我要台下的观众为我们的可乐想出一句宣传词来，你蹦上来大声地说："我是个很直接的人，我只说一句——这个可乐非常非常好喝。"台下的女孩子都笑了。那时的你真好看，我从来没见过那么漂亮的眼睛，你领走属于你的奖品，头也不回地跳下台扬长而去，给大家留下一个非常潇洒的背影。

晚上收工的时候，我换下那身工作服，穿上自己的衣服走出来的时候，看到了倚在树上微笑的你。我有种莫名其妙的自信心，认定了你就是在等我而不是等别人。我们之间好像有种自然而然的熟稔，我嚣张地问你："等我啊？"

你用白天那个语气说："是啊，你这个妹妹非常非常聪明啊。"

我对你很满意，所以爽快地答应了你的邀请，跟你一起去吃螃蟹。那是初秋时节，螃蟹真美味，你一边喝可乐一边啃螃蟹，我觉得你那个样子简直可以用气壮山河来形容。你边吃边问我："你怎么没问我叫什么名字啊？"

我不服气地回敬你："你也没问我名字呀。"你说："我看到你的工作牌了，你叫林萧萧。"我哈哈大笑："那是我朋友的工作牌啦，其实我叫苏瑾。"

那天晚上我沉默地跟在你身后走，路上碰到几次你的熟人，他们的笑容里有深意。你摆摆手，不是的，不是的。你逆着光，我看不到你的样子，可是你的声音里分明有些愉悦，我的心里有种说不清楚的欢喜，像是一个花蕾，拼尽全力地膨胀，然后"啪"的一声绽放开来。

我们走到北大桥的时候，你说："丫头，我要回河西了，你自己坐车回去吧。"我崩溃地看着你："我是被你害得这么晚还在外面，你却要对我撒手不理了？"

你给我一块钱，像打发小乞丐一样不耐烦："去去去，自己去等车，我再不回去就没车了。"我气鼓鼓地在站台上看着一辆又一辆的公交车经过,我疑心已经错过了回学校的末班车,正沮丧得不知如何是好时,你逆着光走到了我的面前,我怔怔地抬起头,不明白你的意思。你挠挠头,十足顽皮的孩童模样,你说:"那什么……我觉得吧,与其便宜别的色狼,不如还是便宜我吧。"说完你顺势牵住我的手,没给我任何反悔的机会,我呆若木鸡地任由你拖着往学校的方向走,脑袋一片混沌。

《诗经》里说:"有匪君子,如金如锡,如圭如璧。"那个晚上的你,就给了我这样的感觉。

程远,如果我有如果电话亭,我会打一通电话说,如果没有遇见你,那多好。可是这个世界没有如果,连如果电话亭前面的如果,都没有。

【四】

你在我家楼下等我,姿势帅得惨绝人寰。我妈妈站在窗边偷窥你,蹙眉忧心的样子:"小瑾啊,这个男生看上去不是好人啊,你还是不要跟他来往了吧。"

我正要反驳她,周叔叔插嘴了:"是不是好人难道是看出来的吗?小瑾这么好的年纪不谈恋爱,难道等到七老八十再谈吗?小瑾加油,叔叔支持你,这个男孩子很帅啊!"

我很真诚地给了周叔叔一个大大的拥抱,他是个好男人,妈妈跟他在一起让我觉得很安心也很放心。我跟你说的时候你很诧异:"你亲生爸爸去哪里了?"

我低头想一想:"他去一个很远的地方了。"

时光是一个巨大的黑洞,这个世界上所有人的秘密和疼痛都悉数丢进这个洞里,这些人可以选择停驻,也可以选择离开,最终所有原本以为不能愈合的伤口都在洪荒里被冲刷揉搓,深如汪洋的沉静,将一切鲜血和眼泪覆盖。

你轻轻地拥抱我,这个拥抱像主拥抱他的教徒,那么庄重而圣洁。你的声音如福音,你说:"小瑾,一切都会好起来,所有的伤口都会成为一枚奖励你勇敢的勋章。相信我。"

那个时候我们多好,你是我的第一次爱情,我依赖你,那种感觉安全又踏实。你带我去你儿时长大的地方,介绍你童年的朋友给我认识。他们大多已经不是学生,贫寒的家境让他们过早地挑起家庭的重担,领悟了生活的残酷,可是他们都有那么淳朴的笑容,见到我的时候他们拿出家里最好的水果招待我,临走的时候还往我包里塞好吃的。

我们还去看望你年迈的奶奶,她一个人住在老房子里,虽然年纪很大了可是精神还是很好,看见你身后的我害羞得手足无措的样子她就眯起眼睛笑,你蹲在她面前说话的样子让我特别想哭。

程远,无论旁人如何看你,我只知道你是我的至宝。不相干的人说什么有什么要紧,我知道你是什么样的,这就够了。

我们要离开奶奶家的时候,有个女孩子推门进来了,她手里提了很多菜,穿米黄色的衬衣,脸上是精致的妆容,身上散发着甜腻的香水味道,看到你的时候她整个眼睛里都是光芒,可是当她的目光从你身上掠过到达我的面孔时,那种光芒消失了。你欲言又止的样子让我内心第一次产生了一些恐惧,我不能具体说出来那是什么,可是我明白,有些潜伏在平静之下的东西蠢蠢欲动了。

直到我离开奶奶家,那个女孩子都没有从厨房里出来,你们在里面似乎发生过一些争执,可是你们的声音很小,我什么都听不清楚。也许是我的眼神泄露了什么,奶奶朝我摇摇头,示意我不要管。

程远,那种感觉我非常熟悉,也非常害怕,当我们走在阳光下的时候我还在发抖。你看出我的不安,轻描淡写地说:"我和偲偲认识很多年了,她在商场的化妆品专柜工作,经常来看我奶奶,我们之间不是你想的那样。"

我勉强地微笑,一言不发。

原来她叫偲偲,这个眼睛看向我的时候带着那么强烈的敌意的女孩子,她叫偲偲。我记得她身上那种香水的味道,Dior的毒药,闻过一次就永远都忘不了。

【五】

我去赴约纯粹是好奇,这个在电话里口口声声说只有她才能好好照顾你的女孩子究竟是什么样的。

前一天妈妈跟我去逛商场的时候,我是无意间看到偲偲的。她的脸上有缤纷的色彩,对着那些挑剔的阔太太依然笑意盈盈。

我想起你说的,她不是顺风顺水长大的女孩子,所以过早地适应了这个世界,收起了满身的锐气,学习做一个圆滑世故的人。

她看到我的时候,那种表情很奇怪,不是那种简单的敌意,而是非常震惊,我来不及分析她的眼神是什么意思就被妈妈叫到了别的专柜。之后妈妈买了一大堆的保养品,我们离开商场的时候,偲偲追出来拦住我。我头皮一麻,以为她会当着妈妈乱说话,可她只是很有礼貌地给我一张字条,上面写着她的电话,叫我晚上打给她。

她在电话里说:"苏瑾,你必须来见我一面,必须。"那种语气不容拒绝,我犹豫了一下,说:"好。"

我们约在水果捞见面,我站在门口迟迟不敢推门进去,不知为何,这个女孩子有种强大的气场让我觉得畏惧。她比我早到,坐在靠窗的位子,戴茶色的太阳眼镜,无懈可击的样子。整个谈话的过程中我始终处于被动的状态，我安静地听她说话。这个见证了你从幼时成长到如今的女孩子，她说："程远是我这么多年来一直喜欢的人，我不会也不愿意放弃。我一直很想近距离地看看那个在程远口中纯洁得像块冰一样的女孩子究竟是什么样，可是说实话，苏瑾，我觉得你并没有他说的那么好。"

我木讷地戳着面前的沙拉，这些东西是我平时最喜欢吃的，可是现在它们被我弄得很难看。我有点儿想哭，我不明白我为什么要坐在这个素昧平生的女孩子面前任由她刻薄地奚落我，我很想站起来甩她一个耳光就走，我也确实打算这样做了，可是我的手还没伸出去，她说了一句话就让我呆住了。

她说："你知道程远有个哥哥吗？他死了。"

这是一段你未曾对我启齿的往事，母亲在你很小的时候迫于父亲的粗暴离家出走了，这一走仿佛就是一生，再也没有任何音信。父亲是潦倒的出租车司机，在你小学即将毕业的时候出车祸死了，责任不在他，是迎面而来的那个货车司机喝多了酒。在那个雨夜，你和仅大你一岁的哥哥程乐成为孤儿，你们唯一的亲人就是日渐年迈的奶奶。

父亲死后，那笔赔偿金就成为一家三口唯一的生活保障。程乐一狠心，主动提出了退学，让你继续读书。他还对你说，他是哥哥，哥哥照顾弟弟是天经地义的。你觉得内疚，于是像发了疯一样地读书。你并非天资聪颖，只是胜在勤奋刻苦。你用自己的努力证明了天道酬勤，每次你拿回的成绩单都让奶奶和已经在汽车修理行做事的哥哥感到无比欣慰。无数个夜晚，你房间的灯都是彻夜亮着，你觉得自己背负的不仅是自己的未来，还有哥哥程乐为了你忍痛扼杀的前途。

这样的生活虽然辛苦，可是也将你磨炼成为一个坚毅果断的少年，你有自己的目标与理想，面对哥哥亦心怀深厚的感激。

你被全市最好的高中录取那天，去修理厂通知哥哥。远远地，你看到那个仅大你一岁的哥哥已经成为一个面容憔悴眼神麻木的男人，你在那一刻觉得惶恐，之后，内心被巨大的愧疚所充斥。

之后，你用加倍的刻苦投入学习，你深知这是改变这个残破的家唯一的出路。然而就在你为了改变困境而发奋学习的时候，程乐也带着同一个目的往一条截然不同的道路上急速飞奔。

他总是对你说，你们很快就会有钱了。你问原因，他讳莫如深，可是那种兴奋的眼神让你觉得恐惧。

一个周末，你回到家里看见满地的残垣，奶奶躺在床上呼吸都不顺畅了，你将奶奶送到街道的小诊所。好不容易平稳了呼吸的奶奶这才断断续续地告诉你，有一伙人凶神恶煞地冲到家里来找程乐，并威胁他必须说出那东西在哪里，他不说，那群人就发了疯一样把家里给砸了。

面对哽咽的奶奶，你感到极度害怕，虽然不能确切地说出原因是什么，但是你内心有个清楚的感觉，程乐已经不是当初那个澄澈如水的少年了。

晚上程乐回来，你追问他真相，他给你一支烟，那是你第一次接触烟草，你不明白这种有害健康的东西为什么让这么多人难以戒除。程乐的笑容那么苦涩，他说："就是这样，从第一支，到第二支、第三支，然后……再也走不出来。"

你震惊得几乎崩溃，多年之后都忘不了他当初的笑容，仿佛是人生所有的苦难都落在了这个还未成年的少年肩上，他离开的那个夜晚只跟你说："程远，以后别人给你的烟不要抽，记得。"

那个夜晚过后，程乐再也没有回来过，你再看见他是在本市的报纸上，他跟一个警察登上本市报纸的头条，那篇报道的标题是：《本市侦破贩毒大案，人民公仆英勇殉职》。

报道说，本市陆续发生麻醉抢劫案件，导致人心惶惶，经过侦探，目标锁定在一群吸毒的年轻人身上，通过顺藤摸瓜，居然被警察查出背后巨大的毒品交易案件。在多方部署下，终于将这个贩毒组织一网打尽。在恶战中有一名叫程乐的小混混因不服抓捕，被刑警苏志刚开枪制伏，当场死亡。可是在争斗过程中，苏志刚也因为心脏被程乐手中的弹簧刀刺中，在送往医院的途中大出血，最终不治身亡，被追认为烈士，希望广大人民群众永远缅怀这位英勇的烈士，他会永远活在人民的心中。

说到这里，偲偲的脸上露出诡异的笑容："苏瑾，我想你一定对那个报道印象很深对吗？因公殉职的苏志刚烈士，正是你的父亲吧？"

【六】

那天，回家的路途变得特别遥远，我甚至从内心希望我永远都不要回到家，不要面对妈妈，不要去询问她有关爸爸牺牲的任何消息。

我的灵魂离开了我的身体飘荡在空中，她看到我的肉身拖着疲乏而无力的脚步在这座偌大的城市中漫无目地行走，我的眼睛里是一片灰烬。

我关掉了手机，在北大桥上一个人吹着夜风。说实话，有那么一瞬间我想要从桥上跳下去，让这一江水埋葬所有的过去，还你平静安乐的生活。

偲偲的面孔还在我的脑袋里浮现，她涂着樱花红色的嘴唇一张一翕，像念咒语一样将我钉在十字架上不能动弹。

她说："苏瑾，怎么会那么巧，这座城市有很多漂亮的女孩子，可偏偏就是你。"她说，"你知道那件事对程远的打击有多大吗？简直是毁灭性的打击。他当时正读高二，碰到文理分科，所有的老师都寄希望于他，可是这件事把他的生活全毁了，他无法再在学校立足，只能选择退学，就像多年前的程乐一样无奈地离开学校，投身到这个肮脏的社会。

"奶奶的身体也越来越差，于是程远到处找地方赚钱养家，可是他连高中文凭都没有拿到，除了做廉价劳动力之外，他什么都做不成。

"可是你呢，苏瑾，你爸爸风光大葬，无数人缅怀他，每到清明节还有很多人在他的坟前献花，永远被人称为烈士。后来你妈妈还遇到一个好男人，重新组成一个幸福的家庭。上天夺去你的，之后用各种方法补偿给你，可是程远呢？他家破人亡，前途无望，有一天他喝醉了靠在我的肩膀上说：程乐虽然叫程乐，可是他的一生都不曾快乐；他叫程远，可是他每天都只顾得到眼前，根本不去想明天。

"他说：偲偲，你知道吗？我这一生好像已经能看到结局。"

程远，我相信偲偲是真的爱你，那种顽强的姿势让我佩服，她跟我说这些事的时候眼泪一直从茶色的镜片后面滑落，我这才明白她的用意，她只是要强，不肯让我看见她的脆弱。

最后她说："那天我看见你和你妈妈的时候真的吓了一跳。当初程乐下葬的时候程远病倒了，我偷偷地去过你爸爸的追悼会，见过你妈妈。

"我起初真的不相信会这么巧，所以我找了好朋友帮我查。我想过，如果你不是苏志刚的女儿，如果程远真的那么喜欢你，我不再纠缠他就好了，只要他开心就好了，真的，至于我自己怎么样，不重要。

"可是调查的结果真的让我难受，苏瑾，我不知道你会不会相信我说的话，虽然我对你是满满的不喜欢，但是我真的很难受。我只希望我爱的人他过得好一点儿，他这一生不要再有任何的伤害，这也是我来找你的原因。

"程远虽然遭遇不幸，可是他始终心地善良。当年对程乐的死他虽然难以接受，可是也认为是他咎由自取，从来没有迁怒过苏志刚的家人，所以这么多年来他不知道苏志刚有个女儿，也不知道他这么深爱的你跟他之间有这样的纠缠。"

偲偲最后说的话是："苏瑾，就当我求你，我代替程远的奶奶和他死去的哥哥求你，放过他，好不好？这是为了他好，也是为了你自己好，你想想你妈妈要是知道了这些，她也会承受不了的。"

那个夜晚，我的胸腔里有一种剧烈的疼痛，脑袋里是巨大的轰鸣声，我一个人沿着桥的这头徒步走到了那头，又从那头走回了这头。这短暂的路程却是一个漫长的旅途，我没有回头，也没有颤抖，我以这倾盆的温柔，送别最隐秘的伤口。

【七】

你最后一次来找我，我已经事先跟一个追了我很久的男生说好了，他假装我男朋友帮我一起演场戏给你看。我把头发弄得跟街上那些发廊妹一样恶俗，而他穿着一身CK睥睨地看着你，我们还当着你的面接吻。

我说："程远，我以为可以放弃那些虚荣心和锦衣玉食的生活跟你在一起过平淡的生活，谈平淡的恋爱，原来我做不到。我真的很讨厌去吃那些路边摊，很讨厌你这双发白的球鞋，很讨厌大热天跟你去挤公交车，讨厌没事做的时候你只能带我去走北大桥。"

我说这些话的时候才知道什么是肝胆俱焚，我的灵魂好像分裂成两半，眼睁睁地看着歹毒的这一半把柔弱的那一半凌迟处死。我看着面如死灰的你，第一次觉得这个世界有太多的荒谬和残酷，它本不应该用这样激烈的方式将所有的丑陋呈现在你的眼前，可是，程远，就是我们，不是别人。

这叫我如何甘愿？

是你曾经说的，很多事情不是光努力就有用的。你说的，我都相信，真的。其实我们的一生，一定不会缺乏幸福的契机，然而因为过往经历过的痛苦总是如此记忆犹新，这是我们的人生，只能由我们自己承担。

我爱你，所以所有的苦难，我苏瑾一力承担。

而程远，和你在一起，才使得我无比欢喜地懂得，我所获得的爱情是如此盛大，进而一再地感激命运。你的存在让我有了足够强大的勇气，无论将来要面临何种厄运，或者遭受何种绝境，若这一切都只是为了偿还跟你在一起时那种幸福的代价，我知道，我甘心。

程远，偲偲是对的，如果我明知道真相还对这爱情有任何的奢求与抱怨，那我是多么贪婪和不仁。

既然我们的爱情注定要有一个残忍的结局，那么这个结局，由我来写。

只有我自己明白，这爱情之于我生命的意义，是大水不能淹没，众水也不能熄灭，这是我此生唯一的、全部的、灰烬不余的爱情。

我知道你走了之后就再也不会回头，就像我再也不会踏上北大桥去看你，还有你儿时的同伴和耄耋的奶奶。

从此，北大桥成为这座城市的楚河汉界，我是一头死守楚河的象，这一生都不会再踏入你的领土。

我希望你也懂得，旧的慢慢枯萎，新的渐渐长成，不只是头发，世间万物，莫不如此。只是，程远，无论你这一生身在何处、心在何处，千万千万，要幸福。

私语

像光一样，像闪电一样。

"唰"的一下，还来不及回神，来不及留下任何影像的证据，你知道它真切地发生过，你无法再让除你自己之外的任何人知道，那一刻，你的人生发生了什么。

像是汪洋大海倒灌进一颗小小的心脏，宇宙洪荒凝结为一颗琥珀。你站在那里，胸腔里有一场海啸。

你静静地站在那里，没有让任何人知道。

你是我的独家记忆

你像是专属我的独家记忆,其中所有的悲欢离合,都只有自己晓得。你存在的意义,是诠释了我仓促青春里的爱情。也有很多次我想要放弃了,但是它在我身体的某个地方留下了疼痛的感觉,一想到它会永远在那儿隐隐作痛,一想到以后我看待一切的目光都会因为那一点儿疼痛而变得了无生气,我就怕了。

可是我从没怀疑,爱你,是我做过的最好的事情。

【一】

凌晨无聊的时候我在天涯八卦上乱逛,一路看下来,目光因为一篇帖子的标题而有了短暂的停顿,那个标题是:来说一说你爱却永远也不能在一起的人。片刻之后,我点了进去,我看到一句话,那也是你对我说过的,然后在这个炎热的夏夜里,无法抑制地,泪如泉涌。

浩瀚的记忆长河里,你的面容像花朵一样盛开,你抿着嘴唇皱着眉头无奈地望着我笑,你说:"乐言,我比任何人都希望你幸福,只是想到将来你的幸福不是因为我,还是会很难过。"

我永远都不会忘你说那句话时的表情,它像烙印一样镂刻在我的身体发肤，我的心脏血液，我的山河岁月，我的人生百年。

我的人生有两次出生，一次是母亲生下我，一次是遇见你，周皓予。原本是朋友的朋友。

一切源于我的钱包、手机被偷，在拥挤的火车站，一转眼就不见了公交车上紧靠着我的那个面目模糊的男子，我在偌大的广场绝望地走了一圈又一圈，眼看天就黑了，冬天的夜晚，总是那么叫人恐惧。

我找到一个公用电话亭，拨通了我唯一记得的小芷的手机号码，刚听到她"喂"的声音，我就开始放声大哭，她花了很久的时间才搞清楚事情的原委。我抽泣着说，你快来接我吧，我连付公用电话的钱都没有了。她连声安慰说："别急，就来了，马上就来。"

听到小芷叫我的声音，我自环抱的膝盖中抬起头来。我真该死，到了这个时候先看到的不是我的救命恩人小芷，而是站在她身后，含笑而立的你。

从前的从前，后来的后来，我再也没见过比你更英俊的男孩子，或许是那个黄昏的夕阳映衬得你太美丽，所以导致我盲了眼睛，再也看不到别的美色。

傍晚浅淡的冬日阳光，温柔如一只绵软手掌，从你的额头一路逶迤入颈项。你穿着一件黑色的外套，水洗的牛仔裤，脚上是我最喜欢的Nike AF1，你的面孔是我见过最干净的面孔，眼神温纯澄澈，尽管手里夹着烟，可是笑起来，牙齿那么白。

我看着你，简直不记得我的钱包和手机了。小芷一巴掌拍上我的额头："花痴啊，问你话呢。"

我懵懂地看着她："啊？"她的表情愤怒得简直想把我撕碎，回头瞪着你，"叫你别跟来吧，看看这个没见过世面的死花痴，话都不会说了。"

你无辜地对我们笑，我的脸涨得通红，两只手绞在一起好像要弄断一只才罢休。小芷说:"我外婆这几天不舒服住到我家来了,没地方给你睡,我借钱给你,你找个网吧包夜吧,没办法,别人没还我钱。"

我错愕地看着她:"为什么我这么倒霉?你竟然可以出个这么馊的主意!难道你要我整个晚上学那些非主流对着视频四十五度拍照吗?"

我们正在争论的时候,你把烟摁灭在垃圾桶里,缓缓走过来说:"小芷,你朋友就是我朋友,这样吧,我发发善心,反正我也是一个人住,如果你放心的话,今天晚上我收留她吧。"

时间停止在那一刻,我惊讶地望着你,你亦微笑地看着我,眼神里有些戏谑的成分。后来,你说起当时的动机,只用了一句简单的话概括:"因为你不丑啊,我喜欢美女嘛。"我鄙夷地回敬你:"原来你也喜欢以貌取人。"你狡辩着说:"世人都这样,难道我就要除外?"

当时小芷看看你,又看看我,一脸担忧地说:"要保护好自己啊。"我正准备说放心吧,你就点头截住了我的话,你拍拍她的肩膀,沉痛地说:"我会的,放心吧。"

周皓予,我喜欢上你,应该就是从那时候起。

【二】

我孑然一身跟你回家,完全把分开时小芷的忠言抛到了脑后——她在我耳边说:"乐言,皓予不是你的那杯茶,你最好别自掘坟墓。"

很久之后,我一个人静静地看着天空的时候,回忆起她的话,竟然觉得犹如谶语一般。可是,皓予,这个世上有个词语叫"在劫难逃",既然如此,索性不逃。

当我怀着忐忑和期待的心情跟你一起回去的时候,你漫不经心地跟我说:"有件事忘了说,我一下子找不到我家的电卡,所以这几天没交电费,晚上我们点蜡烛聊天算了，好吧？"

我当时的反应如果画成动画效果，就是一群乌鸦从头顶上飞过去，然后额头上出现几条樱桃小丸子里面的那种黑线。可你是我的恩人呀，在我穷困潦倒的时候，你给我买了我最喜欢的墨西哥鸡肉卷和九珍果汁，还收留我去你家里洗澡，让我不至于沦落到网吧里听着那些猥琐男用蹩脚的普通话语聊还用劣质的香烟熏我。所以，就算你家没电，又有什么关系呢？我不应该抱怨。

我是个好女孩，脑袋里都是传统的道德观，知恩图报，是我做人的基本原则。

洗完澡出来，我穿着你借给我的宽大的棉衣，你用毛巾揉我的湿发。你的眼睛在烛光中亮晶晶的，我紧张得忘记了呼吸，寒冷的冬夜里，掌心竟然布满密密的汗。

你笑着说："你要怎么报答我？"

我眼睛眨啊眨，我说："以身相许吧。"我以为你会鄙视我，可是你只是笑笑，没有说话。皓予，这个世界上最难堪的事恐怕就是这样，以身相许，却报效无门。

那天晚上我们用你的笔记本电脑看电影，而且我大概是太累了，所以靠在你的肩膀上不小心睡着了。影片快放完的时候，我醒来了，屏幕上那个女孩子出了车祸躺在地上，血液像一朵盛放的花，她望着天空，喃喃自语：我忘了他吗？我忘了他吗？

我内心有触动，问你："这是个什么样的故事？"你说："她去了很多地方，经历了很多人，以为已经忘记了初恋，最后……就是你看到的这样。"

那个晚上因为那部电影的结局，我觉得很悲伤，这种情绪与我往日的气质很不符合。烛光里我看不真切你的样子，我伸出手去抚摸墙壁上你的影子,我知道,我完蛋了,周皓予,我大概是对你一见钟情了。

喜欢一个人,如果不让他知道,那和没喜欢有什么区别?我狡猾地提议说我们来玩真心话大冒险吧,你那么聪明,应该明白,我只是想找个借口让你知道我喜欢你而已。所以第一局我故意输给你,然后选真心话。你确实是个好对手,你问出那个问题的时候我简直想蹦起来拥抱你,你问我:"你是不是有一点儿喜欢我?"

我不喜欢装矜持,既然是游戏,就一定要遵循游戏的规则,我非常老实地点头:"是的。"你可能没想到我那么干脆,瞠目结舌地看了我好半天。我坦然地直视你的目光,我说的是真心话,没掺一点儿假。

第二局又是你赢了,我还是选真心话。你透过烛光小心翼翼地看着我,问:"你喜欢我什么呢?"

我依然是一副豁出去了的表情:"喜欢你帅啊,喜欢你像个痞子呀,还喜欢你做善事收留我呀。"

你啼笑皆非:"乐言,你的喜欢还真是有根有据。"

第三局的时候,我终于赢了,你选大冒险。我的指甲狠狠地掐进手心,鼓足勇气,面红耳赤地说:"过来亲我一下。"

连蜡烛都紧张得跟我一起滴汗了,你笑了笑,那个笑容很复杂,我尴尬得下不了台,说:"要不还是算了吧,当我没说吧……"我的话还没落音,你的吻就轻轻地印在我的额头上。

虽然这个吻是我骗来的,可我还是觉得好珍贵好珍贵。

这个亲吻那么美好,那么庄严,所以那个晚上我因为感动,蒙在被子里偷偷地哭了。

【三】

小芷发现我的变化之后，忧心地说："都是我害了你，我不该让你认识周皓予的，那是个祸害啊！"我一点儿都不认同她的说法，你那么好，怎么会是祸害呢？

她看着我，用那种实实在在担忧的表情和语气说："乐言，趁早忘了吧，我真是为你好。"其实小芷那些欲言又止后面的原因，我都明白，我都了解。

你从小就是特立独行的孩子，母亲在你很小的时候就死于意外，父亲新娶了比他小十岁的妻子，其实他们对你不差，你想要的东西他们都买给你，在物质方面从来没有让你受过任何委屈。每座城市每个年代都有这样的少年，因为长期缺乏关怀而形成一种暴戾的性情，只走自己认定的路，对周遭善意的劝解和告诫都置若罔闻。

你很早就告别了校园生活，高中的时候你跟那个喜欢针对你的历史老师在课堂上起了冲突。他叫你道歉，你懒洋洋地坐着不肯起来。作为老师的尊严受到了前所未有的挑衅，他愤怒地来拉你，却被你推倒在地上。之后，在全班同学的目瞪口呆里，你扬长而去。

从那之后，无论谁来劝你，你都不肯再回学校去上一节课。尽管你父亲打通所有人脉仅仅让学校给你记了一个小过，你仍然坚持自己的想法。等到高考的时候，你进去坐了半个小时就出来了，连监考老师都说，要不是做好出国的准备了，谁敢这样。

出乎所有人意料，你没出国，你也没复读，你成了大众眼里仗着家境优渥就玩世不恭的败家子。他们不知道你其实是一个很有想法的人，你玩音乐，去酒吧驻唱，倒卖数码产品，赚钱养活自己。你只向家里要了一套九十平方米的小居室用来在疲惫的时候收留自己充满倦意的身体和同样充满倦意的灵魂。

可是这些在外人看来，全是不务正业。

我们后来的那些夜晚，你凝视着窗外无际的黑暗，说："我很喜欢一句话：知我者谓我心忧，不知我者谓我何求。"

我傻傻地站在你身后看着你的背影，你的影子那么长，好像一直蔓延到了我的心里。我从你身后抱住你，内心有潮汐起伏的巨大声响。你说："我交过很多女朋友你知道吗？我的过去很混乱你知道吗？"你还说，"乐言，你那么好，我不忍心……你是一张白纸，我不想你被甩上墨汁。"

我的眼泪滴滴答答，为什么人们总认为符合世情的感情才是正确的呢？为什么那么多时候，首先想的不是遵从自己的内心呢？

所以，我坚定地说："我不怕。"

是真的，皓予我不怕，我的爱虽然势单力薄，可是坚如磐石。也许每个人泥足深陷的时候都是一样盲目而不自知，总以为一点点爱的火种就可以温暖对方孤单的灵魂。

于是我婉谢小芷的好意，我说："道理、原则这些我都明白，可是懂得和遵守是两回事，况且，爱永远有理由背离全世界一切准则，是不是？"

小芷的目光里分明是对我无药可救的叹息，她抱抱我："乐言，你好自为之吧，爱上周皓予，就注定了你会被伤害。"她双手一摊，"我只能祝福你，周皓予身边那些层出不穷的桃花，你真的要做好心理准备。"没想到那么快我就遇到那么尴尬的场景。

周末的时候我买了好吃的臭豆腐去看你，当我笑意盈盈地敲开你的门，看到那张艳丽的面孔时，我的笑容一下子僵掉了。她很有礼貌地告诉我你出去买烟了，并邀请我进去坐着等你。我慌乱地把包好的臭豆腐塞到她手里，转身慌不择路地跑掉。在小区门口碰到迎面而来的你，你看到我灰白的脸色瞬间就明白发生了什么事。你不拦我，也不解释，我站在你面前眼泪一直掉，咬着嘴唇努力不让自己看起来太狼狈，可是身体却在颤抖，好像整个骨架都要散掉。

你一直沉默地看着我，过了很久，我擦干眼泪，微笑地对你说："好了，没事了。"

皓予，因为爱你，我完成一场蜕变。我要自己变得足够勇敢，我要自己能平顺地迎接你给我的任何馈赠，那些美丽、怜惜、关怀，还有不堪。

【四】

或许是我高估了自己，也高估了爱情的力量，所以当我曾经当成信仰的爱情溃散到不堪一击的时候，我觉得身体里有一部分东西也跟着坏死掉了，永远都不会痊愈了。

圣诞节的时候，我在酒吧门外等你，手里还捧着温热的茉香奶茶。你背着吉他跟一大群人嬉笑着走出来，揽过我的肩膀说："走，今天晚上带你开开眼界。"

我坐在烟雾弥漫的房间里，觉得自己全身的血液都凝固了，一贯纯良的我，无法接受眼前的一切：你们一大群人，吸食那些违禁药品，一个个欲仙欲死的表情，还有人来拖我，嘟囔着"你也试试，不上瘾的"。

我从灵魂深处发出一声尖叫，发疯似的甩掉那些肮脏的手，打开门冲出去，头都不敢回。第二天下午，你戴着巨大的墨镜站在女生公寓楼下等我，我颤颤巍巍地走到你面前，茶色的镜片后面看不到你的眼神。你二话不说把我拉上车，然后开足马力，飙到一百码。我死死地抓住安全带，绝望地想，也许我们会死在一起，也许别人会以为我们是殉情。

到了郊外你突然刹住车，我的头撞到风挡玻璃上，眼泪不听话地流出来。你取下墨镜，深深地凝视我，你说："乐言，一开始我就跟你说清楚了，我的生活就是这样的，不会再有什么改变了，就算再爱我的人，也不要妄想改变我，你都明白，对不对？"

我望着你。我从不知道，原来爱情中有这样残酷的一面；我从来不知道，看不到未来的爱，这样让人恐惧。

我看了你好久，你的瞳孔里是我泪流满面的脸。你忽然用力把我抱紧，你说"对不起"。其实这就够了，真的，你说了对不起，我所有的委屈都可以忽略不计了。

我告诉自己，你不是坏，你只是不懂得怎么样去爱，没关系，岁月那么长，我会陪你一直走下去。可是我没想到，我们的岁月，那么快就到了尽头。

小芷在电话里说你进了医院，我连手机都拿不稳，拼命地赶到医院去，看见右手打着石膏的你左手还揽着一个女孩子。见到我，你有一瞬间的尴尬，把她打发走之后平静地问我："你怎么来了？"

我觉得身体有个地方在被刀割，循着疼痛的根源找去，那是我的心口。

你轻描淡写地解释："昨晚上打架去了，对方人多，不过没关系，等我伤好了，一定要去报仇的。"

我蹲在床前，把脸埋进你的手心，我知道你感觉到了掌心里的潮湿。我呜咽地说："皓予，求求你，不要这样折磨我；求求你，我每天都生活在担心、恐惧、害怕和焦虑中；我求求你，安静下来，过些正常的生活，好不好？"

你很久很久没有说话，仿佛几个世纪都过去了，你苦笑着说："乐言，你终于忍受不了了是不是？你的耐心终于到了极限，可是对不起，这就是我的人生，尽管它残缺破败，但是我不会去改变它，否则那就不再是我。"

我抬起头来，我想如果你真的对我还有一点儿真心，你应该会看见我眼睛里那些破碎的东西。我用尽全身力量问你："那么，如果我问你，我和这种生活，你必须做一个选择，你怎么办？"

你看定我，然后说了一句话，从此，我的耳朵失聪了。你说："我放弃你。"

就为了你那句话，我的生活翻天覆地了。我学着去忘记，试图把你刻在生命里的印记使劲地擦去，仿若从来没有这样一个人出现过，从来没有这样一个人左右过我的人生。

为了不去想你，我强迫自己变得忙碌起来，我参加学校里组织的各种活动，周末的时候去做义工，去老人院照顾老人，陪他们聊天唱歌，欣赏他们身上由岁月赋予的美丽。就是在那里，我认识了聂暮晨，他跟你是完全不一样的人，温和、斯文、彬彬有礼，并且，很重要的是，他身上有一种健康的、明亮的气息，那种气息感染了我，让我自你带来的阴霾中窥探到了光明的痕迹。

好像是很简单的事，他伸出手来，我就把手放到他的手心里，他来揽我，我就顺势把头倚在他的肩膀上，平铺直叙，水到渠成的样子。也许我是累了，也许是你耗尽了我人生中所有的爱情，所以我才那么渴望安定。

你是彼岸，他是港湾。所以我停靠。

只是，我心中没有那样瑰丽的火焰燃烧。

没关系，我十五岁开始看亦舒的书，她说：我们爱的是一些人，与之结婚生子的又是另外一些人。那时候我年纪还小，可是这句话也让我无端感伤了很久，直到亲身经历才知道是怎样一种无奈和悲伤。

在你不知道的时候，那么多无人的夜里，我觉得非要去你的那间房子里呼吸一下空气，才不会活得这么窒息。可是我一想到，那间屋子里除了我之外，你还有那么多陌生的红颜，还有那么多不开心的记忆，心里就像被一个铁锤钝击那样痛。

暮晨有时候会说："乐言，为什么你的眼睛里总是藏着什么心事？可是你又不愿意说出来。"我微笑。自从离开你之后,我觉得我的微笑都苍老了,尽管我知道这就是我曾经希望你能给予我的安定和稳妥。我知道他是为我好,希望我快乐,可是他不知道在他之前,我的快乐已经被你剥夺。

小芷倒是对暮晨的感觉很好,时常在没人的时候给我上思想教育课,叫我珍惜眼前人,别再去想一些虚妄的东西。我知道她的意思,可是她不明白,从心脏上挖走你那是多么艰难和痛苦的事情。

我说:"很多人爱着的人,和身边牵手的人,不是同一个,这是常有的事。把爱他的话,说给别的人听,这也是常有的事。想着将来,计划着将来,但将来永远都不会出现,这更是常有的事。所以,很多人的一生,有时候,就这样,渐渐结束了。"

很多人一生中没有遇见自己最爱的那个人,浑浑噩噩也就过去了,可是我遇见了,虽然也为此煎熬,却也为此收获了成长,有这样一个人丰富我的人生,我对命运充满了感激。

我告诉自己,就这样走下去吧,我的心里有一个小小的冢,我把对你的爱情埋在那里,并且把月亮留下来陪它。

【五】

当我以为我们的人生已经不会再出现交集时,你再次出现了,你在电话里压低声音说:"今天是我的生日,你一定要来。"我想推托,可是你说,"拜托你,乐言,我只是想见见你。"

没有人知道我心里多么挣扎:不去,于情于理都愧对你;去,于情于理都愧对他。

最后,我决定去。

我真的不明白为什么你还要出现呢。你是我从来不曾示人的柔软伤口，唯有汲取时光这帖良药，才能治愈。

你像是专属我的独家记忆，其中所有的悲欢离合，都只有自己晓得。

其实很多次，一个人的时候，我都反复问自己：为什么最终我们没有在一起？是你太自私，还是我不够勇敢？在灯光昏暗的酒吧里，我靠在你的肩膀上说："知道吗，有段时间我特别喜欢来这里看一个唱歌的男生，所有人都笑我花痴，只有我一个人知道，其实只是因为他有点儿像你。"

你突然用力地握住我的手，黑暗里，我看不见你的表情。

我只逗留了一个小时就离开了，因为有人还在等着我。你送我下去，到门口的时候我转身抱着你，那是第一次，在人来人往的地方，我与你如此亲密。你也抱着我，那个拥抱的姿态很奋力，似乎是抱住生命里最珍贵的东西。

然后你说："我知道你身边有了别人，那么你以身相许的人就不是我了，对吧？"

我的泪水轰然砸下来，原来你还记得那天晚上我们开的那个玩笑，我因为哭泣已经说不出话来，然后，你就说了那些话。

你说："我第一次见到你的时候，觉得你纯净得就像一块冰，可是你在我身边的那些日子，我眼睁睁地看着你越来越不快乐，我知道我会毁了你。乐言，你知道吗，其实我比任何人都希望你幸福，只是想到将来你的幸福不是因为我，还是会很难过。"

我的眼泪浸入了你的白 T 恤，而你的悲伤却植入了我的血脉。

回去的时候，我大概是有一点点醉了，所以话很多。我跟暮晨说起你，我说："我以前一直在想，他说给不了我未来，所以我们不拖累彼此，可是总有那么一天，他也会安定下来，也会过上正常人的生活，也会结婚生子，也会垂垂老去，那个时候，他身边的人会是谁呢？"

是甲乙丙还是 ABC 呢？总之，我知道，风水轮流转着，我不在那个轮子里。

我说起这些话时，可以是云淡风轻的样子了，因为我怕暮晨难过，我知道那是多么难受的事情。

后来，我给你发了一条信息，我说亲爱的，你要好好地生活，就算幸福在你眼里是一件庸俗的事情，我也依然希望你过上那种庸俗的生活。

皓予，也许每个动荡的青春的最后，都有一个最平常的结局。我仅仅是希望你此后的人生顺畅，岁月静好，万事如意。而属于我的人生，有一段记忆，独属于你。

私语

"2008年的夏天,我听到了一首歌。这首歌在那个瞬间像一支箭一样狠狠地射中了我。那个人生日的时候,我赶去酒吧为他庆祝。因为去得匆忙,所以两手空空,但他并不介意。他只说:'你来了就好。'我只坐了半个小时,然后他牵着我的手送我出去,在大庭广众之下我轻轻地抱了一下他。后来走在路上的时候我醉醺醺地说了很多话。我说:"我一直认为你是停不下来的,但我青春宝贵,我没那么多时间陪你消耗。"我当然看重他,但我更看重我自己。我不再是年少时那个为了爱情可以上刀山下火海的懵懂少女,我也开始计较了,我也开始懂得为自己筹谋了。但我想我一定要写这么一个故事,不写出来我的心里会一直有这么一根刺。我如愿地写出来了,写得几乎让自己都落了泪。"

以上是老版《你是我的独家记忆》中关于这篇小说的私语部分,我原本想删掉,反复犹豫,最终还是决定保存下来。

我回头去看这篇八年前写的小说,毫无技巧可言,但字里行间都是一个年轻作者的真诚,我想那是比天赋更加可贵的品质。

"我的心里有一个小小的冢,我把对你的爱情埋在那里,并且把月亮留下来陪它。"这样的句子,有少女情怀才写得出来。后来的我们,习惯了决绝,习惯了快马加鞭,习惯了永不回头。

我们一转身,告别了自己的青春,那个诗意而温情的世界,也永远对我们关上了大门。

时光琥珀

时光就是这样将我们的过往凝成一块琥珀,

所有的爱与怨恨最终都会得到平息——无论是主动,

还是被迫。我回过身去看着窗外,

夜幕降临了,所有的爱恨都落幕了。

【一】

  真心话大冒险,多俗气的游戏,但大家总是乐此不疲。

  聚会的时候你坐在我的对面,烛光后面你的眼睛那么亮,我怎么会看不懂你眼里那些飞向我的东西是什么,但我就是不想理睬。

  登徒子,我心里暗暗觉得好笑。

  一路下来都不关我的事,没想到最后一把轮到我。我环视了一周,顿了顿,那就真心话吧。

  我才不要大冒险,在路上随便抓一个异性然后问他:"你愿意娶我为妻吗?"这样的事我做不来。你的眼睛像两枚月牙,很纯真,但总让我觉得不怀好意。

  你问我:"美女,我不为难你,我只提个很容易回答的问题:你喜欢过的人说过的最伤害你的一句话是什么?"

我看着你，我想你这个人真的很过分，大家实在还算不上是朋友，你居然要我在大庭广众之下出这样的洋相。

我喜欢过的人说过很多让我伤心的话，那些话像一枚一枚敲进我脑袋的铁钉，随着时间的流逝，它们纷纷起了锈，但它们一直在那里。

我沉默了半天，最终还是决定遵循游戏规则。我说："我喜欢过的人说过的最叫我伤心的一句话是，许嘉薇，你太聪明了……"

哄堂大笑，笑过之后都指责我缺乏游戏精神，但你不笑了。

你的眼神里带着一点怜悯，微弱的烛火里，我们对视了很久，我在你的眼睛里看到了体谅与懂得。

如果问我是什么时候开始对你萌生好感，大概就是在那一刻，所有人都在笑而你没有，眼神无声地交会形成了一道围墙，把周围的人跟我们隔开了。

让他们笑去吧，这些俗气的人，他们根本不明白我说的话是什么意思。

说那句话的少年，那个叫陈墨北的少年，他的原话是这样的：嘉薇，你太聪明了，聪明得让人觉得可怕，甚至厌恶。

那些笨蛋他们没听出省略号里我的沮丧和悲伤，但你通过你异于常人的敏感观测到了我眼睛里毫不掩饰的挫败，后来你同我说，看到我那个眼神你就明白我说的是真心话。

我说的确实是真心话，没掺一点假。

聚会散场之后你拉住我，小声说："我们去喝点东西吧。"

"半夜十二点哪里还有东西喝？"我挑起眉梢看着你。你笑一笑："许嘉薇，你知不知道世界上有个东西叫作麦当劳？"

午夜，只有麦记不打烊，我们坐在温暖的黄色灯光下交换了手机号码。

我们一人要了一杯橙汁，说了很多话，最后你拍拍我的手说："一个男生只有在不爱一个女生的时候才会说她太聪明了，如果他爱她，他会把她当成很笨很呆的小孩子。"

我抬起头来看着你,你有一双好清澈的眼睛。

回去之后,我躺在床上看着夜空中洁净而圆润的月亮,我记得我们分开的时候你给我的那个友情似的拥抱,我想你会来找我的。

但不会以友情的名义来找我。

【二】

你喜欢我,这个我知道。陈墨北那句话不是空穴来风,我确实是个很聪明的女孩子,尤其是在谁喜欢我谁不喜欢我这方面,我敏感得惊人。

周末的晚上,目光所及之处皆是人潮涌动。我们一起吃饭,我只点素菜。原本就很清淡的蔬菜我还要用茶水洗一遍,你看着我,像一个容忍任性的女儿做出任性的事情的父亲。你不问我为什么,我很喜欢你这一点。

我喜欢内敛、沉默、隐忍的人。

我不吃米饭,也不吃馒头,我只吃被洗得寡淡无味的蔬菜,我埋头咀嚼的样子像一只兔子,这是你后来对我的描述。

我是温和无害的兔子?你看错我了。

在那一刻你只觉得我是一个有那么一点奇怪的、偏执的姑娘,你不去问这些行为背后的原因、背后的故事。

你结账、埋单,对面颊上有着两坨潮红的服务生小妹微笑,说谢谢。你是个很有风度的人,优雅、谦逊、平和。

吃完饭你对我说:"我们去喝一杯吧。"

我一点也不觉得你唐突,真是奇怪,为什么我曾经会觉得你是登徒子?是我对这个世界有太重的防备心理吗?但请你不要怪我,因为我被伤害过,所以我原谅自己的乖戾,也希望你可以原谅我的小心翼翼。

过马路的时候你自然而然地牵起我的手，不露痕迹，不动声色。我没有反抗也没有拒绝，我得承认我很享受我的手被你握着的时候的那种感觉。

　　你的手掌里没有黏糊糊的汗液，它干燥、温暖、宽厚，让人觉得舒适并且安心。

　　到了小酒吧我才晓得原来"喝一杯"的人不止我们两个，你的朋友已经早早坐在那里等待着，他们看到我们的时候那副想要装作很自然但眼角眉梢都蠢蠢欲动的表情被我洞悉了。

　　苏格，你知道我是个聪明人，你从一开始就没打算瞒我。你温柔地注视我，替我叉起水果沙拉里的黄桃，你的面孔始终躲避着那个叫作橙子的女孩，我怎么会不明白这出戏是什么意思？

　　你拒绝她，兵不血刃。

　　我不喝酒，你应该明白，连肉都不吃的我怎么可能让酒精在我的身体制造出脂肪，所以你帮我把你朋友递过来的酒杯全挡了。

　　橙子看我的眼神我很熟悉，过去无数次我照镜子的时候都因为自己狰狞的样子而感到骇然，那种眼神我曾经用来注视过我最好的朋友，罗亦晴。

　　"橙子喜欢你。"你送我回去的路上我轻声说。

　　你不置可否，把问题抛给我："那你呢，许嘉薇，你喜欢我吗？"

　　为什么现在所有人都可以把"喜欢"这两个字这么轻而易举地说出来？是我太不合群了吗？这两个字对于我来说是那么难以启齿。

　　我没有回答。

　　你把我送到公寓楼下，我进了房间之后没有开灯，我站在窗口看着你，在路灯下仰望着夜空的你。

　　苏格，我喜欢你吗？那时我还不知道。

【三】

我看上去朋友很多,所以才会在那次偶然的聚会上认识你。但在跟我熟络之后你发现了一件事,其实我交心的朋友一个都没有。

我对任何人都是点到即止,用你的话说就是我把自己包裹得很严实,密不透风的那种严实。

我张张嘴,要怎么跟你解释呢?我曾经也相信友谊与爱情是世界上最美好的情感,直到有一天它们双双背叛我。

很难让一个从战场上厮杀之后生还的人相信战争是一件美好的事情,对不对?所以我明哲保身,我在属于一个人的世界里安享太平。

我的面膜没有了,我不得不出门去熟识的那家店囤货。开门的不是往日熟悉的老板,但也不是个陌生人,我们有过一面之缘,我知道她的名字叫橙子。

世界真小,这个店的老板是她表姐,这天有事,叫她过来帮忙照看店铺。

我背对着她挑选面膜,她冰冷的目光追随在我的身后,我感觉到我的脊椎像一串绷得很紧的珠子,再使一分力就会断裂,珠子就会噼里啪啦滚得满地都是。

这种感觉好难受,它意味着窘迫、束缚、拘谨。

选好面膜之后,我急忙叫橙子结算。她没有趁机讹我一把,反而给了我最优惠的价格。她的侧面很好看,腮边还有细细的绒毛。

她一边嚼着口香糖一边漫不经心地问我:"你是苏格的女朋友吗?"

来了来了,我心里想,到底还是逃不过去。

我笑了一声,没有回答。

她转过脸来正色看着我:"他们都说你是,我就想问你,真的是吗?"

咄咄逼人的女孩子总显得不那么可爱，橙子是这样，我当初也是这样，难怪陈墨北看见我恨不得绕道走。

我没有回答她，我觉得无论我怎么说她都不会相信，其实她跟我从前多么相像啊，我们只相信自己的直觉。

那天晚上你提着螃蟹登门拜访，清蒸是所有烹调手段里最能保持食物原味和营养的方式。我侧着身看着你在厨房里忙碌的身影，你的耳后有一颗痣。

我跟你说起下午的事情，你的表情波澜不惊，你替我剥开蟹壳，温和地劝我："多吃一点。"

雪白的蟹肉盛放在雪白的餐盘里，这种寡白让我踌躇。你以为我是怕胖，于是跟我讲起白肉与红肉的区别，但我打断你："不是的，不是这样的。"

记忆里那些画面忽然从尘封的匣子里扑落出来，隔着时空，我跟亦晴沉默地对峙着。她的目光很平静，没有怨毒，也没有愤怒，如同她在生命之初被遗弃那样坦然地接受命运的一切馈赠，她不说好坏，她只是接受。

我告诉你："苏格，我曾经有多坏，我曾经被魔鬼蒙蔽了心，差点害死我最好的朋友。"你凝望着我，不言不语。

这天晚上我难过得什么也没有吃，我泡了两杯茉莉花茶，你小口地啜，揽着我的肩膀看电视，屏幕上是无聊的综艺节目。

你的身上有一种淡淡的中药般清苦的气味，像我的父亲。你走了之后我端起你的那个杯子，加热水，泡一次，再饮。

苏格，我还是不知道我是否喜欢你，但你的存在对我来说是一个慰藉，我在喝下那杯茶的时候忽然由衷地庆幸我那天晚上去参加了那个无聊的聚会，否则我就错失了你。

【四】

你是我在这个城市唯一知心的朋友,唯一可以依赖的人,但即使对你,我也有所保留。你用了很大的耐心来陪伴我,除了那一次之外,你甚至没有问过我任何有悖君子准则的问题。我想也许每个女生都希望能够遇到一个这样的人,在经历了惊涛骇浪之后,有人陪着看细水长流。

如果我不再遇见陈墨北,也许我的生活就会一直这样平静下去。我是说如果。我在红绿灯前看到他的时候,脑袋里忽然响起一片轰鸣,我想我不可能看错的,但是为什么,逃离了故乡那么远,还是躲不开自己的从前?

他也怔怔地看看我,好像在记忆里艰难地搜寻着关于我的一切。

行人匆匆,天色暗沉,悲声大作,群情汹涌,我们被一股强大的力量拉回到很多年前。很多年前,陈墨北是眉清目秀的俊朗少年,罗亦晴是脸色苍白身形单薄的女孩子,而我,许嘉薇,我是一个胖子。

我这一生最怕看到的就是"胖"这个字眼,对我来说,它比"死"还要可怕。

因为它,我明白了什么叫自卑;因为它,我在原本应该色彩斑斓的年纪只敢穿黑白灰;因为它,我将对墨北的感情藏在心里不敢有丝毫的表露,直到他在亦晴生日的那天清晨,在她家的窗台上放下一束带着露水的百合花。

那天是亦晴的生日,我却躲起来哭红了眼睛。

那个年纪,爱与恨都是很容易的事情,从那天开始,我对罗亦晴的感情变得很微妙。我们仍然是好朋友,但我嫉妒她,也憎恨她。

我掩饰得很好,没有人看出来,没有人知道学校里那些关于亦晴是个私生女、她的亲生父母是一对被枪毙了的毒贩这些消息都是我不声不响地传出去的,在亦晴受到伤害的时候,只有我一如既往地陪在她的身边,我想任何人都不会怀疑我。

我是聪明,但我也自作聪明,我没想到彼时的陈墨北将一切都洞悉了。他送给亦晴的生日礼物是鲜花,送给我的生日礼物是一块镜子。

我不解有何用意,他冷冷地回答:看清楚你的样子。

这句话击溃了我,你明白那种感觉吗?被击溃的感觉,灵魂像被撕裂成碎片,被风吹得满地都是。

陈墨北眼里的许嘉薇是个何其丑陋的人,从外表到内心都那么丑陋,让他多看一眼都不愿意。

从那天起我开始嫌弃自己,我暴饮暴食,整个人像被充气的气球越来越胖,濒临爆炸。父母不明就里,身为医生的他们只懂得医治人的身体,对于他们的女儿胸腔里那颗溃烂的心,他们就算知道真相也无能为力。

连亦晴都开始劝我:"嘉薇,不要这样吃,不要这样。"

但我是已经吃红了眼的饕餮之兽,除了食物之外再也没有任何东西能让我有安全感。我吃甜腻的蛋糕、油腻的猪蹄,饼干、巧克力是我随身携带的东西,我疯狂地吃,贪婪地吃,努力地吃,认真地吃,我决心将自己溺死在食物之中。

为什么要这样?多年后我想明白了,大概是彼时心里有一个黑洞,除了投掷食物之外,没有别的办法可以解决。

陈墨北跟亦晴正式在一起的那天我彻底崩溃了,我真的想不明白,这个我从出生就认识的人,他怎么会被一个私生女夺走。

那时候我太偏激、太狭隘,我甚至混淆了事实的真相:墨北从来就不是属于我的,何来夺走一说?

我把历年来所有的零花钱都拿出来请亦晴吃海鲜,我们吃了很多虾、蟹、扇贝、生蚝。然后她去我家休息,我给了她一杯水,那杯水看起来有那么一点浑浊,因为它当中溶解了大量的 VC 片。

如我所料，亦晴进了医院。那些量不足以致命，我只是想给她一点教训。她住了两天院之后出来，站在我的面前静静地看着我，她的眼神，我一辈子也忘不了。

【五】

时隔多年，出差来此的墨北诧异地看着这个与他的记忆完全不符合的许嘉薇，这个形销骨立、身上没有几两肉的许嘉薇，这个脸色苍白、嘴唇都没有血色的许嘉薇。那个小胖子已经被我亲手杀死了，我用尽各种极端的手段从那具臃肿的躯壳里逃了出来，重获新生。

我们坐下来共享一壶水果茶，时光慢慢流淌，他终于打破沉默，我曾经爱慕的少年在岁月的磨砺中有了刀削斧砍的轮廓和淡然自若的眼神。

他问我："嘉薇，你怎么瘦成了这样？"

很简单的一个问题，背后却是我不足为外人道的艰辛与痛苦。

有时候我自己都怀疑我前世是不是一个暴君，以施虐为快乐，以摧残为乐趣，这种近乎变态的爱好一直持续到今生，所以我伤害亦晴，也伤害我自己。

VC与海鲜结合，使无毒的砷酸酐变为有毒的亚砷酸酐，也就是俗称的，砒霜。

我的父母都是医生，平时他们很注意饮食的搭配，我在青春期因为摄取过多的营养而成为大家眼中的小胖子，至于那些既可救人又可害人的知识，我是在家中堆积如山的医学书上看来的。

我并不是想要亦晴的命，我虽然很坏，但不至于那么大胆。

亦晴出院之后站在我面前看着我的那种眼神，让我想起一句话，哀莫大于心死。

虽然自始至终她没有问我什么，我也没有主动承认和解释过什么，但女孩子天生的敏锐让她了解到了事情的真相，我是故意的。

我并非丧心病狂的恶人，万籁俱寂的夜晚我也会从噩梦里惊醒过来，冷汗涔涔。

最终我还是向父母坦白一切，双亲震惊而绝望的表情像烙印一样印在我的脑海里。我想到底是为什么，我会从一个天真的孩子变成一个如此罪恶的魔鬼？

学业就此荒废了，苦苦支撑了半个学期之后，我跪在双亲面前请求他们让我退学。

我将自己像一支标杆一样投掷来了陌生的城市，这里除了年迈的外婆，没有人认识我。我在下车的那一刻呼吸到车站浑浊的空气，不洁净但足以叫我掉下眼泪来。

这是人间烟火的味道，我还活着，我还享受着。

那些因我而受到伤害的人，在我离开之后，伤口应该会慢慢结痂、痊愈、剥落、恢复平坦。

年迈的外婆从不管我，她年纪大了，知道自己也管不了我。

她是一个稍微孤僻的老人，不像别人家的长辈那样和蔼慈爱，但这正是我所需要的，我不需要再被温柔和善地对待，我需要的是一个自由而漠然的环境，让我赎清我的罪孽。我做的第一件事，是减肥。

我厌恶自己一身的肥肉就如同我厌恶我灵魂里的那些恶毒，我要洗净我的肉身，这是漂白灵魂的第一步。

为了瘦，我无所不用其极，我像一个暴君施虐于他的子民，我的身体就是我的子民。我戒掉甜食，从此跟饼干、巧克力、冰激凌永别，我不沾荤腥，每天做大量的运动，喝白开水……我甚至把外婆家所有的镜子都收起来，我不想看见自己。

我用了多长的时间？不记得了，当以上那些事情取代我曾经的喜好成为生活中的习惯时，距离我离开家乡已经三年多了。

这三年多来，外婆去世了，父母赶来办丧事，他们目瞪口呆地发现自己的女儿已经脱胎换骨。

多年后我对眼前的陈墨北微笑，我说："是的，你看到我的时候的表情，跟我爸妈见到我时一模一样。"

他默默不语，我听见自己的声音在缓缓叙述着："我幻想过无数次，我想回去看看你们，亲口跟你和亦晴说一句对不起。"

我是不懂得如何付出感情的人，在所有表达自己的方式中，我选择了最笨拙的那一种。刚来这里的那段时间，我几乎每天晚上都会哭，身体像一个蓄满了水的巨大的容器，除了哭我没有别的办法。

后来我想算了，没必要的，向你们道歉最好的方式就是再也不要出现在你们的面前。是命运弄人吗？墨北，如果要问我后悔吗，我不后悔。

如果命运可以像一张写错了字的白纸被修正液涂抹掉，如果命运像一面被随意涂鸦的墙壁可以用油漆覆盖掉，那它就丧失了它的神秘与意义。

这是我的人生，我必须为此偿还。

陈墨北凝神看着我，如果我没看错，他眼里那种亮晶晶的东西叫作眼泪。

我们分别的时候他忽然拉住我，几乎是哽咽着对我说："嘉薇，其实当初最错的不是你，是我，我不应该那样对你，我一直很后悔在你生日的那天送你镜子……"

我拍拍他的肩膀，最终什么也没说。

【六】

这就是我与我喜欢过的人的故事,这么多年,我也只喜欢过那一个人。你问我:"那个叫罗亦晴的女孩子呢?他们还在一起吗?"

他们没有在一起,这不是墨北告诉我的,而是在我父母来为外婆办丧事的时候由他们告诉我的。

有时候我真的觉得很奇怪,为什么很多故事到最后都要由一些无关紧要的局外人来做交代?像是一些说书的人,平铺直叙事不关己地说起那些在当事人看来几乎是生命不能承受之重的事情。

亦晴没有跟墨北在一起,这真是有点出乎我的意料,我以为那么深爱的两个人到最后应该是紧紧握着彼此的手的,怎么会一转身跟矿老板的儿子搅在了一起?

亦晴,亦晴,单薄的亦晴,沉静的亦晴,缥缈得不食人间烟火的亦晴,她不应该是那种样子啊。

但最后我想明白了,哪有什么事情是应该的。如果有应该这回事,那许嘉薇应该一直是一个胖子,镜子里那个细竹竿般的人就不应该是许嘉薇。

妈妈临走时拍拍我的头,她什么也没说,但我明白她的欣慰。

看到现在这样的我,她也终于从曾经的阴霾里走出来了,她的女儿不再是一个暴戾乖张的女孩子,她不用再迁怒于自己——为何会生出这么一个不善良的女儿。

我还是不肯回去,说不清楚原因,或许是适应了现在的生活,又或许只是想做一只把头扎在沙坑里的鸵鸟罢了。

你听完之后什么话也没有说,你给了我一个拥抱,这个拥抱与我们初识的时候的那个拥抱有一些微妙的区别,我想它不再意味着友谊。

我的眼泪轻轻地落下来。

我本来很悲观地以为，我这一生不会再有快乐，但原来不是那样。快乐可以很具体地呈现，它可以让人为此落下泪来。

如果没有看见你手腕上的那道伤疤，我不会知道原来幸福有时候只是错觉。

夏天来临的时候我稍微胖了一点点，但增加的这点脂肪只不过让我看上去更加健康了一点而已。我们穿同一个牌子的 T 恤，手腕上戴同一个牌子的表，但后来我才知道，你戴表除了是为了看时间之外，还为了遮盖你那条深深的疤痕。

每个人都有一段故事，我的故事坦白告之于你，但你的故事却不肯为我打开大门。我看着你醉酒后孩子般的脸，苏格，下手时要有多绝望才能做到那么干脆、果断？

你不肯告诉我的，自然有人会告诉我，别忘记了，很多女孩子年轻的时候都曾是阿修罗，比如我，比如橙子。

橙子是个犀利的丫头，她直言不讳："许嘉薇，苏格他并不是真的喜欢你，他跟你在一起，只是因为你长得有点像他以前那个女朋友而已。"

好多人终生寻觅的不过是同一类人，你也是如此，你喜欢纤细的、苍白的、沉默的女子，而最初出现在你眼里的我，就是那个样子。

橙子跟我当初不相像的地方在于，她更尖锐，更张扬，她以一种胜利者的姿态向我宣布："许嘉薇，你也没赢我。"

我笑一笑，富家女橙子，她还不明白，经历过一些事情之后的人会比较淡然，对很多事情就不那么计较了，比如你到底爱不爱我，比如你从身后抱着我的时候，脑海里浮现的是谁的面孔。

这些对我来说都不那么重要。

我跟你在一起，因为你对我很好，因为我喜欢你温和的笑，喜欢你宽厚的手掌，喜欢你在了解了我阴暗的过去之后还把我当一个纯良的姑娘来爱护。

快乐没有那么抽象，爱情也是一样。

只要你不说破，我们就一直在一起，好好在一起，永远在一起。

【七】

说破的人不是你，而是命运。

我是不愿意推翻过去粉饰生命的人，你也一样。那个夜晚的餐桌上，你犹如困兽，我们坐下来不到半个小时，你看了五次表。

我不是傻子，我明白发生了什么事。

那个让你在青葱岁月里义无反顾地执刀向自己下手的人也许就要回来了，至于她这次停留的时间是短暂还是长久，你一点也不在乎。

我深深地感觉到悲哀。

苏格，我爱过，我知道爱一个人是什么样的感觉。

你一点也藏不住你的焦躁、你的犹豫、你的无奈和迫不及待。

我凝神看着你，我要记得你的样子，记得陪伴我走过伶仃时光的你，谢谢你给过我的那些温暖。我知道有些事情是无法战胜的，我知道有些人是无法忘却的。

我都明白。

我摁住你的手："亲爱的苏格，你知道吗，在我还是一个胖子的时候，我很想很想要一件红色的呢子大衣，我想穿着它在雪地里散步一定是很美妙的事情。

"但那时我穿不下，我臃肿的身材就算勉强塞进大衣里也不可能有美好可言。

"后来我瘦了，瘦得不成样子，所有牌子的衣服我都只要穿S码，但我的衣柜里依然没有一件红色大衣。

"它就像一个梦,束之高阁的梦。"

你呆呆地看着我,你不明白我到底想说什么,但不重要了,我提起包:"苏格,去找她吧,别让你的梦也束之高阁。"

那晚之后,我换掉了手机号码,订了回乡的机票,忽然我觉得一切都平息了。我觉得我的生命好像又回到了一个最澄净的状态,所有的伤痕都平复了。

我拖着行李走出机场的时候看见了墨北,他对我笑。好多年了,我没有忘记过那个少年的笑,虽然那个笑容曾经是给那个叫罗亦晴的女孩子的。

我问他:墨北,如果努力迁徙最终不过是为了回到原点,那么努力的意义是什么?他回答我说:努力的意义在于它本身,而不是为了获得别的什么。

岁月静好。

我在深秋的时候收到一个包裹,很重、很沉,费了很大的劲拆开之后,我呆住了。

那大概是我这一生最渴望得到的礼物之一——一件红色的呢子大衣,背后有一只欲盖弥彰的傻傻的熊,logo 在左边口袋的旁边,极为低调,极为隐秘。

你在卡片上说:嘉薇,原谅我们,善待自己。

我抱着那件大衣在房间里呆坐了好久好久,直到黑夜像黑色的凝胶一样涌进房间,我成了凝胶中心那只不能动弹的昆虫。

时光就是这样将我们的过往凝成一块琥珀,所有的爱与怨恨最终都会得到平息——无论是主动,还是被迫。

我回过身去看着窗外,夜幕降临了,所有的爱恨都落幕了。

后·记

《我曾赤诚天真爱过你》是《你是我的独家记忆》的新版。

在新版中,我修订了中篇《梦到醒不来的梦》中一些小小的细节,情节没有大的改动,只是某些语句换成了我现在更喜欢的表达方式。

从三四年前开始,我越来越少写短篇小说。

很多读者是从我的长篇、游记和微博认识我的,我想告诉大家,现在你拿在手里的这本书中,大部分故事都创作于我的学生时代。

回想起我的学生时代,几乎可以用赤贫来形容。

这里面的很多故事,最初都是手写稿,在纸上一遍遍修改过后,再去网吧里打成电子档保存在邮箱,再以邮件的形式发给编辑。

如今说起这些,并不是想要贩卖悲惨,只是这确确实实就是一个写作者成长起来的轨迹,它既不伟大,也不感人,即便我口述一遍,也只会用最清淡的语气。

一个人对于自己的了解,是随着年岁的增长而逐渐加深的。

近几年,我逐渐缓慢而清晰地意识到,我其实并不是一个狂热的人。

我有喜欢的作家、演员、歌手,喜欢的摄影师和模特儿、艺术家,如果非要说的话,还有喜欢的动漫角色,可是,大多也就是到喜欢为止。

一个人,或者是一样事物,要从喜欢升华为爱,它非得曾经震撼过你的心灵不可。

2015年我去听过一次严歌苓老师的讲座，那天晚上，我记得她说："文学就是我的宗教，是我愿意花几十年时间去做的事，不管别人怎么说，怎么评价，我认定这一点。"

我坐在台下，静静地看着她，差一点儿就要流泪了。我希望再过几十年，我也能这么坦荡而磊落。

有一次我跟一个朋友去看一个民谣歌手的演出，在鼓楼大街，排队排得很长，从门口一直排到胡同口，转了个弯还在排，那些年轻的鲜活的漂亮的姑娘啊，真让人觉得美好。

我朋友笑着问我说："你的签售会也是这样吧？"

我忽然有种很惊慌的感觉，如果有一天我和我的作品不再被认可了，我要怎么安身立命？

我朋友说："你这么聪明，即使不当作家，你做别的事情也会做得很好，根本不用担心。"我明白他是想安慰我，可是这个答案，毕竟不那么符合我的理想。

不可否认的是，我们终究进入了一个过分追求效率的时代，这种浮躁的风气充斥在各行各业，地铁里、写字楼的电梯里，甚至是咖啡馆里，你听到的关键词来来去去就是那些——创业、融资、上市、股票、资本……

我经常觉得，这是一个我无法适应的世界。

但我也知道，自己如此渺小，世界不会反过来适应我。

由此，写作的人就更要坚定自己的信念。

2015年秋天，我去体检，查出一场大病。

手术后我拒绝了所有人的探访，在住院期间，我几乎是把自己摁在一种极致的反思中，鞭笞和拷问自己：你到底想要获得什么样的人生？

于是，我得出的结论是：别人有他们的路，而你要走自己的路。

这些年，我一直在思考：写作带给我最重要的意义是什么？稿费，安全感，比从前要好的生活，还是我一直锲而不舍的自由？

我觉得都不是，这些东西很实在，但也很空虚。

我一直想一直想，每当我抑郁的时候，我低落，沮丧，困惑，孤独，甚至几近绝望的时候，我都在想这个问题。

我数年如一日，通宵达旦地对着电脑，忍受着寂寞和周而复始的挫败感。

我没有结婚，没有生孩子，没有说服自己以婚姻作为人生的后盾。

我依然孤独。

从少年时期到如今，我相信过、期待过的所有，一一落空，每桩每件都令我不再相信，不再期待。

当我从嘈杂喧嚣回归到只能容纳我自己一个人的房间的时候，我发现，那些东西都无关人生的终极奥义，并且都很短暂。

那些彻夜不眠的日子里，我站在命运的门外等待它给我一个明确的指引。然而，它打开门，只给了我一个打不开的黑色盒子。

我不明白这是为什么，所以我花了更多的时间继续等待，在等待了更久之后，它终于把盒子打开，里面装着一个足以拯救我一生的礼物，那就是写作。

为了回报这份救赎，我唯一能够做的事情，便是永葆赤子之心。

这个世界上存在着许许多多的自然规则，犹如植物趋光那样，人也只会趋近于自己最热爱的事情。

不仅是我选择了写作,而且写作也选择了我。这一点,我始终没有怀疑过。

于 2016 年 4 月